북해

달의 섬

썰물섬

엘베섬

수정 제도

오를란느 공국

사과의 섬

렘므

헤베티카

엘티보

산스루리아

산스루

오를라

필멸의 땅

켈티카

폰티나

로젠버그
관문

아노마라드

트레비조

잔

팔슈

레코르다블

네냐플

론

두르
넨사

벨 골짜기

벨노어

티아

칼라이소

그와레

루그란

롱고르드

소드 라 사펫

트라바체스

하이아칸

블루코럴섬

하
이
아
칸

루
그
란

레
코
르
다
블

팔
슈

두
르
넨
사

루그두넨스 연방

페리윙클섬

이카본 군도

노을섬

	산맥
◉	수도
---	국경선

CHILDREN
OF THE
RUNE
DEMONIC

2

전민희 장편 판타지

2

룬의 아이들

데모닉

CHILDREN
OF THE
RUNE
DEMONIC

엘릭시르

3

막

SHOWER

제

막

INITIAL

"내가 어디로 가야 할지 말해줄래?"
"그건 네가 어디로 가고 싶으냐에 달려 있지." 고양이가 말했다.
"어디로 가든 별 상관이 없는데…….." 앨리스가 말했다.
"그렇다면 어디로 가느냐는 중요하지 않단다." 고양이가 말했다.

— 루이스 캐럴, 『이상한 나라의 앨리스』 중에서

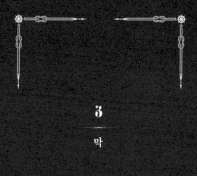

3

막

SHOWER

아궁이 속의 고양이 찾기

이봐, 회색 고양이야!

잿빛 털을 하고 아궁이 재 속에 들어가 있군?

몸을 동그랗게 말고, 꼬리도 싹 감췄군.

하지만 숨바꼭질도 끝이 있어야지.

눈을 감고 끄덕끄덕 졸고 있는 회색 고양이야!

말로 할 때 냉큼 기어나오지 못해?

아니, 그 반항적인 눈빛은 뭐야?

꾸물대면 아궁이에 불을 지펴줄 테다!

멀리 간 바람이 잔물결을 불어 보냈다. 힘껏 후, 하고 불자 잠자던 바위들이 일제히 젖는다고 수선을 피웠다. 금세 하얗게 마를 테지만. 얼룩 하나 남지 않는다. 남는 건 투명한 온기뿐.

섬 한 조각 없는 바다는 푸른 양탄자처럼 고요했다. 해변에 는 흰 천에 파란 줄무늬가 든 바람 차양이 펄럭였다. 차양 아 래 소년이 누워 있었다. 두꺼운 책 한 권을 베고서. 소년은 차 양 밖으로 다리가 나올 정도로 후리후리했다. 챙이 넓은 짚 모자를 올려놓아 얼굴은 보이지 않았다. 그런데 모자 속에서 혼자 중얼거리는 소리가 줄곧 흘러나왔다.

"수영하기 싫다니까 왜 이렇게 끈질겨요? 머리까지 흠뻑 젖는 거 내가 얼마나 싫어하는지 알잖아?"

"리허설로 땀에 젖어도 젖는다는 점에서는 똑같아. 난 그 쪽으로 할래."

"난 섬에서 태어난 당신 친구가 아니라고요! 배를 탈 생각 도 없는데 바다에 빠질 일이 있겠어?"

조금 후 소년은 한숨을 내쉬며 모자를 내던지고 일어나 앉 았다. 이어 아무도 없는 허공을 향해 말했다.

"아, 잔소리가 많아졌어. 이젠 낮잠도 못 자게 해."

조금 기다리더니 숫제 소리를 내질렀다.

"그래요! 당신이 맞았어! 머리가 젖어서 달라붙으면 스타일이 구겨지니까 안 한다고요! 이제 됐죠?"

소년은 모자를 집어 들어 푹 눌러쓰고는 일어나 바다 쪽으로 걸어갔다. 그러다가 갑자기 고개를 돌리며 쏘아붙였다.

"수영하러 가는 거 아니라니까!"

처음부터 끝까지, 소년이 돌아보았던 자리에 사람의 그림자는 없었다. 사람은커녕 산책 나온 개 한 마리도 보이지 않았다. 그러나 소년은 허공을 짜증스럽게 쏘아보고는 맨발로, 여미지 않은 흰 셔츠와 챙 넓은 모자 하나만 갖고 바람에 옷자락을 맡긴 채 걸어갔다. 모래에 남은 옅은 발자국을 뒤따르는 파도가 순식간에 지웠다.

아직은 아침 바다다. 하지만 11시 정도면 모래도, 돌도 따끈따끈하게 데워져 산책하기에 쾌적하지 못할 게 틀림없었다. 대신 수영을 하려는 사람들이 수건과 모자, 피크닉 바구니 따위를 옆구리에 끼고 나타날 것이다. 이 계절엔 오후 2시까지가 수영하기에 딱 좋았다. 실컷 수영을 하고 나서 바구니에서 샌드위치와 과일을 꺼내 먹고, 책을 읽거나 모래찜질을 하며 소일하다가 잠깐 눈도 붙인다. 해질 무렵이 되면 가볍게 모래를 씻어내고 해변가 식당에 들어가 달큰한 셰리 한 잔을 곁들여 저녁 식사를 한다. 흰 벽머리에 크림색 산호가 장식되어 있고 자갈 위에 푸른 파라솔들이 나란히 놓인, 4시부터 9시까지 언제 가도 식사가 나오는 그런 곳들 말이다.

그러나 소년은 이른 오전에, 그것도 산책밖에 하지 않았다. 사람들이 나타날 즈음엔 재빨리 사라져버렸다. 이 해변에 드나들면서 날마다 왔다가 일찌감치 가는 소년의 모습을 간혹 목격한 사람도 있었지만, 늘 모자로 얼굴을 가리고 있는 터라 누구인지 알아볼 사람은 없었다.

소년은 모래사장이 끝나는 절벽 틈까지 가서 흩어진 바위 무리를 맨발로 밟으며 넘어갔다. 빼곡하던 돌 이음매가 듬성듬성해지더니 곧 틈새마다 포말이 하얗게 고인 바다 머리가 되었다. 잔물결이 드나드는 돌 틈에 발을 담그니 서늘한 기운이 뒤꿈치로부터 등줄기를 타고 경추까지 올라왔다. 틈바구니에 고인 모래에 들락거리는 흰 거품을 맨발로 문질러봤다. 까칠하기도 하고 미끈거리기도 하는 것이 딱 기분 좋을 정도의 감촉이었다. 그러나 거기까지, 발목 이상을 물에 담글 생각은 없었다.

「그건 고양이 세수보다 더한데, 조슈아.」

바로 곁, 조금 높이 솟은 바위에서 들려온 목소리에 소년 조슈아는 이마를 찌푸렸다. 켈스니티의 목소리는 부드러웠지만 지금은 짓궂은 장난기가 느껴졌다. 조슈아는 적당한 바위를 골라 앉더니 위쪽을 돌아보며 손가락을 휘저어 보였다.

"고양이한테 수영을 가르칠 수 있을 것 같아? 당신 같은 잔소리꾼이라 해도 가능할 리가 없지."

「고양이는 본래 헤엄칠 줄 아는데.」

조슈아는 인상을 쓰며 대답을 짜냈다.

"내 말은, 고양이가 알거나 모르거나 간에 가르치려고 하는 건 무리라는, 뭐 그런 뜻으로서…….."

켈스니티가 조슈아의 궁색한 대답을 막아버렸다.

「할 줄 알아도 안 한다는 점에서는 너와 같군.」

결국 남은 대꾸는 하나뿐이었다.

"……쳇, 고양이 녀석이 수영을 하든 말든."

결국 조슈아가 발끝조차 물에서 빼내버리자 웃음소리가 들려왔다.

「이럴 때면 네가 그의 자손이라는 사실이 도무지 믿어지지 않아.」

"수백 년 전 섬마을 소년의 피를, 태어나서 십 몇 년 동안 짠물이라고는 구경도 못 한 나한테서 찾다니. 살아오며 수많은 사람들의 어처구니없는 기대에 파묻혀봤지만 당신은 그야말로 최고라니까."

그렇게 말하면서도 조슈아는 바다를 응시했다. 푸른 유리병 속에 든 물처럼 점점 더 파랗게 빛나는 오전의 바다를 발치부터 지평선에 이르기까지 바라봤다.

「그래도 바다를 좋아하긴 하는구나.」

조수아는 고개를 저었다.

"예전에 바다를 보러 오자고 약속했던 친구가 있어서. 그뿐이야."

「네 친구라고 해봤자 옛날 친구 요즘 친구 다 합쳐서 한 명밖에 없었던 것 같은데.」

"굳이 그렇게 딱 집어서 말할 필요가 있을까요?"

나직한 웃음소리만이 들렸다. 조수아는 아랫입술을 한번 빨고 중얼거렸다.

"누구나 가끔은 혼자 있고 싶잖아. 하지만 난 생각에 잠길라치면 어느새 당신이 나타나 말을 걸어대니…… 웃지 말아요! 당신뿐이 아니거든? 멋대로 내 귀에 대고 떠들어대는 녀석들이 종종 있는데 이런 걸 견디면서 내가 당장 미치지 않는 게 놀랍지. 한꺼번에 떠들어대기 시작하면 정작 내 앞에 있는 사람의 얘기는 듣지도 못하게 된단 말이야. 조용히 하라고 소리지를 수도 없고. 일전에 무심코 소리질렀다가 제정신이냔 소릴 들었어. 요즘은 가는귀를 먹은 것 아니냐는 평까지 듣고 있고. 아, 정말로 웃지 말고 좀 들으라니까요."

그러자 웃음소리가 그쳤다.

「나처럼 눈에 보이지는 않지?」

"안 보이죠. 심지어 목소리도 이상하게 비틀려서 일일이 구별도 안 되거든요. 다 거기서 거기 같은데 매번 자기들을 알아봐달라고 난리지. 나한테는 다 잡음인데."

「그런 정도라면 네 힘으로 간단히 해결돼. 발끈하지 말고 엄격하게, 마음속으로 '조용히 하라'고 말해봐.」

"이미 백 번도 더 그래봤죠. 절대로 안 닥치더라고."

「너한텐 그들을 조용히 시킬 힘이 있어. 하지만 사실은 네가 그들이 무슨 소릴 하는지 궁금해하기 때문에 이 일이 끝나지 않는 거야.」

그럴까? 그들이 가끔 조슈아의 흥미를 끌 만한 말을 하긴 했다. 정말로 뭘 알고 있어서인지, 단순히 아무 소리나 늘어놓는 건지는 모르겠지만.

켈스니티는 그들과 대화를 나누지 말라고 했다. 그러나 솔직히 몇 번인가는 대꾸하고 말았다. 대부분은 화를 낸 것이었지만. 그들은 조슈아의 관심을 끌어보려고 정말 별소리를 다 해댔다. 조슈아의 반응이 호의적이든 아니든 관계가 없는 것 같았다.

멀쩡히 갖고 있는 물건을 아까 길에 떨어뜨리고 왔다고 소리치고, 눈앞의 점잖은 노부인이 방금 너와 사랑에 빠졌다고 낄낄대고, 길 가는 사람을 놓고 내일 죽을 운명이라는 둥 음산하게 떠들어대고, 열흘 치 날씨 예보를 줄줄 읊는가 하면 막 돈을 치르려는 식당의 가격표를 모조리 읽었다. 그것도 다 틀리게. 솔직히 데모닉 조슈아가 아니었다면 멀쩡한 척 일상

생활을 해나가는 것조차 불가능했을 것이다.

결국 조슈아였기 때문에 그들이 방해를 해도 그렇게 큰 실수를 저지르지는 않았다. 그래도 귀찮은 건 귀찮은 거였다. 조슈아는 눈을 감았다가 짧게 한숨을 쉬며 말했다.

"도대체 왜 자기들끼리 지내지 못하고 날 못살게 구는 거야?"

「안됐지만, 그들이 저들끼리 즐겁게 지낼 수 있었으면 너한테 말을 걸지도 않았어.」

말이 끊어졌다. 조슈아는 눈을 감고 아무 소리도 없는 세계로 가보려 했다. 상상을 구체화하는 능력이 뛰어난지라 그리 어려운 일은 아니었다. 만월이 떠오른 숲의 머리맡에 소리 내지 않는 동물들만이 머물고 있다. 높은 산 위, 아래로 머리털처럼 굽이굽이 흐르는 나뭇잎들이 보인다. 세 줄기 시내가 흘러서 계곡으로 들어간다. 가을이면 붉은 잎이 흐르는 강이 되겠지. 물굽이 한번 없이 은어처럼 흐르는 강…….

「그렇게 말상대 하나 없는 곳으로 가고 싶어?」

조슈아는 눈을 떴다. 켈스니티는 가끔 자신의 기분을 공유하곤 했다. 항상 그런 것은 아니지만 지금처럼 의식적으로 뚜렷한 풍경을 그려낼 때면 어김없이 알아차렸다. 마치 같은 풍경을 보고 있는 것처럼.

"아니. 지금은 아니야. 친구에게 편지를 띄웠어. 곧 와줄 거야."

그렇게 말했지만 조슈아도 확신은 없었다. 그러니까 길은 너무 멀고, 친구 녀석은 너무 게을렀다. 아니, 그보다는 역시 오랫동안 만나지 못했으니까. 자신이 그를 생각하는 만큼 그도 자신을 기억해줄지 확신이 없었다. 기대가 없지는 않았지만, 어긋나더라도 탓할 자격은 없겠지. 그때 돌아가겠다는 약속을 지키지 못한 사람은 조슈아 자신이었으니까.

「저런. 또 자신감이 부족해졌구나.」

켈스니티가 아니고는 달리 누구도 하지 않을 말이었다. 사람들이 보기에 조슈아는 자신감이 넘치다 못해 지나쳐야 마땅했고, 또 그래도 하등 이상하지 않을 배경도 갖췄다. 대륙 최고의 부자들이 모인 블루코럴섬에서도 손꼽히는 최고급 별장에 머물며, 사교 모임에 나가지 않아도 끊임없이 화제에 오를 정도로 아름다운 외모에 거침없는 괴짜로 이름난 아르님 소공작이 사람을 만날 때 '상대가 자신을 싫어할 것'이라고 전제한 채 시작한다는 사실을 아는 사람은 거의 없었다.

조슈아는 그냥 웃음을 터뜨려버렸다.

"아하하하……."

이렇게까지 방어적인 자신이 가끔은 우습기까지 했다. 언제부터였던가? 모나 시드 시절, 또는 그보다 전부터? 다섯 살 때 아버지가 비취반지 성에 데려왔던 어느 가문의 또래 남

아궁이 속의 고양이 찾기

매들이 얼굴을 찡그리며 "너 같은 애가 제일 싫어"라고 말하던 목소리조차 생생하게 떠올리곤 하는 자신이 똑똑한 건지 소심한 건지 알 수 없었다.

켈스니티가 말했다.

「예전에 이카본이 말없이 사라진 일이 있었는데, 난 그가 중요한 일을 하러 갔다는 걸 알았어.」

조슈아는 귀기울이지 않는 체하며 발치의 잔물결에만 시선을 주었다.

「결국 우린 긴 세월 서로를 보지 못하게 되고 말았지만, 그렇더라도 난 이카본이 날 어떻게 생각하고 있었을지 알지. 그도 알았고 말이야. 기다린 세월쯤은 아무것도 아닐 거야.」

조슈아는 양손을 든 채 어깨를 으쓱하더니 말했다.

"착각만 아니라면 좋은 일이겠죠. 하지만 증명할 수 있는 문제도 아니고."

「친구를 믿는다면 걱정도 하지 않는 거야. 그 녀석이 나를 잊었을까, 기억하더라도 이미 시시한 옛 추억으로 여기지 않을까, 그런 생각이나 하고 있다가 재회해봤자 서로 어색할 따름이지.」

조슈아는 대꾸없이 듣고만 있다가 해변 쪽을 흘끗 돌아보더니 바위에서 일어나며 말했다.

"그만 가죠, 켈스. 슬슬 사람들이 오네요."

5월 20일이라는 날짜는 중요하지 않았다. '소드-라-샤펠 축제'를 줄여 '샤펠 축제'라고 부르고, 본 명칭은 '페스타 델라 무지카'라던가 하는 일들도 아무래도 좋았다. 샤펠 축제의 개막은 15일부터이고 전야제는 14일 밤부터라는 사실도 의미를 갖지 못했다. 4월 말부터 몰려들기 시작한 사람들은 수도와 블루코럴섬의 많지 않은 여관을 금세 채워버렸고, 다음으로 민가에서 다리라도 뻗고 누울 만한 쪽방들을, 마지막에는 비만 피하면 된다는 관점으로 지붕 달린 헛간들까지 모조리 동내버렸다.

그리하여 느긋하게 축제 직전에 도착한 사람들은 길바닥에 굴러다니는 술통 속이 아니고서는 지붕 비슷한 것도 구할 수 없는 상황에 처했다. 이런 지경이니 아주 멀리서 오지 않은 한 전야제만 밤새워 즐기고 집으로 돌아가는 것도 나쁘지 않은 선택이었다. 샤펠 축제의 하이라이트는 전야제와 마지막날이고 그 중간은 축제의 오랜 전통을 살린, 즉 큰 인기 없는 행사들로 채워져 있다는 것쯤은 누구나 알고 있었다. 마지막날 순서를 포기한다면 큰돈 쓰지 않고 깔끔하게 하룻밤 놀다가 돌아갈 수도 있었을 것이다.

그러나 대부분의 사람들은 단호하게 술통 속을 택했다. 그래서 골목 구석마다 이런 대화가 흔하게 오갔다.

아궁이 속의 고양이 찾기

"분명 아침 일찍 내가 맡아놓은 통인데 무슨 잔말이 많아! 이 표시 안 보여?"

"비우고 갔으면 그만이지! 그렇게 말할 것 같으면 이건 내가 작년에 와서 술 처먹고 놔둔 통이다, 어쩔래?"

축제 말고 다른 볼일로 섬을 찾아온 사람들에게 이 상황은 한마디로 재앙이었다. 그리고 바로 그런 경우에 해당하는 막시민이 하필 17일 오전에 블루코럴섬에 도착한 것은 결코 꾸물대서가 아니었다. 아무리 서둘러도 이 이상 빨리 올 수가 없었던 것이다.

여러 나라를 거쳐 가야 하다 보니 통행증을 위해 필요한 것은 왜 그리 많고, 교통편은 또 어찌나 복잡하던지, 관문 수속은 어째서 뒷돈 없이 진행이 안 되는 건지, 그 와중에 똑같은 질문을 되풀이하는 관리들과 맞지 않는 물이 죽도록 뱃속을 뒤집어놔서 하이아칸에 들어설 즈음부터 막시민은 이를 부득부득 갈고 있었다.

조슈아 이 자식이 아무 일도 없으면, 아니 그럴 리는 없으니 아무것도 모르고 있으면 거꾸로 매달아서 머리부터 차근차근 땅에 묻어주리라. 데모닉이면 너구리 세 마리는 삶아 먹은 것처럼 눈치가 빨라야지, 자기한테 뭔 일이 닥쳤는지도 모르는 데모닉이 무슨 소용이야!

하지만 일단 맞닥뜨릴 때까진 멀쩡한 쪽이 좋을 텐데 말이야.

블루코럴섬에 막 들어섰을 때부터 뭔가 이상하다 싶긴 했
다. 휴양지라더니 웬 노숙자의 천국인가, 하고 생각하다가 홧
김에 걷어찬 통의 주인하고 작은 실랑이가 붙으면서 막시민
도 곧 상황을 알아차렸다. 하긴 그렇다. 축제에 관심이 없는
사람이라면 웬만큼 중요한 볼일이 아닌 이상 소드-라-샤펠
과 블루코럴섬 방문은 샤펠 축제 뒤로 미룰 것이다. 그러나
사람에게 미뤄도 좋은 용건만 닥칠 리 없다. 어쩔 수 없이 와
야 했던 사람들로부터 양지바른 공터나 길 가는 사람들에게
덜 걷어차일 후미진 풀밭 등을 고르는 편이 좋다는 충고나 들
으며 막시민은 오 년 동안 보지 못한 친구에 대해 악의를 부
풀렸다.

"무슨 얼어죽을 놈의 축제 나부랭이야!"

게다가 생각해보니까 그 친구 녀석이야말로 이 축제에 사
람들을 불러모은 원흉이 아니던가?

화를 낸다고 별다른 수가 나지는 않았다. 쉴 데가 없다는
점을 핑계 삼아 여독이고 뭐고 탐문부터 개시한 결과, 이럭저
럭 어렵지 않게 아르님 가문의 별장을 찾아냈다.

"조슈아 도련님을 찾아오셨소? 지금은 안 계신데……."

문지기는 미심쩍은 눈빛이었지만 저택의 하인들이 흔히 그
렇듯 막시민의 초라한, 여행중이라 한층 초라해진 행색을 보

고 평가가 박해져서 그런 것이 아니었다. 그자는 사실을 말해야 할지 감춰야 할지 결정하지 못한 사람 특유의 표정을 했는데, 막시민은 금세 낌새를 챘다.

"그럼 언제 돌아오십니까?"

"글쎄……."

"그리 멀리 가신 것은 아닌가 보군요?"

"그러니까……."

막시민은 눈을 가늘게 뜨고 문지기의 표정을 뜯어보더니 갑자기 알았다는 듯 말했다.

"됐습니다. 당신은 도련님의 행방을 전혀 모르는군요? 켈티카에서부터 힘들여 여기까지 왔는데 허탕을 치게 됐군요. 돌아가서 공작부인께 도련님의 행방이 묘연한데 별장에서는 사정을 아는 사람이 없더라고 전하면 되는 겁니까?"

"잠깐, 공작부인이라고? 공작부인께서 당신을 보냈단 말이오?"

막시민은 코끝을 하늘로 향하게 했다. 즉, 턱을 쳐들었다.

"오는 도중에 도적떼를 만나 마차를 빼앗기지만 않았더라면 조금 더 일찍 도착했을 거요. 공작부인께서 몸이 편찮으신지라 도련님의 귀환을 바라셔서 전갈을 갖고 왔는데, 저택 사람들이 아무것도 모르니 그렇게 전할밖에……."

"잠깐, 전갈이라 했소? 정말로 갖고 있소?"

막시민은 품속에서 봉투 하나를 꺼내 내보였다. 아르님 가문의 문장이 그려진 미색 봉투가 틀림없었다. 봉랍에는 직인도 찍혀 있었다. 물론 막시민은 봉투를 건네주지 않고 도로 코트 속에 넣어버렸다.

문지기는 막시민의 몰골과 막시민이 한 말을 최후로 저울질했지만 결국 책임지고 싶지 않은 마음이 이겼다. 그는 문을 열며 안으로 들어오라고 손짓했다.

"브와주 부인께서 좀더 자세한 얘기를 해주실 거요."

상황은 예상대로였다.

별장 관리를 책임지고 있다는 브와주 부인은 조슈아가 이미 몇 달 전부터 별장에 돌아오지 않았다고 말했다. 다만 조슈아의 필적으로 "잘 있으니 걱정하지 말라"고 적힌 편지를 받았다며 보여주었다.

막시민은 건성으로 편지를 훑어보고는 도로 돌려주었다. 브와주 부인은 무척 걱정스러운 얼굴을 했지만 조슈아를 걱정하는 건지, 막시민이 조슈아의 일을 공작부인에게 고해바칠까 봐 걱정하는 건지는 불확실했다. 아니, 그보다 막시민은 이상한 공기를 감지했다.

"도련님이 별장을 떠난 것이 정확히 언제쯤입니까?"

"본래 드문드문 들어오시긴 했는데…… 2월 중순부터는 전

아궁이 속의 고양이 찾기

혀 오시지 않았지요."

"지금은 5월인데, 그동안 도련님의 행방을 모르면서 본가
本家에 고하지도 않았단 말입니까?"

브와주 부인은 방어적인 눈빛으로 막시민을 쳐다봤다.

"사실을 말씀드리자면, 저는 조슈아 도련님께서 이미 비취
반지 성에 가 계신 걸로 알았답니다."

막시민은 약간 뜨끔했지만 내색하지 않고 물었다.

"무슨 근거로요?"

"저희인들 도련님을 찾지 않았겠습니까? 우선 다니시던
학교를 수소문해보니 직접 자퇴 수속을 밟으셨고, 국경 관리
로부터는 아르님 가문의 문장이 찍힌 마차가 아노마라드로
갔다는 얘기를 들었어요. 그분은 도련님 얼굴을 아는 사람이
고, 마차 안에 계신 걸 분명히 봤다고 말했습니다. 그래서 저
희한테 알리시지 않았을 뿐 켈티카의 본가로 가신 것이겠거
니 생각했습니다. 도련님은 본래 기분이 쉽게 변하는 분이라
그럴 수도 있다고 여긴 것이지요. 그런데 본가로 가신 것이
아니란 말씀을 들으니 저희도 앞이 캄캄해집니다."

막시민은 하소연 같기도 하고 떠보는 것 같기도 한 브와주
부인의 이야기를 들으며 머릿속으로 정보를 짜맞춰보았다.
브와주 부인이 한 설명, 멀쩡히 비취반지 성에 나타났던 조슈
아, 두 가지는 서로 일치한다. 그러니 사실일 수도 있다. 하지

만 그걸 받아들이면 이곳까지 찾아온 의미는 없어져버린다. 할 일이 없어졌으니 잘됐다고 관광이나 하고 돌아간다? 그렇게 간단히 포기할 의심을 갖고 여기까지 쫓아올 막시민 리프크네가 아니지.

최초의 의심, 그것을 유지한다면 이곳에서 들은 정보와 자신이 본 상황이 일치한다는 것은 아무 의미가 없었다. 오히려 앞뒤가 맞아 들어가는 것이 더 미심쩍다. 큰 음모가 숨어 있다는 방증일지도 모른다. 아직은 판단을 내릴 때가 아니다.

그러니, 지금은 거짓말이다.

"그런 정도의 추측만 갖고 도련님의 생사도 모르는 상황에서 안이하게 계셨단 말인가요? 어디, 공작부인께서 그 말씀을 듣고 뭐라 하시나 봅시다. 모르긴 해도 부인께서 책임을 피하시긴 어려울 겁니다."

브와주 부인은 눈에 띄게 당황하는 기색이었다.

"그런 말씀은……. 물론 제 잘못은 있지만 국경을 넘으신 이상 도련님께서 달리 가실 곳이 있으리라고는 생각지도 않았고……."

"그렇다면 본가에 사람을 보내어 도련님이 정말로 도착하셨는지 확인했어야 할 것 아닙니까? 중도에 사고라도 당하셨다면 어찌되죠? 그걸 알아볼 책임이 없다고 보십니까?"

"그 말씀이 맞지만……."

아궁이 속의 고양이 찾기

브와주 부인이 말꼬리를 흐릴 때 막시민은 또 한 가지를 깨달았다. 이 브와주 부인이라는 사람은 별장의 책임자이니 만일 조슈아에게 나쁜 일이 생길 경우 책임을 피하지 못할 것이다. 그런데도 사라진 조슈아에 대해 이상할 정도로 마땅히 조치한 것이 없지 않은가?

무엇 때문에 2월부터 지금까지 본가에 소식 하나 전하지 않고 혼자서 끙끙 앓았단 말인가? 바보가 아닌 이상에야 숨긴다고 숨겨지는 일이 아닌걸 알 텐데 무슨 배짱으로 버틴 것이며, 몇 개월 동안 책임 회피할 변명거리나 완벽하게 짜놓을 것이지 이제 와서 막시민 앞에서 더듬거리는 까닭은 뭔가?

즉, 브와주 부인은 막시민이 난데없이 찾아와 조슈아의 행방을 묻는 이런 상황이 생길 줄은 전혀 예상하지 못했다는 얘기가 된다. 다시 말해 이 문제가 자기 손을 떠났다고 생각했다는 거다.

대체 누가 그런 확신을 줬을까?

막시민은 벌떡 일어났다.

"알았습니다. 부인과 더 나눌 얘기는 없는 것 같으니 저는 좀더 알아본 뒤 본가로 돌아가 보고하도록 하죠."

브와주 부인은 막시민을 붙드는 기색도 아니었다. 뒤통수로 복잡미묘한 눈길이 쏟아지는 것을 느끼며 막시민은 별장을 나왔다.

축제가 한창인 오후 거리는 작은 골목까지도 사람 무리로 그득했다. 막시민은 사람들에 뒤섞여 이리저리 부딪히며 거리를 걸었다. 생각에 잠겨 걷느라 부딪힌 사람들이 욕설을 퍼붓는 것도 무시했다. 다만 무시한 것이고, 듣지 못한 건 아니었다. 막시민은 워낙 오감이 뒤죽박죽으로 돌아가는 까닭에 하려고만 한다면 두세 가지 생각을 동시에 진행시키면서 주위의 소리를 듣고, 주위 풍경과 다가오는 사람을 인지하고, 심지어 간단한 대화도 할 수 있는 녀석이었다.

지금은 그 와중에 큼직한 빵 덩어리까지 하나 물어뜯고 있었다. 배낭 속에 들어 있던 묵은 빵이었지만 개의치 않고 순식간에 절반 정도를 먹어치우며, 안경에 붙은 날벌레를 인지하고 다른 손으로 쳐 날린 다음, 자신이 동북쪽으로 걷고 있다고 판단했다. 그러면서 조슈아가 다니던 학교에 들러볼 것인가 말 것인가, 비가 오지 않으면 잔디밭에서 자는 것도 괜찮을까, 브와주 부인은 어디까지 알고 있는 걸까, 축제랍시고 밤에도 시끄러울 것이 분명하다, 몇 달 동안 가출 상태라는 조슈아 녀석이 살아 있다면 어디서 지내고 있는 걸까, 목이 마른데 저쪽 교차로에는 분수대가 있을까 등등의 생각을 차례대로도 아니고 한꺼번에 떠올렸다가 한꺼번에 답을 냈다. 학교에는 가볼 필요가 없다, 비가 올 것 같진 않다, 브와주 부인은 현재 비취반지 성에 있는 조슈아의 존재를 알고 있는 게 틀림없다. 잘 때는 외곽으로 빠지자. 집 나간 조슈아를 먹여 살릴 곳은 한 군데밖에 없다.

그리고 곧 발견한 분수대에 걸터앉아 물을 떠 마셨다. 이어 하늘을 올려다봤다.

"······."

날씨를 보아 하니 켈티카에서부터 걸치고 온 낡아빠진 코트는 곧 용도를 다할 성싶었다. 분수대 속에서는 초여름 태양이 소원을 비는 금화처럼 빛나고, 푸르고 흰 조각들은 하늘을 흉내내며 흘렀다.

이윽고 막시민은 안경을 물에 첨벙 담갔다가 코트 자락을 활용해 닦는 것으로 올 계절 코트의 마지막 임무를 마무리했다. 벗은 코트는 둘둘 말아 배낭끈에 달아맸지만 어디든 헐값에 팔 수 있다면 좋겠다는 희망을 뇌까리는 것도 잊지 않았다.

나중에 물을 마실 사람은 아랑곳 않고 분수대에서 세수까지 해버린 막시민은 덕택에 나름대로 멀끔한 얼굴이 되어서 조슈아가 있을 거라고 생각되는 첫 번째 장소를 쑤셔보러 떠났다. 한 손에는 아궁이 쑤시는 막대기 대신 낡아빠진 바이올린 한 개를 쥐고서.

"어서 아궁이 재 속에서 나와라, 이 빌어먹을 회색 고양이야."

페르소나의 오후

당신이 이카본이군요?

난 그쪽이 누구인지 모르겠는데.

모르셔도 돼요. 알 수도 없을 거고. 다만 오래전부터 당신이 어떤 사람일지 정말로 궁금했거든요. 당신 친구가 당신의 미래에 대해 많은 이야기를 해줘서 말이죠.

뭘 말하려는 건지 모르겠지만, 관심 없으니 얼른 장작더미에서 비켜줘.

✍

"그래서 오늘도 리허설 장소가 바뀌었다 그거군?"

"귀찮은 짓도 정도껏이지, 이쯤 되면 베네벤토 씨도 더 참지 못하고 화를 낼걸."

"리허설이 장난이야? 파냐나 씨는 대체 무슨 생각을 하고 있는 거야?"

불평을 하고 있는 조연들 사이로 두 명의 일꾼이 둘둘 말린 배경용 천을 황급히 운반해 갔다. 의상 상자가 속속 도착해서 분장실로 보내지고, 먼저 도착한 악사들이 객석 한쪽에서 밀치락달치락하며 조율을 했다. 갑작스레 빌린 연습실이라 손대야 할 곳투성이였다. 한쪽에선 닫히지 않는 창문을 두드려 고치고 있었고, 마룻바닥에 사포질을 해야 한다고 소리 높여 주장하는 무용수도 있었다. 사방이 부산했지만 주연배우들만은 아직이었다. 아드리아나 역인 뮤치아 베네벤토, 카밀로 역인 막스 카르디가 도착하기 전에 무대를 다 꾸며놓으라는 지시에 일꾼들만 땀을 뻘뻘 흘렸다.

드디어 마차가 달려와 서는 소리가 들리고 뮤치아 베네벤토가 도착했다. 물론 조연 배우들의 예상대로 단단히 화가 난 얼굴이었다. 하이아칸 사람들이 최고로 생각하는 검고 숱 많은 머리를 세 단으로 틀어 올리고 한 손에는 은색 실크 양산을 쥔 채 극장주 파냐나를 찾아내자마자 소리를 질렀다.

"이게 뭐예요! 리허설 때마다 길 잃은 어린애처럼 헤매야 되다니, 내 꼴이 이게 뭐예요!"

입버릇인 '이게 뭐예요!'가 시작되었으므로 파냐나는 재빨리 '당신 말이 옳소'라는 표정을 했다.

"일이 번거롭게 되어서 나도 어찌할 바를 모르겠군. 정말 미안하오. 알다시피 막스가 말이오, 사람들의 눈을 피해야 하다 보니……."

"또 막스예요? 날마다 막스 얘기뿐이고 난 안중에도 없죠? 내가 이제 와서 아드리아나 역을 그만두면 아무리 막스 카르디라도 20일 공연은 절대 못 해요!"

"아, 알지. 알고말고. 당신 없이는 절대 〈아쿠아리안〉을 무대에 올릴 수가 없소. 당신보다 완벽한 아드리아나는 상상도 못 하겠어. 당신처럼 근사한 바닷빛 눈에, 노래도 연기도 훌륭한 최고의 배우를 또 어디에서 찾겠소?"

"번드르르한 소리는 그만 늘어놓아요! 나 없이 풀비아를 데리고 어디 한번 잘해보시지 그래요?"

풀비아는 뮤치아의 대역 배우로 명성은 없어도 기본적인 실력은 있었다. 따라서 뮤치아가 출연을 뒤엎는다 해도 20일 공연을 올리지 못할 까닭은 없었다. 물론 뮤치아가 더 훌륭한 배우이고 인기도 있지만, 이번 공연은 기획부터 연출까지 전적으로 막스 카르디가 좌우하는 것이라 상대역은 기본만 해주면 충분했던 것이다.

그러나 한창 인기가 오르는 뮤치아의 심기를 건드려서 나중에 그녀가 꼭 필요한 공연들까지 망칠 필요는 없었다. 파냐나는 스물 후반에 콜제티 극장을 인수하여 마흔 줄에 접어들도록 수많은 공연을 성공시킨 노련한 흥행사였다. 그는 공연이 있을 때든 없을 때든 인기 배우의 심기를 건드리는 일 따윈 절대로 하지 않았다. 다만, 좀더 인기 있는 배우의 편의를 봐주려 할 때만은 예외였다.

어쨌든 파냐나는 화가 난 뮤치아를 달래기 위해 숨쉬는 것보다 빠르게 미사여구를 남발하는 것은 물론, 수도에서 가장 인기 있는 카페 마조레의 디저트 일곱 가지와 차 세트를 대령하고 공연 제목과 배우의 이름을 수놓은 손수건과 장갑을 선사하는 등 갖은 수선을 다 떨었다. 그러나 결과적으로 뮤치아의 마음이 완전히 풀린 것은 문제의 막스 카르디가 나타난 후였다.

카르디는 뮤치아처럼 소리를 지르며 입구로부터 걸어오지 않았다. 뮤치아와 극장주가 실랑이를 하는 사이 슬쩍 미끄러져 들어와 배경과 소품이 다 마련된 무대로 뛰어 올라왔다. 2막, 카밀로가 텅 빈 홀에서 홀로 춤추는 아드리아나를 보고 2층 객석에 숨어서 하모니카 반주를 하는 장면의 곡이 느닷없이 흐르자 뮤치아는 저절로 무대를 돌아보았다. 그리고 하모니카를 연주하고 있다가 뮤치아를 흘끔 보며 계면쩍게 웃는 카르디와 눈이 마주쳤다.

뮤치아의 얼굴에 피식, 미소가 떠올랐다.

"나쁜 사람 같으니."

의상도 갈아입지 않고, 발끝으로 구두만 벗어던지고 무대 위로 올라간 뮤치아가 춤을 추기 시작하자 겨우 한시름 놓은 극장주는 손수건을 꺼내 땀을 훔쳤다. 간신히 시작했는데 어설프게 멈췄다가는 다시 조금 전의 언쟁을 되풀이해야 할 것 같았으므로, 그는 넋 놓고 있는 사람들에게 손을 내저으며 소리를 질렀다.

"자아, 자아! 조연들 어서 준비하지 않고 뭘 하나! 무대 아래 조명들 밝혀!"

두 주연배우가 제멋대로 리허설에 돌입한 가운데 아드리아나의 춤에서 이어지는 2막 피날레를 당장 만드느라 무대 주위로 십여 명의 사람들이 소품을 들고 정신없이 뛰어다녔다. 겨우 리허설용 램프를 다 밝히고 하모니카의 소리를 이을 관현악단도 자리를 잡고 앉았을 때, 정확히 하모니카 연주가 끝나 바이올린이 선율을 이어받았다. 그다음은 아드리아나 역의 뮤치아가 눈을 가리고 춤을 추어야 하는 장면인데, 수건에 구멍을 살짝 뚫어놨는데도 연습할 때마다 잘되지 않던 부분이었다.

뮤치아가 눈을 가리자마자 객석 세트에 앉아 있던 카르디가 준비 동작도 없이 한 번에 도약해서 무대에 착지했다. 군무를 출 배우들이 양쪽 입구로부터 쏟아져 나오는 가운데 합창으로 이어질 짧은 독창이 시작됐다. 늘 그렇듯 힘들이지 않고 흘러나오는 청아한 목소리에 잠깐 귀를 내맡긴 사이, 바이올린의 연주를 이어받은 관현악단이 한꺼번에 호응하고, 배우들은 자리를 잡아 여성, 그리고 혼성 합창으로 바로 이어갔다. 합창이 고조되다가 주제부로 이어지는 부분마다 카르디의 목소리는 단연 돋보였다.

막스 카르디의 정체가 무엇이고 나이는 몇 살인지, 어쩌다가 배우가 됐는지 아는 사람은 없었다. 카르디를 발굴하여 데뷔시킨 극장주 파냐냐가 흥미를 끌기 위해 일부러 숨기는 것 아니냐는 소문이 돌았지만 극장주는 자신도 모른다고 딱 잡아뗐다. 하지만 첫 무대부터 단번에 주연 자리를 맡아 폭발적인 인기를 얻은 것으로 미루어 보아 파냐냐는 뭔가 알고 있으리란 추측이 꽤 신빙성 있게 나돌았다.

문제는 눈가와 코언저리, 뺨 일부까지 가리는 정교한 가면이었다. 막스 카르디가 이 가면을 벗은 모습을 봤다는 사람은 한 명도 없었다. 공연중이든, 연습중이든, 심지어 식사하거나 쉬고 있을 때도 벗지 않았다. 이 가면은 누군가가 슬쩍 당겨서 벗길 수 있는 것이 아니라 얼굴 윤곽에 정교하게 밀착된 것으로 재질조차 무엇인지 불명확했다. 가면이 아니라 얼굴에 무언가를 칠한 것이 아니냐는 의견도 있었다.

꽤 많은 사람들이 막스 카르디의 정체는 다른 유명 배우들 중 한 명일 거라고 생각했다. 그 실력으로 배우가 아닌 다른 일을 하는 건 상상도 가지 않았으니까. 그래서 카르디와 함께 공연하지 않은 배우들의 뒷조사를 하는 것이 한동안 유행처럼 번지기도 했다. 그러다가 누군가가 가면이 얼굴에 밀착되어 있으니 실제 얼굴의 윤곽과 같지 않겠느냐고 착안해서 카르디의 얼굴을 예상하여 그렸는데, 유명 배우는커녕 무명 배우 중에도 일치하는 사람이 없어 많은 사람들을 골치 아프게 만들었다.

나이를 짐작하기도 간단치 않았다. 가면 때문에 표정 연기가 사실상 불가능한데도 어김없이 사람들을 사로잡는 연기력, 가창력, 춤 실력, 온갖 악기의 연주 실력 모두가 한두 해 갈고 닦았다고 보긴 어려웠다. 그래서 서른 살은 됐을 거다, 스물다섯 이하는 불가능하다는 주장에 설득력이 있었지만 때로 변성이 안 된 소년처럼 흘러나오는 고음의 목소리가 사람들을 아리송하게 했다.

물론 후리후리한 키와 몸매만 봐도 변성이 안 되었을 나이는 아니었다. 최저로 잡는 사람들도 열아홉 미만으로는 보지 않았다. 특히 막스 카르디가 자신이 출연한 작품의 각본을 직접 쓰고 작사와 작곡의 상당 부분을 맡으며, 심지어 연출에까지 관여한다는 사실이 알려진 후로는 아무리 젊어 보여도 삼십 대 후반은 됐을 거다, 서른 이하로는 어림없다는 주장까지 제기됐다. 사생활이 가려져 있다 보니 카스트라토 castrato가 아니냐는 의견도 조금씩 지지자를 확보해가는 중이었다.

예전에 어떤 공연이 끝나고 관객에게 인사하는 자리에서 특등석 관객 하나가 벌떡 일어나 "도대체 왜 가면을 벗지 않는 겁니까?"라고 따져 물은 일이 있었다. 그러자 카르디는 미소를 지으며 이렇게 대꾸했다.

"사실은 얼굴에 끔찍한 화상이 있어서입니다. 제가 가면을 벗으면 다들 기절할 겁니다."

이 발언에 대한 소문이 퍼지면서 충격을 받은 사람들이 진위 여부를 놓고 두고두고 논란을 벌였지만, 카르디 본인은 맡은 배역 때문에 가면을 쓴 다른 배우에게 "당신도 화상이냐"는 등의 말을 농담 삼아 던지는 등 아무렇지도 않은 모습으로 일관했다.

"아, 또 틀렸어!"

눈을 가린 수건을 벗어 내던진 뮤치아가 짜증이 나서 발을 구르자 음악과 춤이 모두 멈췄다. 춤을 추는 다른 배우들과 정확히 동선을 맞춰 휩쓸려 들어가야 하는 부분이 있는데 매번 애매하게 위치가 어긋나는 것이다. 뮤치아도 소신 있는 배우인지라 연출과 다른 연기에 만족할 리가 없었다. 하지만 신경질이 난 뮤치아는 무대 맞은편에 선 카르디에게 화살을 돌렸다.

"누군들 눈을 가리고 이걸 맞출 수가 있겠어? 이 부분 안무, 막스 당신이 했죠? 이걸 내가 몇 번 연습했는지 알아요? 풀비아도 이 부분은 절대 못 해!"

"내가 했지만……."

카르디가 모자를 벗으며 뮤치아에게 다가가다가 멈춰 서더니 두 발짝 물러섰다. 조금 전 뮤치아가 방향을 잘못 잡기 시작한 자리였다. 워낙 자주 틀리는 곳이라 자기 배역을 하면서도 곁눈으로 다 보고 있었던 모양이었다.

"불가능하다고 생각하진 않는데."

"아, 그래? 그럼 당신이 증명해보든가요!"

뮤치아는 바닥에서 수건을 주워 카르디에게 건넸다. 카르디는 받아든 수건을 아무렇게나 눈가에 맸다.

"이렇게……."

직접 안무한 부분이라 해도 자기 배역이 아니었으니 연습 같은 걸 했을 리 없었다. 그러나 카르디의 방향감각은 완벽했다. 입속으로 박자를 세면서 방향을 두 번 바꾸더니 정확히 가야 할 위치에 가 서는 것이 아닌가.

뮤치아가 입술을 깨물고 있다가 말했다.

"……처음부터 다시 해봐요. 맨 처음부터."

카르디는 대답 없이 아드리아나가 눈을 가리고 춤추기 시작하는 위치로 가 서더니 악단을 향해 말했다.

"바이올린 반주만."

단선율 반주가 흐르는 가운데 세 번의 회전, 그리고 춤이 시작됐다. 동선은 물론이고 동작도 틀림이 없었다. 모두가 입을 다물지 못하며 지켜보는 가운데 막스 카르디는 뮤치아가 해야 할 아드리아나의 춤을 늘 해왔던 것처럼 간단히 해내고 정확히 군무단과 만나야 하는 위치에 가서 딱 멈췄다.

"……."

뮤치아는 한동안 말문이 막혀 있었으나 이윽고 카르디에게 다가갔다. 그리고 갑자기 손을 내밀어 카르디의 손을 잡았다.

"아?"

눈을 가리고 있던 카르디가 흠칫하는 순간 뮤치아는 수건을 향해 손을 뻗어 표면을 더듬었다. 이어 표정이 굳어지며 한 발짝 물러났다. 제 손으로 수건을 풀어버린 카르디가 당황한 눈으로 뮤치아를 보았다.

"뭘 한 거죠?"

"막스, 당신 조금 전에 앞이 아예 안 보이는 상태였군요. 내가 손을 잡는 것도 몰랐고, 게다가 수건에 구멍 뚫어 놓은 부분이 눈하고 맞지 않았어. 나는 시야가 반쯤 가려지는 수건을 매고도 못 하는 걸, 당신은 전혀 안 보여도 다 할 수 있다 그거로군요. 됐어요. 그게 전부인가요, 당신이 하고 싶은 말?"

"……."

뮤치아는 수치심과 분노가 뒤섞인 얼굴로 카르디를 쏘아봤다. 주위 사람들도 뮤치아가 어떤 식으로 성미를 터뜨릴지 몰라 숨을 죽였다. 사람들의 시선이 저절로 카르디를 향했다.

카르디는 당황한 표정을 짓고 있지 않았다. 사과하거나, 웃음으로 무마하려 하지도 않았다. 그렇다고 '내게 감탄해라'라며 오만한 표정을 지은 것도 아니었다. 고작 그깟 일로 화를 내느냐며 같이 맞서려는 기색도 아니었다. 사람마다 고치려 애쓰는데도 자꾸만 되풀이하고 마는 실수가 있고, 그런 경우 무엇보다 스스로에게 화가 나는 법이다. 사람들은 카르디가 그처럼 민감한 표정을 짓는 것을 처음 보았다. 가면 때문에 늘 정확히 알아보기 힘들었던 얼굴이었다.

"그 부분, 삭제하지요. 내가 말도 안 되는 짓을 했군요."

카르디는 뮤치아로부터 등을 돌려 무대 아래로 뛰어내렸다. 극장주 파냐나 곁을 성큼성큼 지나치면서 짧게 말했다.

"안무, 고쳐 올 테니 4시 정각에 다시 합시다."

카르디가 연습실 밖으로 사라지고 일 분이 흘렀을까 싶을 무렵 무대 위에 우뚝 서 있던 뮤치아가 갑자기 소리를 질렀다.

"안 돼, 절대로!"

파냐나가 목을 빼고 돌아봤다.

"뭐가 안 돼?"

"고치다니, 있을 수 없어!"

뮤치아는 마구 손을 내저어 조연들을 물러서게 하더니 조금 전 카르디가 아드리아나의 춤을 시작하던 자리로 되돌아갔다. 사람들이 얼떨떨해하는 사이 그녀는 춤추기 시작했고, 자리를 잡지 못한 사람들이 우르르 비켜섰다. 눈을 가리지 않자 뮤치아의 춤도 틀림이 없었다. 마음속으로 센 박자와 딱 떨어지게 맺어지자, 분을 참지 못하겠는지 다시 한번 무대 바닥을 발꿈치로 굴렀다.

"막스에게 분명히 전해요. 이 부분 안무를 고친다면 절대로 무대에 오르지 않겠다고요! 내가 4시까지 반드시 완성해놓을 테니까, 바꿀 생각일랑 아예 하질 말라고 해요!"

연습이 다시 시작되자 무대 아래에 내려와 있던 조연 중 하나가 곁의 사람에게 속삭였다.

"질렸다, 질렸어. 인간인지 뭔지 알 수 없는 막스 카르디도, 그걸 쫓아가겠다고 하는 뮤치아 베네벤토도. 둘 다 미친 거라고."

17일 밤, 극장으로 돌아간 파냐나는 낮에 배달된 편지들을 뜯어서 읽다가 낮게 신음을 토했다.

"으음……"

그 직후, 심부름꾼이 문을 두드리고 들어와 말했다.

"나리, 손님이 기다리고 계십니다요."

문득 직감이 속삭였다. 파냐나는 물었다.

"네가 본 일이 없는 자더냐?"

"예. 스물은 됐을까 싶은 젊은이였습니다요. 나리를 뵙기 전에는 돌아갈 수 없다며 몇 시간째 기다리는 중이고요."

심부름꾼은 파냐나의 반응을 봐서 손님이 가라고 해도 들은 체도 않고 눌러앉아 저녁 식사까지 얻어먹은 일에 대해 말하든지 말든지 해야겠다고 생각하며 기다렸다. 그러나 예상외로 대답은 금세 나왔다.

"모시고 와라."

잠시 후 사무실 문을 열고 들어온 사람은 정말로 소년이었다. 눈매가 예리하긴 한데 한 달은 세탁하지 않은 것처럼 후줄근하고 초라한 차림새라 파냐나는 자기 짐작이 틀렸나 조금 헷갈렸다. 소년은 인사도 없이, 앉으라고 권하지도 않았는데 의자를 당겨 앉더니 대뜸 이름을 말했다.

"막시민 리프크네입니다. 아르닙 공작가에서 왔습니다."

파냐나는 헛기침을 한번 하고 대꾸했다.

"아르닙…… 공작가라면 으음, 아노마라드요? 허어, 먼 곳에서 왔군. 한데 무슨 일이오?"

막시민은 턱을 조금 젖히더니 불손한 눈빛을 보냈다.

"다 알고 왔으니 번거롭게 말 돌리지 맙시다."

"다 알고 오다니, 뭘?"

파냐나도 노련한 사람이라 도발에 쉽게 걸려들지 않고 의아한 표정만을 보였다. 여간한 능구렁이가 아니리란 것쯤은 짐작하고 온지라 막시민은 초조해하지 않고 입가를 실룩여 미소 비슷한 것을 만들어 보였다.

"공작부인께서 아드님을 찾으십니다."

"그런데?"

"당장 모시고 가야겠습니다."

"어머니가 자식을 찾으면 가는 게 순리지. 그런데 그게 나와 무슨 상관이오?"

막시민은 의자 등받이에 몸을 묻으며 물었다.

"어디 있습니까?"

"누가?"

"이거 봐요, 파냐나 씨. 번거롭게 하지 말자고 일찌감치 말했을 텐데요."

파냐나도 의자 등받이에 몸을 기댔다.

"영문을 모르니 뭐가 번거롭다는 건지 당최 알아들을 수가 없소. 소공작을 찾고 싶으면 별장으로 갈 일이지 극장에 와서 웬 행패요?"

"말이 빨리 통하지 않는 분이시군요. 넘겨짚기인지 알고 하는 말인지, 구별이 안 됩니까? 아르님 가문이 어떤 곳인지 잘 모르시는 모양이군요."

아르님 가문이 어떤 곳인지 막시민이라고 알 리 없었다. 대충 말하다 보니 마치 범죄 조직의 뒷배 정도로 만들어버린 것 같았지만 알 게 뭐냐고 생각하고 마는 막시민이었다.

"으음……."

파냐나는 얼른 대답하지 않고 침묵을 지켰다. 막시민의 허풍이 조금은 먹혀든 모양이었다. 물론 상대가 변명을 궁리할 때까지 기다리란 법은 없었다. 상대가 조금 망설일 때는 바로 몰아붙이는 것이 나은 수였다.

"이제 사정이 좀 이해되십니까? 저야 뭐, 심부름이나 하는 처지에 불과하지만 아시다시피 아노마라드, 특히 켈티카 사는 분들은 자기들이 세상 꼭대기에 있는 줄 알잖습니까? 그 꼴 많이 봐봤자 먹은 거 없이 비위만 상할 뿐이죠. 일이 빨리 처리되기만 한다면 이곳이 연관됐다는 얘기는 생략해드릴까 싶기도 한데, 어떻습니까?"

막시민이 하는 얘기가 사실인지 아닌지 당장 판별할 방법은 없었다. 당장 뒷조사를 해보고 싶어도 아노마라드, 그것도 아르님 공작가가 있는 켈티카는 소식이 오가는 데만도 몇 달이 걸린다. 혹시나 정말로 아르님 공작 가문에서 보낸 자라면 어쩐다? 그 때문에 시치미를 떼고 소년을 쫓아버리는 대신 망설일 수밖에 없었다.

파냐나의 생각은 이랬다. 어차피 소공작을 두 달이나 가출 상태로 데리고 있는 처지다. 이런 일이 영영 숨겨지리라고 바랄 순 없다. 본래는 소공작이 자기가 하고 싶어서 벌인 일이니만큼 중간에서 말을 잘해줄 거라고 기대했다. 하지만 어설프게 아르닝 가문 쪽에 먼저 얘기가 들어갔다가는 몇 달 뒤 무슨 날벼락이 닥칠지 모른다. 대국 아노마라드의 콧대 높은 공작이나 공작부인이 자기 아들을 빼돌린 죄로 극장주 한 명쯤 자루에 넣어 바다에 던져버리는 성격인지 아닌지 알 게 뭐겠는가? 소공작의 다소 기괴한 면을 볼 때 완전히 불가능한 상상 같지도 않고.

그러니 결국 밝혀질 일이라 할 때, 저쪽 제안대로 콜제티 극장이 연관됐다는 얘기를 빼준다면 가장 좋았다. 물론, 저쪽이 대강 냄새만 맡고 카르디의 비밀을 들춰보려고 큰소리치는 다른 극장의 첩자 따위가 아니라면 말이다.

"이봐요, 젊은이. 난 말요, 귀족 어르신들의 비위를 거스르는 일은 털끝만큼도 하기 싫은 사람이오. 그게 아노마라드의 공작 가문이라면 더더욱 그렇고. 당신도 귀족 밑에서 일하니 실컷 봤겠지만, 그분들 눈에 잘못 들면 어떤 더러운 꼴을 당하는지 잘 알지 않소? 그분들이 잘못이 있다 하면 없는 잘못도 있는 것이고, 내가 그 댁 도련님의 그림자도 본 일이 없다 해도 그들이 내가 숨겼다 하면 숨긴 것이오. 그런 까닭에 당신이 내게 와서 그런 걸 물을 때부터 나는 더럭 겁이 났소이다. 자, 내가 어찌하면 좋겠소? 모른다고 하면 숨기려 든다고 다그칠 테고, 안다고 하면 이제부터 돌려보낼 사람을 내 손으로 찾아내어야 하니 난감해지오. 그러니, 우리 이럽시다."

막시민은 미간을 찌푸렸다. 말로 뭉치고 어르려는 수작이구나 싶었다. 하지만 제안 자체는 들어봐야 했다.

"뭔 얘긴지, 일단 해보시죠."

"내게 그 소공작이라는 분이 알아볼 만한 편지나 표지 같은 것을 하나 주시오. 의심을 받았으니 나도 이제 어쩔 도리 없이 그 소공작이란 분을 찾아다녀야 되게 생겼소. 만일 내가 먼저 그분을 찾으면 그걸 보이고 돌아가시도록 잘 말씀드리리다. 이렇게 내가 수고하는 대신, 아까 말한 대로 우리 극장 이름이 공작부인께 들어가지 않도록 아량을 베풀어주시면 좋겠구려. 그런 세도가에 한번 잘못 찍히면 사실 여부를 떠나 여간 피해를 보는 게 아니라서 말이지. 젊은 분도 내 난처한 입장을 이해해주리라 믿소이다."

"……."

막시민은 내심 상당한 인간이라고 생각하며 쓴웃음을 머금었다. 저자는 자기 잘못을 인정하지도 않으면서 양쪽 모두의 논리를 피할 길을 잘도 찾아낸 것이다. 소공작인지 뭔지 그런 사람 모른다고 계속 우겨댔다면 막시민이 제시한 좋은 조건을 놓치게 됐을 거고, 고분고분 알았다고 했다면 죄를 인정한 꼴이 되는 것은 물론, 비밀을 지키는 것으로 얻어온 이득을 송두리째 날렸을 것이다. 그런 와중에 이 정도의 대안을 용케도 찾아내다니.

그러나 저 말을 들은 결과, 한 가지가 확실해졌다. 저 극장주는 처음 했던 주장대로 조슈아와 아무 관계가 없는 게 아니었다. 말로 하지 않아도 상대가 알아주기를 바라는 화술이 바로 저런 것이었다. 물론 일이 틀어졌을 때 잡아떼기도 좋고 말이다.

저쪽에서 협상하고 싶은 속내를 드러냈으니 이쪽에서는 대환영하는 모습을 보여서 아예 넘어오도록 하는 것이 좋겠다는 판단이 섰다. 어찌됐든, 이자의 협조 없이 막시민 혼자서 숨어 있는 조슈아를 찾아낼 방법은 없었다.

"아아 역시, 보통 분이 아니란 건 짐작했지만 확실히 다르시군요. 뭐, 하고 싶으신 말씀을 대략 짐작하겠습니다. 편지니 표지니 그런 것까지 필요할 것 같진 않군요. 대신 조슈아 도련님께 제 생김새를 설명해드리십쇼. 그럼 이만, 내일 다시 찾아뵐까요."

자리에서 일어난 막시민은 예의 없는 녀석답게 형식적으로 꾸벅 절을 하고 나가버렸다. 혼자 남은 파냐는 곧장 벨을 울려 심부름꾼을 불러들였다.

"지금 나간 저 친구가 정말로 아르님 가문 사람인지 알아봐야겠어. 빨리 별장부터 가보고, 또 예전에 그 댁 따님이 하이아칸에서 머물 때 별장 일을 돌보던 애 있지? 좀 수소문해서 별장 쪽 얘길 들어봐. 그 댁 측근 중에 저런 젊은이가 있는지, 그리고 저 친구가 혼자 온 건지 다른 일행이 있는지도 조사해봐."

심부름꾼이 나간 뒤 파냐나는 깍지 낀 손을 무릎에 올려놓고 생각에 잠겼다. 어차피 공작댁 도련님을 영영 숨겨 데리고 있을 순 없는 노릇이었다. 그가 막시민에게 협상할 뜻을 비친 것은 20일 공연의 성사가 그가 원하는 전부였기 때문이다. 그 뒤는 뭐, 소공작께서 알아서 하실 일이지. 그나저나 막시민의 태도를 돌이켜보자 불쑥 웃음이 났다. 제 나이의 두 배도 넘는 어른을 어린애 다루듯 하려는 녀석의 대담함이 건방지기도 했지만, 일견 흥미로운 면도 있었다.

"어린 녀석이 보통이 아니더란 말이야."

잠시 후 파냐나는 이상한 점을 눈치챘다. 그 시건방진 태도가 밉게 보이지 않았던 까닭은 어딘가 모르게 익숙한 느낌이 들어서였다. 막시민이라는 소년의 그 태도, 어디선가 많이 봤던 것 같지 않은가?

그즈음, 그는 막시민의 이름과 짐 속에서 비죽 튀어나와 있던 바이올린을 기억해내고 무릎을 치며 실소했다.

"아하, 이제 알겠군그래."

막시민은 물론 막스 카르디의 정체를 이미 알고 있었다. 손에 쥐고 있는 〈아쿠아리안〉 초대장 덕택이다.

블루코럴섬에 도착한 직후 그는 카르디의 공연이 취소되었는가 알아보았다. 그러나 여전히 포스터는 곳곳에 붙어 있었고 풍문으로도 그런 얘기는 들려오지 않았다. 카르디는 틀림없이 20일 공연에 나온다는 것이다.

막스 카르디, 그러니까 정확히 말해 가출 소년 조슈아가 소속되어 있는 극장을 찾아간 것은 옳은 선택이었다. 태도를 보아 하니 극장주는 조슈아의 행방을 알고 있었고, 아직까지는 별일 없이 그자가 보호하고 있으리란 확신도 생겼다. 이쯤에서 조슈아가 안전하다고 믿는 것이 속 편한 결론이겠지만 막시민은 도저히 그럴 수 없었다.

그럼 그날 비취반지 성에 나타난 조슈아는 도대체 뭐란 말인가?

그 조슈아에 대해 생각할 때마다 매사에 대담한 막시민도 등이 서늘해지곤 했다. 그자는 정말로 조슈아와 같았다. 외모는 물론 말투, 행동, 기억까지도 그가 아는 그대로였다. 물론 떨어져 지낸 지 오래되었기에 자신의 판단이 틀릴 수도 있지만, 할아버지를 비롯한 가족들 또한 그가 조슈아라는 것을 눈곱만큼도 의심하지 않았다. 아무리 변장을 잘하더라도 함께 식사하고 잠드는 가족들을 몇 날 며칠이나 속일 수 있을까?

도플갱어Doppelgänger라고 하는, 인간과 똑같은 모습을 하고 나타나는 초자연적 존재에 대한 이야기를 막시민도 들어보았다. 워낙 잡다한 이설이 많긴 하지만, 보통 그 유령인지 괴물인지 모를 놈이 출몰한다는 건 그 사람이 죽게 될 전조로 여겨졌다. 물론 자신과 똑같은 모습과 인격을 가진 자를 보고 진짜 쪽에서 놀라서 죽어버릴 가능성도 배제할 수 없었다.

막시민은 현실적인 성격이어서 괴담이나 전설 따위를 쉽사리 믿지 않았다. 봤다는 사람이 꽤 많은 유령에 대해서도 '불가지不可知'라는 태도를 고수했다. 다만 대륙에 '필멸의 땅'이라는 곳이 존재하는 한 유령이니, 도플갱어니 하는 것들도 아주 허무맹랑한 얘기는 아니겠거니 생각했다.

필멸의 땅은 북부 사막 지역에 자리잡은 레코르다블의 북부 경계에서 시작되어 대륙의 3분의 1이나 차지하고 있는 어마어마한 규모의 황무지다. 고대 왕국이 재앙으로 멸망한 뒤 황무지로 변했다는 그곳에서는 재앙 당시에 죽었다는 자들의 유령들이 출몰한다고 했다. 그 유령들이 생쥐 한 마리조차 살려두지 않기 때문에 필멸의 땅에는 누구도 접근하지 못한다고 들었다.

켈티카로부터 온갖 절차를 거치고 한 달 반이나 걸려 하이아칸까지 온 막시민이니 그 정도가 가까운 거리로 생각되진 않았다. 하지만 한 사람과 똑같은 얼굴을 한 도플갱어, 그런 것이 배회할 만한 곳이라면 그곳뿐이 아닐까.

막시민은 고개를 흔들었다. 결론 없는 공상이나 하고 있을 때가 아니었다. 그 가짜가 어째서 조슈아와 그토록 똑같은가에 대해서는 진짜 조슈아의 안전이 확인된 뒤에 생각해도 충분할 것이다. 무엇보다 반대의 가능성도 배제할 수 없었다. 이곳의 막스 카르디는 가면을 쓴다. 그쪽이 오히려 가짜로 대신하기 쉽지 않을까? 어느 쪽이 가짜이고 어느 쪽이 진짜인지 아직은 근거가 없으니까. 비취반지 성에서 본 조슈아가 받아들여지지 않는 건 막시민의 직감일 뿐이었다.

그러나 그 직감 때문에 여기까지 왔다.

거기까지 생각했을 때 딸그닥 하고 문 걸쇠 끄르는 소리가 들려왔다. 곧 극장 뒷문이 열리고 한 남자가 밖으로 나왔다. 눈에 익은 얼굴이었다. 좀 전에 저녁을 얻어먹겠다고 수선을 떨면서 극장 안을 오가는 사람들을 눈여겨보아뒀던 것이다. 가는 체하다가 되돌아와 기다린 보람이 있었다.

심부름꾼으로 보이는 남자는 주위를 둘러본 뒤 큰길로 이어지는 골목으로 나갔다. 막시민은 조금 기다렸다가 약간의 거리를 두고 뒤따라가기 시작했다.

평화로운 일상이 꼬이기까지

용케도 들어왔군요. 하지만 환영받을 생각일랑 접어요. 당신은 침입자이고, 불청객이고, 이방인이니까.

당신 말이 다 맞아요. 하지만 한 가지를 빠뜨렸군요. 우리는 본래 한 뿌리에서 갈라진 형제라는 것.

다들 잊은 이야기를 대단한 비밀인 양 말하니 우습네요. 그럼 이건 어떤가요? 우린 당신들의 위기를 모르는 체한 배신자라는 것.

그러면 하나 더 말하면 되지요. 우리와 당신들의 자손은 이후 함께 살아가게 되리란 것.

한가한 오후였다. 적어도 미랭게트 의상실에서는 그랬다. 미랭게트 선생 본인이 샤펠 축제를 구경하기 위해 20일 당일 휴무를 선언해버렸기에 아무도 나오지 않은 의상실에는 리체 혼자뿐이었다.

　오늘, 샤펠 축제의 하이라이트인 막스 카르디의 〈아쿠아리안〉 공연에는 미랭게트 의상실에서 만든 옷이 잔뜩 나온다. 미랭게트 선생도 초대권을 받아 공연을 보러 갔다. 사실 오늘 나올 의상 중 대부분이 리체가 직접 재단하고 바느질하고 자수를 놓은 것들이지만 리체는 공연에 가지 않았다. 작업중에 죽도록 봤는데 뭘 새삼 보러 가겠느냐는 얘기는 핑계고, 입장권 두 장을 팔아 마련한 비상금이야말로 요점이었다. 재봉사 언니들은 다들 감탄한, 또는 어이없어하는 얼굴이었다. 하지만 리체가 팔아준 입장권 덕택에 공연을 보러 가게 된 밀라르와 또 한 사람에게는 아무래도 좋은 일이었다. 즉, 모두가 행복한 결론이었다 해도 무리는 없었다.

　그렇다면 리체는 왜 의상실에 있을까? 시간외수당도 나오지 않는 추가 근무를 해서 미랭게트 선생에게 점수를 따겠다는 생각 따위를 할 리체가 아니었다. 게다가 오늘 광장을 비롯한 큰 거리는 막바지 축제를 즐기려는 사람들로 초만원을 이뤘을 테고 리체는 들뜬 사람들로 번잡한 거리를 쏘다니기를 좋아했다. 하지만 오늘만은 전부터 세워둔 계획을 실행하려고 마음먹었기에 축제 재미의 만끽은 내년으로 미룰 작정을 했다. 오전 중에는 한가로움을 즐기며 차도 끓여 마시고 예전에 만들어둔 옷도 뒤적이며 놀았지만, 점심을 먹고 나자 계획 실행에 들어갔다.

의상실에는 실수로 추가 주문됐거나 계획 차질, 고객의 변덕 따위로 남겨진 옷감, 단추, 실, 그리고 재단 후 남은 자투리 천들을 모아놓는 창고가 있었다. 이곳에 쌓인 옷감과 부재료들에는 일관성이 전혀 없는 까닭에 자주 정리해서 본 창고로 보내는 수고가 필요했지만 재봉사들은 물론 미랭게트 선생조차도 귀찮은 나머지 일부러 잊어버린 체하며 지냈다. 몇 년을 그렇게 방치한 결과 그곳에는 종류를 셀 수 없는 잡다한 자재가 산더미처럼 쌓이게 됐다. 다들 조만간 한번 정리해야 된다고 말은 하지만, 막상 하려 드는 사람은 없었다. 리체는 예전에 살짝 들어가 창고 상태를 살펴봤다. 역시, 몇 가지 없어진들 아무도 모를 정도로 뒤죽박죽 된 창고, 다시 말해 보물 창고였다.

"역시, 우리 의상실은 너무 돈이 많은 모양이라니까."

더운 날씨에 너무 묵혀둬서 곰팡이가 슨 옷감을 들춘 리체는 입을 비죽거렸다. 썩은 사과도 자기 창고에 쌓여 있어야 마음이 편한가 보다고 생각하면서.

재봉사라면 연습 삼아 재단도 해보고 그래야 되는데, 재봉사들이 개인적으로 쓰려 하면 자투리천 한 조각도 아까워하는 미랭게트 선생이었다. 천을 넉넉히 써도 좋은 때는 오직 주문받은 옷을 만들 때뿐이었다. 그래놓고도 재봉사들이 저절로 솜씨가 좋아지길 바라니 도무지 앞뒤가 맞지 않는 사람이었다. 특히 비단이나 자개단추처럼 비싼 재료는 절대 주지 않았다. 그동안 치사한 꼴을 몇 번이나 당해온 터라, 리체는 자기 쪽에서도 적당히 챙길 거 챙기며 살기로 마음먹었다. 전부터 구상해둔 몇 가지 옷에 써볼 재료들을 슬쩍하기로 작정한 것이다.

"워낙 일당이 짜니까 알아서 손해를 메우는 수밖에 없잖아?"

제멋대로 합리화하며 재료들을 신나게 골랐다. 옻칠이 된 단추도, 비스듬하게 잘라 써먹기 불편한 자투리 비단도, 주문서를 보여줘야만 사 오는 금사와 은사도, 요령 좋게 조금씩만 챙겨 넣었다. 그런 다음 남은 물건들을 실컷 구경했다. 다시 말해 나중에 필요하면 더 가져올 요량으로 자세히 봐뒀다.

이윽고 구경도 끝내고 창고 문을 잠그고 나니 굉장한 보람이 느껴졌다. 미랭게트 의상실에서 일한 이래로 오늘이 가장 괜찮은 날이었던 것 같았다.

"비단이 종류별로 몇 조각씩은 다 있었어. 조금 집어다가 인형 옷이나 만들까?"

리체에겐 고급 옷을 갈아입힐 인형이 없었다. 취미 삼아 갖기엔 너무나 비싼 장난감이거니와 사실 관심도 없었다. 하지만 그런 인형을 좋아하는 부잣집 아이들이라면 재봉사가 만든 정교한 옷을 갖고 싶어 할 법도 한데? 좋은 생각 같아서 창고 문을 다시 열고 조각천을 한 뭉치 챙겨서 보자기로 쌌다. 앞의 재료들까지 합쳐서 미리 준비해 온 천 가방에 집어 넣었다.

이제 전리품을 집에 갖다둔 다음 축제 구경을 하러 갈까, 아니면 당장 재단을 시작해볼까 생각하고 있던 리체는 흠칫 놀라 뒤를 돌아봤다. 누군가가 의상실 문을 두드렸던 것이다. 그것도 무척 급하게.

"어이, 문 좀 열어봐요! 아무도 없어요?"

"……."

반사적으로 입구로 가려던 리체는 갑자기 멈춰 섰다. 오늘 의상실에 나온 것을 미랭게트 선생이나 다른 재봉사들이 알면 절대로 재미없는데? 다들 놀러가는 날, 리체가 빈 의상실에 나와 친절하게 밀린 주문이라도 처리하고 있을 거라고 생각할 사람은 아무도 없었다. 혹시라도 없어진 게 없나 쓰레기통까지 뒤질 게 뻔하다.

리체는 눈만 크게 뜬 채 대답해야 할지, 모른 체해야 할지 고민에 빠졌다. 그런데 그러고 있기도 점점 힘들어졌다. 불청객은 문을 거의 부숴놓을 기세였다.

"누구 없어요! 대답 좀 해봐요! 정말로 아무도 없는 거요? 아주 중요한 일이란 말이오!"

저쯤 되면 이웃에서라도 쫓아와 의상실이 휴무라고 알려줘야 될 것 같았지만 이웃들은 저들의 의무를 망각한 채 다들 축제 거리에 나가고 없었다. 아니지, 휴무라는 말은 의상실 입구에도 써 붙여놨는데 저 사람은 오늘 같은 날 당직 직원이라도 있을 걸로 기대했단 말인가?

리체는 혼자 발끈해서 속으로 지껄여댔다. 미쳤니? 무급 휴가에 당직 따윌 설 리가 없잖아!

방문객은 끈질기게 문을 흔들어대고 있었다. 점점 마음이 약해진 리체는 재봉사가 아니라 멋모르는 심부름꾼인 체해서 저자를 쫓아버려야겠다고 마음먹었다. 빗장을 풀고 문을 잡아당기자 맞은편 문고리를 잡고 있던 사람이 거의 쓰러지다시피 안으로 들어왔다.

리체는 정말로 말하려 했다. 자신은 엊그제 고용된 심부름꾼으로 재봉은 전혀 할 줄 모르고, 재봉사들이 어디에 갔는지도 전혀 모르고……

"정말로 다행입니다! 아무도 없는 줄 알고 포기할 뻔했는데! 얼른 저와 같이 가십시다! 어서요!"

"저기요, 저는……."

"얘기는 가면서 하죠. 지금 한시가 바빠요!"

"잠깐만요, 전……."

"얼른요!"

"잠깐만!"

리체가 소리를 지르자 겨우 상대가 말을 멈추고 그녀를 봤
다. 방문객은 리체보다 조금 나이가 많을까 싶은 젊은 남자였
다. 리체는 허리에 손까지 얹고 화난 눈으로 상대를 쏘아봤다.

"누구 맘대로 오라 가라 난리예요! 오늘은 의상실 쉬는 날
이니까 난 일할 의무가 전혀 없단 말이에요! 털끝만큼도, 실
오라기만큼도, 없어! 당신이 미랭게트 선생님이라고 해도 오
늘 날 일하게 하진 못해!"

조금 전 세운 계획과는 아무 상관없는 항변이 돼버렸다. 사
실 리체는 천성적으로 거짓말을 잘 못 했다. 조금만 생각 없
이 말하면 바로 진실이 튀어나왔다. 그러자 방문자는 놀랄 만
큼 고분고분해지더니 물었다.

"재봉사 맞으시죠? 오늘 당직 근무중이신 거 아닌가요?"

"당직 따위가 있을 리 없잖아요!"

"그럼 여기서 뭘 하고 계신 건지……."

"알 거 없어요!"

갑자기 남자의 목소리가 도로 높아졌다.

"알 거 있습니다! 지금 당장 콜제티 극장으로 가주십시오. 제발요! 제발 같이 가주시죠!"

콜제티 극장이라면 오늘 막스 카르디의 공연이 열리는 그곳이고, 이곳 재봉사들도 여럿 가 있을 것이었다. 그러니 굳이 리체가 갈 필요는……. 그때 머리를 퍼뜩 치고 지나가는 생각이 있었다.

"뭐 잘못됐어요? 혹시…… 의상이?"

리체가 그렇게 말하자마자 상대가 반색을 하며 목소리를 높였다.

"바로 그거예요! 지금 카르디 씨가 2막 초입에서 입어야 하는 의상에 문제가 생겼단 말입니다! 하의뿐이고, 상의가 없어요! 아무데도! 창고며 분장실을 모조리 뒤집어엎었는데도!"

리체는 덩달아 흥분해서 소리쳤다.

"2막이라면, 그 진주색 공단? 그게 없긴 왜 없어요! 내가 분명히 만들어서 포장한 기억까지 나는데! 받았을 때 그런 것을 확인해보지 않고 뭘 하는 거예요!"

쓸데없는 말을 해버리고 말았음을 깨달은 건 말을 내뱉은 직후였다. 상대는 말 그대로 반색을 했다.

"앗, 그 옷을 직접 만든 분이시군요! 살았다! 2막 시작하기 전에 대충 비슷하게라도 만들지 않으면 난리 납니다! 얼른요!

사례는 후하게 한다고 극장주께서 직접 말씀하셨다고요!"

'사례'라는 말이 '무임금에는 무노동'으로 무장한 리체에게 드디어 약간의 감명을 주었다.

"음, 시간이 얼마나 있죠?"

"1막 시작까지 두 시간 정도밖엔 없고……. 그러니 어서 극장으로……."

리체는 어이가 없어 픽 웃었다.

"도대체 극장에 가서 뭘 할 건데요? 옷본도 옷감도 없는 데서 날더러 어쩌라고? 그럴 것 같으면 지금쯤 그 극장에 여기 재봉사만 다섯 명은 가 있을 텐데 거기서 찾지 뭘 하러 여기까지 쫓아와요? 자, 자, 만들어도 여기서 만들 테니까 얼른 들어와서, 그러니까…… 응, 저기 앉아 있어요!"

리체는 손을 뻗어 대기용 의자를 가리켰다. 그리고 휙 뒤돌아 옷본을 가지러 가다가 다시 돌아보며 덧붙였다.

"돌아다닐 생각 말고 거기 가만히 있어야 돼요!"

그건 그리 어려운 일이 아니었다. 잠시 후 옷감과 재료를 꺼내 온 리체가 은사 자수 장식으로 가득한 웃옷 한 벌을 두 시간 만에 만들어내기 위해 바늘이 보이지 않을 정도의 손놀림을 보여줬기에, 다른 구경거리가 필요 없었다.

막시민은 솔직히 막스 카르디의 공연인가 뭔가가 이 정도로 인기 있을 줄은 몰랐다. 술통 속에서 자면서 버티던 작자들이 설마 이 공연만 보러 왔겠는가 생각했다. 상대가 친구다 보니 현실감 없게 느껴졌던 까닭도 있었다. 조슈아가 예전에 편지에 대강 써 보내긴 했지만 반쯤은 허풍이 아닐까 생각하고 말았던 것이다. 조슈아가 엉뚱한 소리는 곧잘 해도 허풍과는 거리가 먼 성격이란 걸 알면서도 그랬다.

그런 까닭에 당일 극장 앞에 모인 인파를 보고서야 그 편지가 심지어 점잖게 겸양을 떨며 쓴 것이었음을 깨달았다. 편지 내용도 헛소리 같았는데 실제가 더 허황되잖아!

감탄하고 있을 때가 아니었다. 막시민에게도 입장권은 있었지만 이 끝이 보이지 않는 입장 줄 뒤에 섰다가는 공연 시작 전에 막스 카르디의 얼굴을 구경하는 건 고사하고 사람들에게 파묻혀 꼼짝도 못하게 될 것이 뻔했다. 어떻게든 먼저 극장에 들어가야 했기에 막시민은 줄서기를 포기하고 일전에 봐뒀던 뒷문부터 시작해서 극장을 한 바퀴 빙 돌며 조사했다. 하지만 날이 날인지라 저쪽에서도 신경을 썼는지 슬쩍 밀고 들어갈 만한 곳은 없었다.

다시 머리를 굴렸다. 이제 곧 입장이 시작된다. 공연중에는 분명히 도중에 나가거나 들어가야 되는 사람들이 생길 것이다. 관객도 있겠지만, 그보다는 무대나 소품 담당하는 그런 사람들 말이다. 그런 사람들을 적당히 붙잡아 자신을 극장주 파냐나 앞으로 데려가게 만들어야 했다.

오늘이 오기 전에 조슈아를 찾아냈더라면 좋았을 것이다. 그러나 파냐나는 의도적으로 막시민을 따돌렸다. 처음 만났던 날 밤, 심부름꾼을 따라가 조슈아가 그간 머물렀다고 생각되는 해변 빌라를 찾아내는 데 성공했지만 그날 밤 조슈아는 돌아오지 않았다. 거처를 옮긴 것인지 그후로도 줄곧 비어 있었다.

첫 번째 계획이 실패하자 막시민은 다시 파냐나를 만나려 했지만 지난번과 달리 그자는 면담 자체를 받아주지 않았다. 출입구에서부터 가로막혔던 것이다. 밖에서 기다려봤지만 파냐나는 붙박이장으로 변한 것처럼 극장 밖에 코빼기도 비치지 않았다. 자신의 관찰력에 확신이 있는 막시민은 파냐나가 밖으로 나왔다면 자기가 못 알아봤을 리 없다고 결론지었다. 그가 왜 이렇게 막시민을 피할까?

어쩌면 파냐나는 막시민이 한 말에서 힌트를 얻어 조슈아를 슬쩍 떠보고 나서 막시민을 만나선 안 될 종류의 사람으로 단정했는지도 모른다. 아니, 조슈아가 그런 농간을 눈치 못 채고 멍청하게 당하고 있을 녀석은 아닌데. 여태껏 가만히 있는 걸 보면 녀석은 역시 아무 얘기도 듣지 못했을 것이다. 파냐나에게 한마디만 들었다면 당장에 자기 쪽에서 막시민을 찾으려 했을 테니까.

그렇게 이틀 동안 극장 주위를 맴돌던 중 막시민은 이상한 점을 눈치챘다. 극장 주위를, 특히 밤에 배회하는 사람이 자기 말고도 몇 명 더 있었던 것이다. 두세 명, 때로는 한 명이 교대로 극장 근처를 맴돌았다. 시시각각 다른 사람이 오긴 했지만 묘하게도 행동 방식이 비슷했다. 공통점을 눈치챈 이유는 막시민 자신도 비슷한 행동을 하고 있었기 때문이다.

　그자들의 존재를 깨닫자 막시민은 마음이 급해졌다. 누군가가 무언가를 노리고 있다. 똑같은 사람이 둘이라면, 줄여서 하나로 만들어야겠다고 생각하는 사람들이 있기 마련이다…….

　그러나 얼굴을 다 외워뒀음에도 불구하고 오늘은 그들이 보이지 않았다. 입장은 조금 전부터 시작되었다. 예상되다시피 처음에는 그럭저럭 질서가 지켜졌지만 새치기하는 사람이 생기면서 어느새 서로 밀치고 당기는 아수라장으로 변했다. 저 틈에 끼여 있지 않아 다행이라고 생각하고 있을 때 막시민이 지키고 서 있던 뒷문 쪽으로 접근해 오는 두 사람이 눈에 띄었다. 소녀 하나와 젊은 남자 하나다. 소녀 쪽은 한쪽 어깨에 가방을 메고 팔에는 무대의상으로 보이는 하얀 웃옷을 걸고…… 오, 그렇지, 기다리던 자들이다.

　"너무 일찍 온 거 아니에요?"

　"분장실에서 기다리시면 될 겁니다."

　"내가 뭘 하러 기다려요? 옷만 두고 가면 되지."

남자는 머리를 긁적이며 웃었다.

"아, 하하하……. 오신 김에 다른 의상도 좀 손질해주시고, 빠진 게 없는지 점검도……."

아직 '후한 사례'를 받지 못한 리체의 대답은 가차없었다.

"민폐도 정도껏이지, 남의 휴일을 후불로 세내고 있으면 부끄러운 줄을 알라고요. 분장사들한테 일당 안 줘요? 일당 받은 사람들한테 일을 시키셔야죠."

"아, 뭐, 그게, 실은 조금 전에 보여주신 바느질 솜씨에 너무 감명을 받다 보니……."

'후불'이 특히 강조되었지만 남자는 못 알아들은 체했다. 그때, 옆에서 누군가가 남자의 어깨를 톡톡 누드렸다. 돌아보자 흐트러진 갈색 머리에 계절에 맞지도 않는 낡아빠진 코트를 걸친 소년이 씨익 웃어 보였다.

"이봐요. 여기가 파냐냐 아저씨네 집인가 보죠? 거, 집 한 번 무지, 무지, 무지하게 크네. 가족이 백 명쯤은 되는 건가?"

남자가 한쪽 눈썹을 삐딱하게 내렸다.

"집은 무슨 집이오? 여긴 보다시피 극장이란 말이오. 극장이 뭔지 몰라요? 시골에서 왔소?"

막시민은 멍청한 표정으로 남자를 쳐다보다가 고개를 갸웃거리더니 말했다.

"그럼, 응, 파냐냐 아저씨가 여기서 안 산단 말인가요?"

"잠깐, 파냐나? 그분은 이 극장의 주인이신데? 파냐나 씨와 아는 사이요?"

"아저씨라니까요. 여기로 가면 된다고 트리비아 아주머니가 분명히 그랬는데."

"트리비아 아주머니? 그 사람은 또 누구요?"

"트리비아 아주머니는, 응, 실라브리아 아주머니의 동생이거든요. 실라브리아 아주머니는 아르메리다 아주머니의 동생이고, 아르메리다 아주머니는 콘소메 아저씨의 부인이고, 콘소메 아저씨는 우리 고모 아저씨인데……."

남자는 정리하려 했다.

"잠깐, 그러면 콘소메 아저씨가 당신의 고모부이면 아르메리다 아주머니가 당신의 고모 아니오? 그러면 실…… 그, 뭐랬지?"

"실라브리아 아주머니."

"그, 그래, 실라브리아 아주머니도 당신의 고모일 거 아니오?"

"그런데요."

"그러면 그전에…… 뭐랬지?"

"트리비아 아주머니요."

"그 트리비아 아주머니도 고모 아니오?"

"그러네요."

"그러면 당신 고모가 여기로 보낸 거라고 말하면 되지, 왜 그…… 아르 뭐라는 아주머니는…….

"아르메리다 아주머니요."

"하여간에, 그 사람들이 왜 쏟아져 나온 거요?"

"왜냐면, 아르메리다 아주머니와 실라브리아 아주머니와 트리비아 아주머니가 나를 키워줬거든요? 그런데 아르메리다 아주머니가 키우던 암소가 그만 늙어서 죽었거든요? 그러니까 아르메리다 아주머니는 우유를 먹지 못하게 된 거잖아요? 그런데 실라브리아 아주머니네는 암소가 두 마리거든요? 그래서 실라브리아 아주머니네서 우유를 가져다가 먹으려고 했거든요? 그런데 실라브리아 아주머니의 남편인 에피타이저 아저씨는 우유를 주고 싶어 하지 않았거든요? 왜냐면 에피타이저 아저씨는 남는 우유를 이웃 마을 친구인 디저트 아저씨네 가게에 팔고 있었거든요? 디저트 아저씨는 우유로 버터를 만들어서 이웃 마을에 팔아서 다섯 명이나 되는 딸을 키우고 있는데 그 딸들의 이름은 치아미네, 사브로미네, 델라미네……."

"자, 잠깐만!"

"왜요?"

얼굴이 빨개진 남자가 소리쳤다.

"그 사람들이 다 무슨 상관이야! 파냐나 씨를 만나러 왔댔지? 그러면 얼른 들어가서 만나면 되잖아! 그 뭐라는 딸들……."

"딸들은 치아미네, 사브로미네……."

"그…… 사람들 얘긴 파냐나 씨한테나 해! 어서 들어가!"

그런데 곁에서 눈을 동그랗게 뜨고 둘의 대화를 듣고 있던 리체가 끼어들었다.

"딸이 다섯이랬는데 나머지 두 딸의 이름은 뭐죠?"

남자가 얼빠진 표정으로 리체를 돌아봤다.

"재봉사 아가씨는 얼른 분장실로나 가봐요!"

"그래도 얘기가 끝이 안 났잖아요. 나머지 두 딸은……."

리체가 더 말하기 전에 남자는 뒷문 자물쇠를 따고 막시민을 재빨리 밀어넣었다. 리체도 따라 들어갔지만 어느새 두 사람은 파냐나 씨의 사무실 쪽으로 서둘러 가고 있는 중이었다. 리체는 킥킥 웃더니 그쪽으로 목을 빼고 소리쳤다.

"나머지 두 딸 이름이 뭔지 말해주고 가요!"

극장주 파냐나는 지난번과는 현저히 다른 태도로 막시민을 대했다. 즉, 귀찮은 훼방꾼 취급했다. 막시민의 뒤를 캐본 결과 아르님 가문에서 보낸 게 아니라는 결론을 내린 모양이었다. 하지만 막시민의 태도도 그에 못지않았다. 전에는 그나마 정당한 사절인 체했지만, 이제는 사무실에 쳐들어온 빚쟁이라고 해도 이상하지 않을 태도를 취했다.

"그러니까, 당신이 날 피했다는 내 주장은 전적으로 착각이고, 당신은 아르님 가문 도련님을 열심히 찾았지만 성과는 없었고, 그 와중에 내가 밝힌 신분은 미심쩍고, 대략 그렇다 이거요?"

"아니! 그런 건 됐고! 이렇게 엉뚱한 소리로 내 심부름꾼을 속여서 들어오면 곤란하다는 얘기지!"

"핵심도 아닌 얘기 갖고 논쟁할 필요는 못 느끼겠군. 당신과 더 얘기해봤자 소득이 없을 것 같고, 공연장이 어딘지나 가르쳐주시면 좋겠는데. 일은 직접 해결할 테니까."

"공연장이라니?"

"막스 카르디 공연 있죠?"

파냐나는 고개를 흔들며 거만하게 말했다.

"그 공연이 얼마짜린데 공짜로 들어가려 드나? 입장권 판매도 끝났으니 미안하지만 당신을 들여보내줄 순 없겠소이다."

막시민은 품속에서 입장권 두 장을 꺼내어 흔들어 보였다.

"극장 안쪽에서도 들어가는 문이 물론 있을 테죠?"

그제야 파냐나는 조금 당황한 빛을 보였다.

"들어가려면 앞문으로 갔어야지, 이리로 들어와서 뭘 어쩌겠단 거요? 또 공연 도중에는 사람을 들여보낼 수도 없고……."

"아, 그래요? 그럼 뭐, 천천히 가도 되고. 1막 끝날 즈음 만나서 얘기나 좀 하면 될 테니까."

"아니, 이것 봐요! 만날 수 없다니까 그러네!"

막시민은 입장권을 도로 주머니에 갈무리하며 눈을 가늘게 떴다.

"만날 수 없다고요? 내가 누굴 만나러 가는 줄 알고 못 만난다고 예언까지 하시는지?"

파냐냐가 말문이 막힌 것은 물론이었다. 막시민은 '까짓거 공연장 입구쯤이야 직접 찾지'라고 하듯 어깨를 으쓱하더니 사무실에서 나와버렸다. 그리고 그때, 자기 앞을 지나가는 한 사람을 보았다.

극장 앞을 배회하던 자였다.

1막이 끝날 때까지 리체는 재미없게 기다렸다. 분장실에는 지키는 사람 한 명 없었고, 그녀를 데려온 심부름꾼 남자는 이상한 남자애와 사라지더니 돌아올 생각을 하지 않았다. 급하다고 해서 서둘러 만든 옷은 테이블 위에 얹어놨지만 그냥 두고 가버리려니 꺼림칙했다. 한번 없어졌던 옷이었다. 만약 도로 없어져버린다면 '후한 사례'는 어디서 받아 챙기겠는가?

옷이 다시 사라질 거란 생각은 괴상했지만, 나름대로 갖다

댈 이유가 없는 것은 아니었다. 누군가가 공연을 망치려고 작정을 하고 의상 가운데 하나를 빼돌렸을 수도 있다. 인기가 많은 사람은 싫어하는 사람도 많기 마련이니까.

게다가 지금 이곳엔 분장사라든가 심부름꾼이라든가 하여간 누구든 있어야 되지만 죄다 사라진 걸 보니 공연을 보겠다고 가버린 게 틀림없었다. 그걸 보면 날마다 이런 꼴이 아니리란 보장이 없었다. 그렇다고 옷을 팔에 걸고 사람을 찾겠답시고 어두컴컴한 극장 안을 우왕좌왕 돌아다닐 수도 없는 일이었다. 그러다가 2막 시작에 맞춰 옷을 건네주지 못하면 그것도 역시 '후한 사례'를 날려버리는 일이 될 게 뻔했다.

그렇게 오래오래 기다리고 있는 동안, 드디어 1막이 끝난 듯했다. 리체는 음악 같은 건 전혀 몰랐지만, 사람들이 보내는 박수갈채 소리가 끝났단 뜻이란 정도는 이해했다. 그러면 사람들이 이쪽으로 올 텐데, 혹시 배우들이 오는 걸까?

갑자기 조금 긴장한 리체는 의자에서 벌떡 일어나, 일부러 숨을 생각은 없었지만 조금 구석진 곳으로 갔다. 그와 동시에 문이 살짝 열리고 한 사람이 들어왔다.

리체는 입을 열려 하다가 저도 모르게 다물었다. 그는 낯선 남자였는데, 어차피 이곳 사람 모두가 낯설긴 했지만 한눈에 봐도 직원 따위가 아니었다. 그자는 조금 전의 리체와 똑같이 익숙하지 못한 표정과 움직임으로 이 별나게 화려한 방을 두리번거렸다. 그나마 리체는 의상실에서 일하기라도 하지만 상대는 무미건조한 인생을 살아온 남자였는지 번쩍거리는 장식과 의상들을 보고 제풀에 당황한 기가 역력했다.

더구나 상대방은 리체를 못 보았다. 장롱을 놓고 남은 방 모서리의 그늘진 벽 틈에 서 있었고, 곳곳에 산더미처럼 걸린 휘황찬란한 무대의상들, 그리고 사방에 박혀 그 모두를 몇 배로 증폭시키는 거울들이 눈길을 빼앗은 탓이었다. 그리고 리체는 그자가 술처럼 보이는 고급스러운 병 세 개를 테이블 위에 내려놓는 걸 보았다.

선물일까?

그자는 빠르게 나가버렸다. 잠깐 망설이다가 도로 구석에서 나왔을 즈음, 밖에서 떠들썩한 소리가 들리더니 다시 문이 열렸다. 다른 사람들은 문밖에 남았는지 들어온 사람은 한 명뿐이었다. 이번에는 배우가 틀림없었다.

"저기, 저는……."

리체가 입을 열자 그 사람이 돌아봤다. 젊은 남자였는데, 얼굴에는 얇은 가면을 쓰고…….

"에?"

리체는 순간적으로 놀라 말을 삼켜버렸다. 먼저 깨달은 것은 상대가 리체 자신이 만든 옷을 입고 있다는 사실이었다. 그걸로 보아 상대는 사람들이 그렇게 보고 싶어 하는 막스 카르디가 틀림없다! 별로 좋아하지 않는다 해도 갑자기 이렇게 가까운 데서 마주치니 놀라는 건 당연하지만, 그런데, 그것보다 더 놀라운 건…….

"어떻게?"

카르디도 똑같이 놀란 목소리를 내고는, 그제야 자신이 무슨 일을 저질렀는지 깨달은 듯 말을 멈췄다. 둘은 서로의 눈을 빤히 보며 몇 초 동안 얼어 있다가 조금 후 동시에 소리쳤다.

"당신은!"

"잠깐만!"

조금 더 침묵이 흘렀다. 둘 다 결정적인 말을 먼저 내뱉지 못하고 어물거렸다. 그러는 동안 리체의 머릿속에는 점점 더 엄청난 깨달음들이 속속 자리잡았다. 그 사람은 이 사람, 둘은 같은 사람……. 그러니까 자신은, 카르디의 진짜 얼굴을 본 첫 번째 사람이 된 거였다, 심지어 자신도 모르는 사이에 말이다!

다음 순간, 리체는 커다랗게 웃음을 터뜨렸다.

"아하하하하하……."

"……."

막간에 주어진 시간은 짧았다. 조금 쉬고, 빨리 옷을 갈아입고 나가지 않으면 안 되었다. 오늘의 공연은 두말할 나위 없이 대성공이었다. 아쉽지만 마지막 공연이라고 생각하고 있었기에 그런 사실이 준 만족감도 평소보다 조금 더 컸다. 이제 끝을 내고, 집으로 돌아가면 깨끗이 잊을 작정이었다.

그러나 만약 공연장에서 환호하고 있는 사람들이 카르디의 정체를 알아차린다면? 그때부터 저들의 손에서 깨끗이 벗어나는 것은 꿈이 되어버릴 것이다.

겨우 웃음을 추스른 리체가 말했다.

"그때도 지금도, 이렇게 가까이에서 마주치지 않았다면 영영 몰랐을 텐데. 그런데 수염을 붙이고, 후후훗…… 돌아다닐 생각 같은 걸 하다니 당신도 어지간한 사람이잖아요? '조'가 진짜 이름? 아니면……."

줄여 불러 '조', 그러니까 조슈아는 가면을 쓴 채로 쓸쓸한 미소를 보였다.

"……내 계획을 다 부쉈군요. 당신이 온 건……."

조슈아는 테이블을 흘끗 보더니 술 세 병보다 먼저 옷을 발견하고는 말했다.

"저 옷 때문이군요. 없어졌다고 하더니 미랭게트 의상실로 달려가고 말았군."

"저기, 잠깐요. 그렇게 실망한 얼굴을 할 필요는 없잖아요? 좀더 많은 사람들 앞에서 드라마틱하게 정체를 밝힐 계획이었는데 나 같은 애가 먼저 보게 되어 망쳤다는 거예요?"

조슈아는 가면을 벗지 않은 채 리체에게 손짓하며 의자를 가리켰다.

"시간이 별로 없지만, 오해는 풀죠."

리체가 거울 앞 의자에 앉자 조슈아는 자기 얼굴을 가리켰다.

"내가 왜 가면을 쓴다고 생각해요?"

"그거야 신비롭게 보이려고 그러겠죠."

리체가 너무 망설임 없이 대꾸하자 조슈아는 한숨을 내쉬며 이마를 짚었다.

"배우가 얼굴을 보이지 않는다는 건 치명적인 단점이 돼요. 내가 그러고도 인기를 얻은 거야말로 기적 말고 뭣도 아니에요. 다시 묻죠. 내가 가면을 쓴 까닭이 짐작 갑니까?"

"그럼 정말로 얼굴을 감추려고 썼단 말이에요?"

리체는 여전히 미심쩍은 표정이었다. 과연 조슈아의 표정은 가면 때문에 쉽사리 알아채기 어려웠다.

"카르디의 가면 안에는 내가 늘 사람들에게 감추고 싶어했던 얼굴이 있죠. 당신이 알다시피 화상 같은 건 없지만……만일 사람들이 그 얼굴을 알게 된다면 나는 카르디를 창조한 걸 평생 후회하게 될 겁니다."

리체는 얼른 이해하지 못했다. 굳이 감추고 싶을 법한 얼굴이 아니었는데? 사람들이 가면 속의 얼굴을 안다면 더 열광하면 열광했지 싫어할 리가 없을 텐데? 리체는 그날 본 얼굴을 겹쳐보려 애쓰며 조슈아의 얼굴을 빤히 바라봤다. 그러다가 표정이 없는 상대와 얘기하는 것이 묘한 두려움을 준다는 걸 깨달았다.

리체의 기분을 눈치챈 것처럼 조슈아는 자기 얼굴의 가면을 한번 어루만졌다. 그리고 말했다.

"당신에게 처음으로 말하는 거지만, 카르디는 오늘 죽게 되죠."

리체가 눈을 동그랗게 떴다.

"네? 무슨 말이에요?"

"끝이란 거죠. 오늘 이후로 더이상 가면도 카르디도 없을 겁니다."

리체는 이맛살을 찌푸린 채 방금 들은 말을 되씹다가 그 뜻을 깨닫고 퍼뜩 놀랐다.

"은퇴해요? 세상에, 왜요? 아직 돈도 많이 벌고…….

그러자 가면 속에서 조슈아가 미소 짓는 것이 느껴졌다.

"카르디는 진짜가 아니니까. 내가 카르디를 좋아하고 '조'로 살기 싫더라도 결국은 집으로 돌아가야 되는 거예요. 지금 당신이 이곳에 오지 않았더라면 성공적으로 카르디를 지우고 떠났을 텐데. 그러면 사람들은 얼마간 궁금해하다가, 서서히 잊어버려줬을 텐데."

"……"

리체는 혼란스러운 표정으로 조슈아를 쳐다봤다. 조슈아는 조금 힘주어 말했다.

"당신만 잊어주면 나도 카르디를 완전히 지우고 살 수 있을 테죠. 부탁합니다. 날 잊어줘요."

리체가 의자를 밀며 일어났다.

"나한테 강요하지 말아요. 당신, 조금 무섭네요. 알 듯 말 듯 야릇한 얘기만 하고. 가면 안 쓴 당신도 분명 멀쩡했잖아요? 뭐가 문제란 거죠? 인기가 있고 돈도 많이 버는데 굳이 그만둬야만 하는 까닭이 뭐예요? 이렇게 그만둘 거면 가짜 놀이는 왜 했어요? 사람들이 카르디와 조를 동시에 알게 된다고 해서 뭐가 그렇게 잘못되죠? 지금까지 숨겨온 게 더 힘든 일이고, 드러내는 건 아주 쉽잖아요? 그대로 인기 누리면서 잘살면 되지, 집에 돌아가는 건 또 뭐예요?"

조슈아는 리체의 말을 다 듣고 있다가 시선을 조금 떨어뜨렸다. 이렇게 반응하니 어쩔 도리가 없었다.

"좋아요. 당신이 바로 이해할 수 있게 말하죠. 난 무척 엄격한 집안 출신이고, 가문을 물려받아야 되기 때문에 배우 같은 것을 했다는 사실이 알려지면 아주 곤란해집니다. 나쁜 아니라 부모님을 비롯해서 여러 사람들이. 그래서 가짜의 모습으로 이 생활을 즐겼지만, 이제는 돌아갈 때가 됐죠. 그래서 아무도 모르게 사라지기를 바라는 겁니다. 이제 이해가 가나요?"

"아아, 이제 이해 가요."

그렇게 말했지만 리체는 조금 화가 난 얼굴이었다.

"일해서 돈 벌 필요가 없는 귀한 집안 출신인가 보군요? 정말 좋겠네요. 남들이 부러워하는 걸 골고루 다 갖고 있으면서 허무한 표정 따위 짓고, 아주 싫지만, 이제 됐어요. 귀찮게 굴지 않을 테니까. 내가 당신 얼굴을 봤다 한들 누가 믿기나 할까요? 어차피 당신 집안도, 이름도 제대로 모르잖아요? 내가 당신 얼굴을 그려서 벽보라도 붙일까 봐 그래요? 그런 일 없을 테니 안심하세요."

조슈아는 아무 대답도 하지 않았다. 리체는 돌아서서 나가려다가 무언가가 떠오른 듯 멈춰 서서 말했다.

"당신이 줬던 입장권, 다른 사람한테 줘버렸어요. 당신도 알다시피 본래 카르디 싫어하니까. 하지만 당신 얼굴을 지켜주는 대가로 마지막 공연쯤은 봐도 되겠죠?"

조슈아는 말없이 거울 앞 서랍을 열고 초대권을 하나 꺼내어 건네주었다. 리체가 나가며 문을 쾅 닫았을 때, 조슈아의 귓가에 낯선 목소리가 들렸다.

「거짓말하지 마. 넌 누구든 알아주길 기다렸잖아. 왜 놀란 체하지? 네가 두 명이면 사람들이 너를 이해하는 걸 어려워할까? 아니야. 네가 한 명이어도, 심지어 절반으로 줄어든다 해도 아무도 널 알지 못해. 넌 감추고 싶어 한 적이 없어. 늘

드러내고 싶어 하지. 좀더 솔직해지고 싶다면 울면서 소리쳐 봐. 나를 봐주세요! 나를 봐주세요!」

조슈아는 머리를 싸쥐며 나직이 말했다.

"아아, 제발 조용히 해."

그러자 목소리는 끊어졌다.

공격

내세에 벌레로 태어난다 해도 이 죄를 씻지는 못하리라 믿
고 있다.

❧

자신이 왜 공연을 보겠다고 했는지 리체 스스로도 몰랐다.
팔아버린 입장권에 미련이 남아서? 비싼 공연을 공짜로 볼 기
회를 놓치지 않으려고? 마지막이라니까 희소성이 느껴져서?

어느 쪽도 아닌 듯했다. 공연을 보면서 그 까닭을 찾아야겠
다고 생각할 즈음 드디어 2막이 올랐다. 리체의 자리는 맨 앞
줄이었다. 조슈아가 준 표는 특등석이었다. 다만 이미 자리가

없었기 때문에 직원 하나가 보조 의자를 가져다주었다.

처음에는 막스 카르디, 아니 조가 나오지 않았다. 조연들이 우르르 나와 주고받는 왁자지껄한 유머가 지나가고, 요정 같은 옷을 차려입은 아가씨들의 군무가 시작됐다. 리체는 1막도 안 봤거니와 줄거리도 전혀 몰랐기에 그저 멍하니 앞만 바라봤다. 음악에 대한 조예도 없었고, 춤의 기교도 이해하지 못했다. 그냥 자연스럽게 흐르고, 또 흘러가는구나 하고 생각했다.

하지만 얼마간 보다 보니 상황이 조금씩 이해되기 시작했다. 배우들은 모두 '카밀로'에 대해 이야기하고 있었는데 모두 다른 사람을 말하듯 감상이 달랐다. 마을 사람 둘이 '잘생긴 사서 카밀로'에 대해 이야기했고, 성의 경비병은 '태자 전하와도 친구 사이라는 젊은 귀족 카밀로'를 언급했다. 악사 한 사람은 카밀로가 훌륭한 가수라고 했고, 가난한 꼬마들은 '도둑 카밀로'의 활약에 대해 신이 나서 떠들어댔다. 그들은 각자 자기가 아는 카밀로에 대해 얘기하다가 같은 사람을 알고 있나 의아해했지만, 곧 이름과 외모가 비슷할 뿐 다른 사람이라는 결론을 내렸다. 신분이 너무 달랐으니까.

그리고 드디어 젊은 귀족의 모습을 한 카밀로, 즉 막스 카르디가 등장했다. 리체가 급히 만든 바로 그 옷을 입고서. 시종을 거느리고 술집에 들어간 그는 주인에게 '아드리아나'라는 아가씨의 소식을 물었다.

"아드리아나? 그 불쌍한 아이 말입니까? 도둑놈 같은 테논이 벌써 잔금 다 치르고 데려갔습니다요. 내일 아침 일찍 배가 떠나니까 아마 부둣가 근처의 창고에 가둬놨을 겁니다."

술집에서 나오자 무대가 어두워지며 밤거리의 모습이 되었다. '귀족 카밀로'는 시종을 보내버리고 혼자 약속 장소로 갔다. 그곳에는 이미 십여 명의 거지와 도적떼가 모여 있었다. 시시껄렁한 농담을 주고받다가 노래가 시작됐다.

이봐, 기다리라고!
밤이 오기 전에 움직이는 건 위험해!
밤이 오고 나면 우리 세상이 되는데,
이봐, 서두르지 마!

어두운 골목도 꿰뚫어 보는
올빼미처럼 밝은 눈
처마와 지붕을 타고 달리는
고양이처럼 잽싼 발

이봐, 생각해보라고!
너희가 잠자는 동안 벌어질 일들을!
세상의 반, 세계의 반은 밤이란 걸,

이봐, 잊지 말라고!

　화려한 겉옷을 벗어던지고 검은 가죽옷 차림이 된 '카밀로'
는 그들 틈으로 달려가더니, 높다랗게 쌓아놓은 상자 더미의
꼭대기로 단숨에 올라가 섰다. 사람들이 그의 모습을 발견하
고 외쳤다.
　"카밀로!"
　노래의 곡조가 바뀌었다. 바리톤 중창 사이로 음역이 높은
'카밀로'의 독창이 솟아올랐다.

　물병자리 인간 Aquarian
　누가 그의 심장을 봤나?
　별을 향해 쏜 화살이
　그의 심장을 꿰뚫어버렸어.

　그는 나아갈 거야.
　캄캄한 하늘 가운데
　가장 작은 별의 땅
　동전 하나 없는 빈 손
　구두도 벗어 내버린 맨발
　마지막 모자도 주어버렸어.

아무것도 필요 없지.

그를 살게 하는 건 하나뿐.

한밤에도 타오르는 별

세상 사람 모두에게

감로수를 내리는 별

물병자리 인간

너는 그의 말을 들었어?

별로 가는 다리를 놨다고

그가 우릴 부르고 있어.

물병자리 인간

내 안의 혁명자

물병자리 인간

내 안의 혁명자

리체에겐 노래의 수준을 평가할 만한 귀가 없었다. 아직 줄거리도 다 파악하지 못했다. 그렇지만 그 순간만은 꼼짝없이 앉은자리에 못박혀버렸다. 그제야 사람들이 저 가면을 쓴 남자의 무엇에 홀렸는지 조금 알 듯한 느낌이 들었다.

본래는 귀족들이 거의 드나들지 않는 싸구려 코미디 극장, 그런 곳에서 오늘 저 위의 박스석들을 다 채운 것은 모두 잘 나셨다는 귀족님들이었다. 아마 입장료도 무척 올려 받았을 테지. 귀족들은 이런 대중 공연을 잘 보러 오지 않았다. 괜찮은 음악가가 있으면 자기집으로 불러다 놓고 손님 몇 명 초청해서 고상하게 즐기면 되니까. 조금 규모가 큰 연극 같은 것도 문제가 안 된다. 제 별장에 웬만한 극장 규모의 무대를 갖춰놓은 귀족은 흔했다. 물론 객석은 터무니없이 적지만.

리체는 돌이켜 생각해보았다. 워낙 관심이 없다 보니 헷갈렸지만 막스 카르디가 하이아칸에 데뷔한 지 대략 삼 년쯤 됐다고 기억했다. 그전에 지금처럼 사람들이 밤을 새워가며 줄을 서서 입장권을 사고, 암표상들이 진을 치고, 귀족들까지 보러 오는 쇼가 있었던가?

그전에도 배우는 많았고 음악회니 연극이니 공연도 많았지만, 모두 볼 사람은 보고 말 사람은 마는 흔한 것에 지나지 않았다. 특별히 이런 걸 좋아하는 몇몇을 제외하면 무얼 보아도 그게 그것이고 굳이 누군가가 나오는 걸 보지 않아도 상관없었다. 공연의 내용도 대부분 형편없었다. 확고한 줄거리도 없이 그저 웃기기만 하면 된다는 식이었고, 중간에 관객들이 난입하여 난장판이 되거나, 대사를 잊어버린 배우들이 아무렇게나 진행시키다가 끝내버리기도 했다. 배우나 가수 들의 수

85
—
공격

준이란 것도 일반인보다 조금 나은 정도였고, 그거야 그들도 다른 일로 생계를 꾸리며 취미로 푼돈이나 더 벌어볼까 하고 나온 거니 당연한 결과였다.

다시 말해 막스 카르디의 데뷔와 함께 모두에게 화제가 되는 공연, 반드시 그가 나오는 걸 봐야 하는 인기 배우, 귀족들이나 주문해 가는 의상실에서 제작할 정도로 공들인 의상과 소품, 자기집에서 나와 사람들과 섞여 공연을 보는 귀족들, 그 모두가 생긴 것이다. 카르디의 재능은 이런 무대에 흔히 서던 배우와 궤가 달랐다. 저 노래는 국왕 앞에 선다 한들 부끄러울 실력이 아니었다. 리체는 궁금해졌다. 저런 사람이 왜 이런 극장 무대에 서고 있을까? 아니, 처음부터 왜 이런 일을 시작했을까? 저런 수준이라면 귀족들의 집을 돌아다니는 쪽이 일도 쉽고 수입도 넉넉히 보장된다. 왜 가면까지 써가며 어렵고 복잡한 일에 뛰어든 것일까?

거기까지 생각하는 순간, 리체는 자신의 착각을 깨닫고 어이가 없어 픽 웃었다. 이어 불쾌한 목소리로 중얼거렸다.

"참, 그래, 당신. 취미 생활이랬지."

막시민은 공연장을 찾는 체하며 수상한 남자를 천천히 따라갔다. 처음엔 한 명이었으나 조금 후, 다른 구석에 또 다른 자가 있는 것을 발견했다. 그러다가 본의 아니게 공연장으로 들어가는 문도 발견됐다. 발견하고 생각해보니 저들이 공연장 주위를 맴돌고 있다는 느낌이 들었다.

문을 조금 열고 공연장 안을 들여다봤다. 이 문은 무대 왼쪽의 구석진 곳에 있어서 다른 관객들 눈에 띄지 않게 살짝 들어가기 좋을 듯했다. 안으로 들어간 막시민은 문을 닫고 기대어 서서 사방을 죽 둘러봤다. 그리고 맞은편, 즉 무대 오른쪽에서 자신이 들어온 것과 비슷한 쪽문으로 한 남자가 들어오는 것을 목격했다. 세 번째로, 또다시 익숙한 얼굴이었다.

사람들의 눈은 모두 무대에 집중되어 있었기에 막시민처럼 쪽문으로 들어오는 사람을 주시하는 관객은 아무도 없었다. 그자는 무대 밑으로 다가와 무언가를 찾는 것처럼 허리를 굽히고 걷기 시작했다. 그러나 그즈음 무대가 어두워져 막시민은 남자의 움직임을 놓치고 말았다. 혼자 서 있는 배우 하나만 빛을 받고 있었으므로 공연장 안은 완전히 어둠에 휩싸였다.

그때, 리체는 다른 관객들과 마찬가지로 무대를 바라보고 있었다. 보고 있긴 했지만 그 배우가 유명한 뮤치아 베네벤토라는 것도 몰랐다. 이 공연에 대해 정말로 아무런 사전 지식이 없었던 것이다.

무대는 공연이 열리는 홀처럼 꾸며졌고, 한쪽에는 세트의 일부인 텅 빈 계단식 객석이 있었다. 창고에서 구조된 '아드리아나'는 무대 세트 아래쪽에 쓰러져 있다가 혼자 깨어났다. 몇 마디 독백을 하던 그녀는 이윽고 동경하던 무대를 바라보며 올라가볼까 하다가 멈추고 두리번거리기를 되풀이했다. 그러나 결국 용기를 내어 혼자 무대에 올라가 춤을 추기 시작했다.

조금 후 객석 쪽에서 하모니카 소리가 나기 시작했다. 아드리아나가 흠칫 놀라 춤추는 것을 멈추자 반주 소리도 멎었다. 그러나 곧 그녀는 다시 춤추기 시작했다. 이제는 한결 유연해진 동작으로. 그리고 하모니카도 흥겨워졌다.

슬슬 2막 피날레였다. 하모니카 반주는 서서히 관현악단과 섞여 들고, 양쪽 입구에서 무용수들이 준비하기 시작했다. 하모니카 연주를 멈춘 카르디가 숨은 곳에서 노래하기 시작했기에 리체는 그의 모습을 찾으려고 주위를 살폈다. 그녀는 워낙 연극을 본 경험이 없다 보니 온 사방을 다 두리번댔는데, 그러다가 무심코 위를 올려다보자 높이 달린 샹들리에 옆에서 무언가가 움직이는 기분이 들었다. 눈을 비비고 다시 보았다.

천장이 흔들리고 있잖아!

리체는 저도 모르게 벌떡 일어섰다. 그러자 무대가 가려진다고 뒤에서 불평이 터져 나왔다. 불평이고 뭐고, 리체는 무대 오른쪽에 어슬렁거리는 사람이 직원이라고 생각하고 당장 그에게 뛰어갔다.

무대에서는 화려한 군무가 펼쳐지는 중이었다. 아드리아나

역의 뮤치아 베네벤토는 할 수 있느니 없느니 하며 옥신각신 하던 그 부분을 결국 뛰어나게 소화해냈다. 드디어 객석 세트 안에서 카밀로 역의 막스 카르디가 뛰어나와 춤에 어울렸다. 리체를 제외한 공연장 안의 모든 눈이 그의 움직임에 집중되었다. 막시민조차도 조금 다른 이유이긴 했지만 그를 보았다.

오 년이면 사람이 달라지기에 충분한 시간일지도 모른다. 그것보다는 무대 위에서 다른 사람을 연기하고 있기 때문일지도 모른다. 훌쩍 자란 키, 여전히 깡마른 몸, 달라진 목소리, 그리고 얼굴을 가린 괴상한 가면. 저 사람이 그가 알던 조슈아가 맞을까.

녀석은 가면까지 써가며 뭘 감추고 싶었던 걸까.

그때 갑자기 소낙비, 아니 천둥 치는 것 같은 소리가 극장에 울려 퍼졌다. 이곳이 실내라는 것도 잊고 모두가 위를 쳐다볼 정도로 선명하게 우르릉…… 이어 우지끈, 하는 소리가 났다. 이어 무대 주위를 감싸고 있던 빛이 일시에 사라졌다. 사방은 완전한 암흑으로 변했다.

사태를 빨리 깨달은 사람은 몇 되지 않았다. 그러나 조금 후, 맨 앞자리에 앉아 있던 사람들이 비명을 지르며 뛰어나가기 시작했다. 그와 동시에 무거운 통나무들이 떨어지는 듯한 무시무시한 굉음이 연이어 났다.

점점 뒷자리도, 그 뒷자리도 파도가 밀려가듯 일어난 사람들로 대혼란이 일어났다. 모두 상황도 알지 못하면서 무조건 뒤쪽으로 나가려고 의자를 타넘고 사람들을 밀쳤다. 뒤쪽에는 모두가 들어왔던 큰 입구가 있었다.

그러나 한 사람만은 반대 방향으로 달려가고 있었다.

"이런, 빌어먹을!"

모두가 뒤로 몰려간 덕택인지, 막시민은 손쉽게 무대 앞에 도착했다. 벌어진 일은 예상대로였다. 무대 위 천장이 무너지며 배우들이 있던 무대를 덮쳤다. 먼지가 자욱해서 재채기가 나오고 어두워 앞을 보기 힘들었지만 막시민은 무작정 무너진 잔해들 위로 뛰어 올라갔다.

지붕을 받치던 육중한 버팀목들이 떨어지면서 무대의 절반 이상을 부숴놓았다. 그 틈에서 사람들의 흔적을 찾기란 쉽지 않았다. 소리가 나던 때와 무너진 시점을 비교해보면 가운데 있던 주연배우들이 도망칠 겨를이 있었을 것 같지 않았다. 막시민은 뺨이 달아오르는 것을 느끼며 목소리를 높여 소리쳤다.

"조슈아! 어디 있어!"

그러나 공연장을 메운 비명과 소음 때문에 자신의 귀에조차 제대로 들리지 않았다. 그즈음 사람들이 몰려간 객석 뒤쪽 입구에서는 새로운 외침이 터져 나왔다.

"부, 불이다!"

"극장에 불이 났다!"

공연장 전체가 악다구니의 혼란에 빠져들었다. 극장의 천장이 무너지고, 갑자기 불이 나는 일이 동시에 일어날 가능성이 얼마나 될지, 그런 의문을 떠올릴 겨를도 없었다. 입구에 먼저 도착한 자들은 불을 보고 우왕좌왕하다가 뒤에서 밀려드는 사람들 때문에 넘어져 밟히고, 그들 또한 몰려오는 다음 사람들에게 밀려 쓰러졌다. 몇 사람은 무대 양쪽의 쪽문을 생각해내고 달려갔지만 어찌된 셈인지 단단히 잠겨 있어서 아무리 두드리고 걷어차도 소용이 없었다.

막시민은 침착해지려 애썼다. 조슈아가 있던 위치를 짐작해서 무너진 잔해를 걷어내려 해보았지만 통나무를 번쩍번쩍 들어올릴 정도의 장사가 아닌 이상 더 헤치고 들어갈 방법이 없었다. 서서히 뭉쳐진 불안감이 쇠구슬처럼 단단해지며 아랫배를 짓눌렀다. 위기를 짐작했기에 여기까지 달려왔지, 기껏 목격자나 되러 온 것은 아니었다. 절대로, 아니었다. 태어날 때부터 자포자기 따위가 어울린다고 생각해본 적 없는 자신이었다.

무대 뒤편으로 건너가 비교적 가벼운 서까래들을 걷어 내던졌다. 겨우 무너진 세트의 일부분을 발견했다. 찢어진 배경막을 힘겹게 걷어치웠을 때 갑자기 누군가의 손이 손목을 덥석 붙잡는 것이 아닌가? 막시민은 흠칫 놀랐지만 곧 반색하며 소리쳤다.

"조슈아! 너야?"

그러나 들려온 것은 여자 목소리였다.

"나…… 좀 꺼내줘요……."

다른 배우인 모양이었다. 산 사람이 있는 것은 다행이지만 맥이 탁 풀렸다. 보아하니 여자는 한쪽 다리가 깔렸을 뿐 크게 다친 데는 없어 보였다.

"조…… 아니, 막스 카르디는 어디 있죠?"

하지만 여자는 막무가내였다. 얼마나 꽉 잡았는지 움켜쥔 손목에 손톱이 파고드는 것이 느껴졌다.

"몰라……. 아니, 알아도 나부터 꺼내줘야 돼. 난 이런 데서 죽을 사람이 아니란 말이야……. 당신, 카르디를 찾으러 온 사람? 쳇, 카르디는 구해주러 오는 팬도 있고 좋겠어. 말 안 해. 날 꺼내줘야 말해줄 거야."

막시민은 여자가 움켜쥔 손을 갑자기 냅다 흔들어 빼더니 퉁명스럽게 말했다.

"그런 짜증스러운 논리 펼 거면 난 가겠어. 깔린 주제에 당신한테 선택권이 있을 리 없잖아? '묻는 말에 대답하면 구해주겠다'는 쪽이 맞는 거 아냐?"

"하지만, 당신은, 카르디를……."

"잔소리 많네. 서까래에 깔려서 남은 인생을 즐기려면 그

92
—
데모닉 2

대로 버텨보든가."

여자, 그러니까 뮤치아는 논리적 생각을 할 만한 상태가 아니었음에도 막시민의 반협박이 무엇을 의미하는지 알아차렸다. 그리고 막시민이 의도한 효과도 그것이었다. 어려움에 빠진 여자에게 사람 같지 않다는 소리를 들어봤자 기분 좋을 일도 없고, 원하는 대답을 빨리 얻기 위해 가장 나은 태도를 취한 것에 불과했다.

"마지막으로 본 게, 저쪽 무대 아래⋯⋯. 그런데 어떤 남자가⋯⋯."

거기까지 들었을 때, 막시민은 서까래들을 들어내기 시작했다. 손마디가 다 까질 정도로 간단치 않은 일이었지만 마침내 뮤치아의 다리를 누르고 있던 것을 치웠다. 그런 다음 기어나오도록 도와주었다. 좀더 정확히 말하자면 그냥 끌어냈다.

"이거면 충분하겠지? 이제 알아서 나가보라고."

"잠깐만! 나한테 아픈 다리를 끌고 저 소란통을 빠져나가란 거야? 난 다쳤단 말이야! 당신이 예의 바른 신사라면 극장 밖까지 데려다주는 것이 당연하잖아!"

구조되자마자 목소리부터 달라지는 여자였다. 하지만 이럴 때 필요한 예의 바른 신사란 무보수 자원봉사자를 의미한다는 것을 아는 막시민은 들은 체도 하지 않았다.

"고맙다고 입바른 소리라도 한 다음에 예의를 논해야 입이

덜 부끄럽지, 안 그래? 하지만 난 일의 경중을 분명히 판단하는 사람이어서. 더 중요한 볼일이 있을 때 남에 대한 호의는 거기까지가 한계야."

뮤치아는 방금 막시민이 구해줬다는 사실도 잊고 화를 냈다.

"나쁜 놈 같으니!"

"그럼 좋은 놈이겠냐?"

그 이상의 대답은 들려오지도 않았다.

온몸이 차디찼다. 등뼈 대신 차가운 쇠막대가 박힌 것 같았다. 벨벳처럼 매끄러운 천에 덮인 듯한데, 그게 실은 어둠인지 분간되지 않았다. 손끝 하나 움직이지 못하는 것은 어둠의 무게가 묘석처럼 무거워서일까.

조슈아는 입술을 움직여 말해보았다. 못 움직이겠어.

다시 한번 힘주어 말했다. 누군가 대답해봐.

「켈스니티를 찾는 거야? 안됐지만 그는 네게 말을 걸지 않을 거야. 걸지 못하지. 너와 마찬가지로 짓눌려 있으니까.」

소리가 나오지 않는 입술을 다시 움직였다. 그게 무슨 말이야.

「그는 네 정신세계에 기생하고 있거든. 거긴 아직 문이 꼭 꼭 닫혀 있고. 그래서 네가 출구를 못 찾으면 그도 못 찾아. 네 안에 갇힌 거지. 넌 너를 가뒀고.」

난 나를 가두지 않았어.

「그동안 누가 들어올세라 애써 틀어막고 버틴 게 누군데? 활짝 열어봐. 그러면 켈스는 물론이고 너도 자유로워져. 네가 정말로 뭔가에 짓눌려 있다고 생각해? 일어나봐. 벌떡 일어나보라고. 넌 발가락 하나 부러지지 않았어.」

여러 명이 일제히 떠들기 시작했다. 예전보다 훨씬 사람에 가까워진, 모두 다른 목소리였다. 각자 의견도 달랐다. 호의적인 목소리도 있고 비웃는 목소리도 있었다.

「포기해선 안 돼. 아무것도 아냐. 아무도 널 가두고 있지 않아.」

「거기까지가 한계라면 어쩔 수 없지. 너무 많이 기대했나.」

「그 핏줄은 세월이 흘러도 정말 한 푼도 나아지지 않는군. 킬킬킬…….」

「내가 도와줄게. 내 말에만 귀를 기울여. 조금만 움직여봐. 제발, 손끝만이라도.」

그때 다른 목소리가 들려왔다. 젊은 여자의, 처음 듣는 선명한 목소리였다.

「데모닉 조슈아, 네 혼은 고작 그것밖에 안 돼?」

하지만 여전히 꼼짝도 하지 못했다. 손가락조차 돌로 변한 것처럼 꼼짝없이 자신 속의 어둠에 갇혔다.

리체는 직원인 줄 알았던 남자가 한 일을 모두 보았다. 하지만 그자가 무너진 무대로부터 끌어낸 사람이 누구인지는 알아보지 못했다. 아니, 더 정확히 말하자면 시체인 줄로만 알았다. 주위가 너무 어두웠기 때문이다. 그러나 그 덕택에 상대방도 리체의 존재를 알아채지 못했다.

남자는 멀리 가려 하지 않았다. 담요에 싸인 시체인지 뭔지 모를 것을 바닥에 눕히고 손에 든 병을 열어 액체를 흩뿌렸다. 동시에 지독한 술냄새가 풍겨 왔다. 코를 쥐려고 손을 얼굴로 가져가던 리체는 갑자기 조금 전에 봤던 것을 떠올렸다. 분장실에 갖다놓던 술, 그리고 입구 쪽에 난 불!

그리고 남자가 무얼 하려 하는지도 깨달았다. 남자는 무대 밑에 있던 램프를 끄집어내더니 등갓을 열고 담요 위에 그대로 떨어뜨리려 했다.

그러나 그때, 단단한 몽둥이가 횡으로 날아들어 램프는 물론 남자의 손까지 날려보냈다. 남자는 외마디 비명과 함께 주저앉으며 손을 감싸쥐었다. 빈 객석 쪽으로 튕겨나간 램프가 박살이 나며 기름을 흩뿌렸다. 의자에 씌운 천이 타기 시작하자 좋지 않은 냄새가 코를 찔렀다.

정신을 차린 남자는 걸레 자루 하나를 거꾸로 쥔 엉뚱한 소녀를 보았다. 남자가 뭐라 말하기도 전에 리체 쪽에서 먼저 소리를 질렀다.

"야! 너지! 네가 불질렀지! 아까부터 뭐하는지 내가 다 봤거든? 그러니까…… 이 서까래 밑의 쥐새끼 같은 놈아!"

"뭐야? 이게, 말이면……."

리체는 남자의 말에 귀를 기울이고 있지 않았다. 남자는 단도를 뽑아 들었지만 램프와 같은 과정을 거쳐 날아가버렸다. 이어 리체의 걸레 자루가 곧바로 정수리를 내리치는 듯하다가, 빠르게 다가서며 좌우를 때렸다. 남자가 비틀거리자 치마를 입었으면서도 발로 걷어차고, 주저앉은 남자의 이마를 막대기 끝으로 세게 찔렀다. 걸레 자루를 쥔 손 모양이며 자세 모두가 얼떨결에 무기를 집어 든 사람으로 보이지는 않았다.

간단히 제압되어버린 남자는 어이없는 상황에 얼이 빠졌다. 리체가 남자에게 걸레 자루 끝을 겨누며 말했다.

"쥐새끼답게 자기 나갈 길은 마련해뒀겠지?"

"……."

더 머뭇거리다가는 자기가 빠져나갈 길도 막힐 처지라 남자는 망설이며 일어났다. 리체는 바닥에 누운 시체인지 뭔지 모를 사람은 무시하고 지나치려 했다.

"거기, 잠깐만!"

무대 쪽에서 뛰어나온 소년이 시체에게 달려가더니 급히 담요를 풀고 축 늘어진 몸을 안아 일으켰다. 목에 손을 대어 맥박을 확인하고 자기가 입고 있던 코트를 벗어 감쌌다. 그리고 얼굴을 들여다봤다.

"……."

한숨 비슷한 소리가 들렸지만 안도였는지 우려였는지 불분명했다. 소년이 리체 쪽으로 고개를 돌리자 리체는 눈을 둥그렇게 뜨며 말했다.

"엣, 당신은 트리 어쩌고 아주머니 3인조가 길러준?"

막시민도 이번에는 트리비아 아주머니라고 고쳐주지 않았다. 그리고 재빠른 행동이며 심각해진 눈빛 모두가 리체가 아까 본 그 녀석과는 전혀 달랐다. 어리둥절해진 리체에게 막시민은 더 설명하지 않고 턱짓으로 남자를 가리켰다.

"불을 지르고 난리를 피운 게, 당신이 잡고 있는 저놈이란 말이지?"

대답이 불필요한 질문이었다. 막시민이 그자를 돌아보니 남자는 둘이 대화하는 틈을 타 달아나려는 참이었다. 막시민은 대뜸 리체 손에서 막대기를 빼앗더니 리체보다는 덜 세련된 자세로 남자를 후려갈겼다. 다만 힘은 좀더 좋았다.

빠악!

"……이걸 잘하는 짓이라고 했어요?"

뒤통수를 얻어맞은 남자는 그만 정신을 잃고 쓰러져버렸다. 막시민인들 예상한 사태였을 리 없었다. 하지만 당황한 기색은 조금도 보이지 않고 소리쳤다.

"도망가려고 하니까 어쩔 수 없잖아!"

"길 안내는 누구한테 시킬 참이야!"

"도로 깨우면 될 것 아냐!"

만나자마자 맞고함으로 시작하다니 확실히 예사로운 만남은 아니었다.

"트리 어쩌고 아주머니 조카일 때보다 상태가 더하잖아!"

"트리비아 아주머니야!"

자기도 모르게 별 쓸데없는 소리를 지르고 만 막시민은 헛나간 말을 만회하기 위해 곧장 행동을 개시했다. 소품 상자를 찾아 그 안에서 뭐에 쓰는지 모를 천을 꺼내 길게 찢어서 남자의 손을 돌려 묶었다. 다음으로 옆에 조금 남은 술병을 집어 들더니 눈꺼풀을 당겨 뜨게 만들고는 퍼부었다. 술이 눈으로 스며든 남자는 눈을 번쩍 뜨며 비명을 질렀다.

"자, 자, 얼른 길을 안내해봐!"

"과격한 방법이네."

과격하긴 해도 효과만은 확실했다. 손목을 묶은 끈과 막대기, 아니 걸레 자루를 넘겨받은 리체는 남자의 등을 쿡쿡 찌르며 무언의 협박이 섞인 눈빛을 보냈다. 그러는 가운데 막시민은 아까 코트로 감싸놓은 사람을 애써 일으켜 세워 어깨에 둘러멨다. 리체가 의아한 얼굴로 쳐다봤다.

"그건 왜 짊어지고 가?"

"그거라니? 넌 이게 사람으로 안 보이냐?"

리체는 어, 하는 표정으로 그 사람을 흘끗 보더니 말했다.

"시체인 줄 알았는데?"

막시민은 황당한 표정이 됐다.

"조금 전에 사람 구하려고 각목 휘두른 줄 알았는데 아니냐?"

"이 소란 통에 우왕좌왕 뛰지 않고 시체…… 음, 큼, 사람한테 불이나 붙이려고 하는 놈이 있는데, 그놈이 길을 알 거라고 생각한 게 잘못된 판단이니?"

"……됐다. 빨리 나가기나 하자."

리체가 든 걸레 자루로 등을 쿡쿡 찔린 남자는 주머니에서 열쇠를 꺼내 쪽문을 땄다. 그때 무대 쪽에서 또 다른 인물이 나타났다.

"나도 데려가!"

돌아보니 조금 전 막시민이 구해준 뮤치아 베네벤토였다. 막시민이 의아한 표정을 짓더니 말했다.

"다리가 멀쩡하잖아?"

"그, 그건 중요한 문제가 아냐! 서둘러! 얼른 나가지 않으면 우린 다 죽어!"

리체가 어이가 없어 말을 받았다.

"지금 나가려 하는데 아가씨 당신이 불렀잖아요?"

어쨌든 뮤치아는 자기가 같이 나가지 않으면 모두의 탈출이 의미 없다고 생각하는지, 딱히 관심을 보이지 않는 그들을 향해 다부진 기세로 달려와 합류했다.

그렇게 해서 불지르고 혼자 달아나려 한 남자, 무대 밑에 누가 깔려 있든 친구만 구해 나가려 한 소년, 쓰러진 사람이 시체든 아니든 자기 나갈 길만 생각한 소녀, 그리고 모두가 자길 구해줘야 한다고 생각하는 배우는 순식간에 '자기밖에 모르는 4인조'를 결성하여 쪽문을 통해 공연장 밖으로 나갔다. 그들 중 불길로 가로막힌 맞은편 입구를 자기가 나서서 어떻게 해야 한다고 생각하는 위대한 책임감을 가진 사람은 아무도 없었다.

겨우 극장을 빠져나왔을 즈음, 콜제티 극장은 거대한 불덩어리로 변했다. 그런데 이곳까지 끌려 나온 남자는 일행이 숨을 돌리는 틈을 타 앗, 하는 사이에 사람들 틈으로 달아나고 말았다. 모두 보긴 했지만 조슈아를 둘러메고 있는 막시민도, 연기를 잔뜩 마셔 지친 다른 두 사람도 뒤쫓을 엄두를 내지 못했다.

겨우 살아났다는 생각에 호기심을 되찾은 뮤치아는 정문의 아수라장을 구경하러 가보려 했지만 막시민이 고개를 저으며 거의 명령조로 말했다.

"일단 날 따라와."

막시민은 되도록 사람들 틈으로 파고들었다가 어두컴컴한 주택가 골목으로 빠졌다. 근방의 사람들은 다들 극장의 화재를 구경하러 달려가버렸으므로 지나가는 사람은 거의 없었다. 거기까지 오자 뮤치아가 대뜸 따졌다.

"당신이 뭔데 나한테 이리 가라 저리 가라 하는 거야?"

무대 잔해에 파묻혀 있던 때와 어조며 태도가 모조리 바뀐 것이 실로 배우에게나 가능한 변신이 아닐까 싶었다. 막시민은 헛웃음을 지으려다 말고 도망친 남자가 가버린 방향을 턱짓으로 가리키며 말했다.

"좀 전까지 있던 그 남자, 당신 얼굴을 빤히 보고 있더란 말이야."

"어머?"

그 와중에도 자신의 미모를 알아본 사람이 있었네, 하고 생각하는 찰나, 막시민이 덧붙였다.

"그자가 당신을 죽일지도 모른다고 생각 안 해?"

"뭐라고욧?"

"무슨 소리야?"

리체도 영문을 몰라 되물었다. 막시민은 더 버티기가 힘들어져 조슈아를 잠시 바닥에 내려놨다. 평소 깡말라서 무게나 있을까 싶던 조슈아였지만, 정신을 잃고 있으니 생각보다 무거웠다. 의식 있는 사람을 업는 것과는 비교가 되지 않았다.

"무슨 사정이 있는 거야?"

바닥에 주저앉고 나니 막시민은 설명하기가 귀찮아졌는지 두 여자의 얼굴을 번갈아 쳐다보다가 불쑥 다른 것을 물었다.

"둘 다 이곳 사람들이지?"

대답이 없어도 알고도 남을 문제였다.

"근처에, 자기들 집 말고 방 빌릴 만한 데 없어? 다시 강조하지만, 자기들 집 말고."

그놈의 축제 덕분에 섬 전체에 빈방이라고는 헛간 하나 남아 있지 않다는 걸 막시민은 누구보다도 잘 알고 있었다.

"도대체 왜 그런 걸 우리가 알아봐야 되는데!"

뮤치아가 짜증을 내자 리체가 픽 웃더니 말했다.

"언제부터 '우리'였죠?"

"알 게 뭐야! 난 집으로 갈 거야!"

뮤치아가 몸을 돌리자 등뒤에서 막시민이 다시 불렀다. 경고조의 나지막한 목소리였다.

"마지막으로 말하지만 지금 집으로 가면, 당신의 안전은 보장 못 해."

"뭐야, 지금 협박하는 거야? 이 뮤치아 베네벤토를? 뭘 몰라도 한참 모르는 거 아냐?"

뮤치아는 안전이 어쩌고 하는 이야기보다 자기를 무시했다는 데 더 분개한 듯했다. 그래도 막시민이 반응을 보이지 않자 한층 더 기분 상해했다.

"무슨 안전이 어쩌고저쩌고야? 나는 유명한 배우라고. 누가 날 해코지하면 사람들이 가만히 있지 않는다는 걸 몰라? 그런 자는 당장 이 섬에서 매장이란 말이야. 그럼 난 가겠어. 내 안전에 대해 이러쿵저러쿵하기 전에 자기들 안전이나 신경 쓰지그래?"

그렇게 말한 뮤치아는 정말로 극장 쪽으로 도로 뛰어가버렸다. 조슈아를 내버려두고 쫓아갈 순 없다고 생각한 막시민은 그냥 어깨를 으쓱했다.

"남의 일에 참견하는 것도 한계가 있는 거지."

그러더니 리체를 슥 쳐다봤다.

"너도 갈 거야?"

리체는 눈을 조금 치켜뜨더니 물었다.

"안전 어쩌고 하는 이야기, 나한테도 해당되는 거였어?"

"안타깝지만 너와 나, 저 여자 모두가……."

막시민은 조슈아를 턱짓으로 가리켰다.

"이 녀석의 일에 단단히 말려든 거라고."

"말려들어?"

"공연 도중에 지붕을 무너뜨리고 사람으로 가득찬 극장에 불을 지를 정도로 집요한 누군가가 지금 한 사람을 반드시 찾아내어 죽이려 하고 있단 말이야. 나는 물론이고 본의 아니게 목격자가 되어버린 너나, 아까 그 여자도 안전을 장담할 순 없겠지."

리체는 눈을 크게 떴지만 쉽사리 납득이 가지 않는 얼굴이었다.

"이상한 얘기네. 저 사람이 도대체 누군데 그래?"

"모르는 건가? 이 섬에 사는 사람이라면 누구든지 아는 줄 알았는데. 가면을 안 써서 그런가?"

그제야 리체도 코트로 싸인 사람이 누구인지 깨닫고 놀란 얼굴이 됐다. 그런데 이번엔 그녀의 입에서 나온 말이 막시민을 놀라게 했다.

"'조'였잖아?"

공동 운명체

그 녀석은 지나치게 많은 것에 얽매여 있어. 너무 무거운 구두를 신은 것과 같지.

하지만 나 같은 맨발보다야 백배 낫겠죠.

⚜

어둠이 묽어져갔다.

땀인지 무엇인지, 이마를 타고 흘러내려 자꾸만 눈으로 들어갔다. 눈을 꽉 감고 찬 돌바닥에 던져진 물고기처럼 앞으로 나아가려 해보았다. 자신은 강인한 아쿠아리안이 아니었다. 바늘로 건드리기만 해도 상처를 입는, 물 없이는 몇 시간도 살지 못하는 엷은 비늘의 물고기자리였다.

「내 말 들리니?」

조슈아는 저도 모르게 고개를 번쩍 들 뻔했다. 무척 낯익은 목소리였다.

「거기 있지 마. 너무 춥고 축축해. 아직은 그런 데로 갈 때가 아니야. 이리 와. 밝은 곳으로 와. 따뜻하고 부드러운 데로 와. 넌 연보랏빛 이불에 싸여서 펠트로 만든 별들을 올려다보다가 잠이 들었지…….」

대답도 하지 못하고 조슈아는 입술을 깨물었다. 허우적거리고 있는 줄 알았는데, 실은 좁은 상자에 갇힌 것처럼 꼼짝도 하지 못한다는 걸 알았다. 그런데 무슨 얘기를 하는 걸까. 어린시절? 기억나지 않는다. 누나를 닮은 목소리, 하지만 누나일 리 없다. 누나가 아니다, 누나는 여기 없다, 누나와 비슷하다, 누나일 것이다…….

「나가자. 이제 걸을 수 있잖아. 정원에 꽃이 많이 피었어. 나랑 같이 보러 가자.」

걸을 수 있다고? 그 말을 듣고 몸을 움직여보니 굳어진 팔다리가 문득 풀어진다 싶었다. 다음 순간 갑자기 사방이 밝아졌고 자신은 넓은 복도를 달리고 있었다.

둘러보니 잘 아는 곳이었다. 비취반지 성의 2층 회랑이다. 그렇지만 기억보다 훨씬 넓었고, 또 길었다. 달리고 달려도 끝나지 않았다. 계단은 어디 있지? 정원으로 나가려 했는데?

어느새 발이 느려졌다. 더는 못 뛰겠다 싶어 그 자리에 앉아버렸다. 그런데 앉고 보니 어찌된 셈인지 그곳은 나무둥치 위였다. 조슈아는 다시 생각했다. 여긴 어디지? 내가 어디로 가려고 했더라?

"힘들었지? 거기서 좀 쉬어."

"아, 켈스."

켈스니티의 목소리를 듣는 순간 주변의 풍경이 또렷해지며 조슈아는 자신으로 돌아왔다. 꿈에서 깨어난 것처럼. 하지만 이곳도 익숙한 풍경은 아니었다. 그리고 켈스니티도 평소와 달리 목소리뿐이었다. 하지만 상관없다는 느낌이었다.

"기분은 어때?"

조슈아는 잠시 생각하다가 대꾸했다.

"별로 힘들진 않아. 잠깐 앉은 것뿐이야."

"아닐 거야. 너무 애쓰지 마. 지금은 그대로 있어."

"여기서? 언제까지?"

"그곳이 싫어?"

"싫다기보다, 어딘지 모를 곳이잖아."

"정말로 모르겠어?"

조슈아는 일어나 주위를 둘러보며 고개를 갸웃거렸다. 머리 위로 너른 하늘이 보였다.

"글쎄······."

생각해보았다. 전에 와본 일이 있던가. 뭔가를 닮았던가. 머릿속 기억과 겹쳐보려고 애쓰자 하늘에 변화가 일어났다. 지평선에서 보랏빛이 몰려왔다. 거대한 입김처럼 뿜어져 나왔다. 흠칫하며 주위를 보자 저 밑에서 산 같은 것이 솟아올랐다. 잠깐 사이에 그는 첩첩산중에 솟은 봉우리들 속에 서 있었다.

"아······."

조수아는 눈을 크게 뜬 채 변해버린 세계를 쏘아봤다. 조금 답답한 듯했다. 산이 너무 많았다. 그러자 흰 안개가 밀려왔다. 산그림자가 가려지더니, 지워졌다. 사방이 탁 트였다. 무심코 한 바퀴 돌아보자 하늘도 그와 함께 돌아갔다. 그제야 조수아는 자신이 이 세계를 마음대로 바꿀 수 있음을 깨달았다. 여기가 어디기에?

"내가 전에도 여길 와보았던가?"

"그랬지."

"그런데 왜······."

"기억나지 않느냐고? 지금 같은 때만 왔었으니까."

"지금이 어떤데?"

"위험하지. 네 생명이."

생명이 위험하다고? 조수아는 양팔을 폈다. 숨을 크게 들

109
—
공동 운명체

이쉬었다가 내쉬어보았다. 실은 노력할 필요도 없었다. 이곳의 공기는 너무나 가벼웠다. 어쩌면 날아갈 수도 있을 것만 같았다. 이렇게, 한 번만 발을 띄운다면.

"잘 모르겠는데. 여기선 모든 게 쉬워. 전혀 힘들지 않아."

"그게 왜겠어."

왜냐하면…….

"그렇구나. 내가 여기서 이러고 있을 때가 아니구나."

조슈아는 길을 찾아내려고 주위를 두리번거렸다. 또는 만들어내려 해보았다. 무언가가 보이긴 했다. 그러나 금세 알아차렸다. 저 길은 그저 이 세계 안을 맴돌 뿐임을.

"어떻게 나가야 하지?"

"아직은 네 힘으로 못 해. 기다려."

"기다리고 있으면 누군가가 꺼내준단 말이야? 당신이?"

"아니. 네가 저쪽 세상에 남겨둔 것들이. 그들이 곧 널 부를 거야. 그때 꼭 대답하도록 해. 하지만 부름이 올 때까지는 잠시 쉬는 수밖에 없겠어. 쉿……."

"아니, 얼마나 술을 마시면 이렇게 냄새가…….."

의사는 안으로 들어서자마자 인상을 찌푸리며 코를 막았다. 위급한 환자가 있다고 해서 달려왔는데 기껏 주정뱅이 뒤치다꺼리나 하라고 불렀나 하는 표정이었다.

"술 마시고 쓰러진 거 아니니까 봐주기나 하시죠."

"그럼 쓰러진 뒤에 술 마셨소?"

평소 같으면 더한 농담으로 받아치고 남았을 테지만 막시민은 팔짱을 풀지도 않은 채 대꾸했다.

"농담할 때가 아닙니다. 어디가 어떻게 안 좋은 건지 빨리 좀 봐주십쇼."

침대에 눕혀진 조수아는 온몸이 열병 환자처럼 뜨거웠다. 얼굴은 창백하다 못해 푸르스름했고, 입술이 죽은 사람처럼 바싹 말라서 계속 수건으로 축여줘도 소용이 없었다. 의사도 곧 조수아가 술을 마신 것이 아니란 걸 눈치챘다. 온몸에 흩뿌려진 독한 술 때문에 냄새가 진동할 뿐이었다.

리체가 일하는 코럴리 식당의 지배인은 자기집 아래층에 누이동생에게 운영을 맡겨놓은 작은 시계포를 갖고 있었는데, 그곳에 창고로 쓰다시피 하는 쪽방이 하나 있었다. 밤중에 갑자기 들이닥친 셈이었지만 극장에서 일어난 화재 때문에 환자가 생겨서 가까운 데로 달려왔다고 하자 그럭저럭 양해가 되었다. 리체가 심부름 때문에 몇 번 드나들며 지배인의 부인과도 안면을 익혀놓아서 다행이었다. 부인은 환자를 걱정하며 의사도 불러주고 방도 손수 치워주었다. 하지만 주택도 아닌 곳에서 밤중에 환자를 목욕시킬 방도까진 찾을 수 없었다.

이윽고 다가앉아 조슈아의 얼굴을 들여다본 의사는 저도
모르게 으음, 하고 신음 소리를 냈다. 파리한 뺨이며 눈꺼풀
은 손만 대어도 종잇장처럼 찢어질 듯 얇디얇았다. 아름답다
기보다는 시체가 되살아난 것처럼 오싹한 느낌이라, 숨을 쉬
고 있는지 코 아래에 손가락을 대어봤을 정도였다. 하지만 호
흡은 규칙적이었고 맥도 조금 빠른 정도였다.

눈꺼풀을 뒤집어보고 체온을 재어본 의사는 사혈 기구를
꺼내 피를 조금 뽑았다. 특별히 검은 피는 나오지 않았다. 몸
이곳저곳을 만져본 후 의사는 이맛살을 찌푸리며 막시민에게
물었다.

"자네 친구인가? 아니면 형제인가? 보호자는 어디 있나?"

"보호자 없습니다. 그냥 제가 보호자라고 생각하고 말씀하
시죠."

전에 없이 신중한 목소리였다. 평소 막시민을 아는 사람,
예를 들어 동생들이나 히스파니에였다면 이 녀석의 입에서
이런 목소리도 나오는가 하고 꽤 놀랐을 것이다.

"무슨 일을 당한 건지 먼저 말해보게."

"죽을 뻔한 거죠."

저도 모르게 버릇대로 대꾸했다가, 곧 이것만으로는 설명
이 안 되겠다고 생각했는지 평소 화법에 어울리지 않는 설명
을 덧붙였다.

"머리 위로 무거운 것이 떨어져서 충격을 받은 게 아닐까 싶은데요. 직접 본 게 아니어서 확실하지는 않지만 어쨌든 정신을 잃은 지 두 시간 가까이 됩니다."

"그것만 갖고는 모르겠군. 머리에는 아무 상처가 없어. 부어오른 곳도 없고. 달리 부러지거나 한 데도 없어. 이렇게 오래 깨어나지 않고, 또 열이 나는 이유도 모르겠군. 혹시 평소에 앓던 병이 있었나?"

"그건 저도 모르지만……."

막시민은 머릿속으로 어떤 가능성을 떠올린 모양이었지만 곧 지워버린 듯 말을 이었다.

"모르겠습니다."

"열을 식혀주는 것 말고 현재로선 해줄 것이 없네. 이건 짐작이지만……."

의사는 천장을 올려다보며 어떻게 말을 할지 조금 궁리했다.

"온몸에 기력이 없단 말이야. 혼이 빠진 사람…… 그래, 귀신 들린 사람처럼, 의식 없는 것 말고, 귀신 들린 사람 말이야."

"그게 무슨 소리죠?"

의사는 고개를 휘휘 내저으며 일어났다.

"방도가 없어. 줄 약도 없고, 열이나 계속 식혀줘. 당장 악화될 것 같진 않으니 난 내일 아침에 다시 오도록 하지. 하지만 그때까지도 이대로 차도가 없으면 소드-라-샤펠의 의사에게 데려가봐야 할 거네."

막시민은 일반적인 보호자들처럼 의사를 붙들고 늘어지며 따져 묻지 않았다. 의사가 가고 나자 막시민은 침대에 다가앉아 조슈아의 얼굴을 물끄러미 들여다봤다. 이런 상황에서는 막시민도 얼굴에 감정이 거의 드러나지 않았다. 언뜻 보기엔 아무 상관 없는 사람을 보는 눈 같기도 했다. 하지만 말이 없고 표정도 변하지 않았다. 눈을 떼지도 않았다.

밖에서는 조금 전부터 비가 내렸다. 많은 비는 아니었지만 극장에 난 화재에는 도움이 되었을 것이다. 투둑거리며 창틀을 두드리는 빗소리만이 한참 동안 방안을 울렸다. 걸쇠가 망가진 창문이 멋대로 열려 비가 들이치자 리체가 일어나 주의 깊게 닫았다. 닫기 직전, 빗방울이 흰 꽃처럼 튀는 검은 밤거리를 잠깐 내다봤다. 새벽 2시경, 지나가는 사람은 아무도 없었다.

한참 동안 조슈아의 얼굴만 내려다보고 있던 막시민이 불쑥 말했다.

"통성명이나 하자."

"이름?"

그제야 지금껏 서로 이름도 묻지 않았음을 깨달았다. 리체는 어이없는 표정을 지으며 대답했다.

"그냥 리체라고 불러. 본래 이름은 좀 길어서."

"막시민 리프크네."

"트리 뭐라는 아주머니 세 명은 가짜지?"

"그럼 진짜겠냐."

"저 사람은 친구?"

"아아, 뭐."

평소라면 상상하기 힘들 정도로 이날 막시민은 말수가 적었다. 리체는 일어나서 방안을 거닐다가 침대 쪽을 바라보며 몇 번 고개를 갸웃거렸다. 그러더니 갑자기 방문을 열고 나갔다가 손에 오목한 나무접시 하나를 들고 들어왔다. 접시엔 딱딱한 과자 같은 것이 얼마간 들어 있었다.

"배고픈데 이거라도 먹자."

따지고 보면 둘은 저녁도 못 먹은 처지였다. 너무 늦은 시각에 들이닥쳐서 지배인 부부도 식사까지는 생각하지 못한 모양이었다. 방을 내준 것만도 감사한데 그런 부탁까지 할 정도로 그들도 뻔뻔스럽지는 않았다.

막시민은 말없이 손을 뻗어 과자를 입에 넣었다. 리체도 몇 개 집어먹었다. 한동안 버석버석하는 과자 씹는 소리만 들렸다.

"먹을 만해?"

"으음."

"그렇다면 다행이고."

리체는 다시 과자를 하나 집어 입에 넣더니 중얼거렸다.

"개밥이지만."

"……."

손이 아주 잠깐 멈추고, 둘은 눈이 마주쳤다. 그러나 막시민은 곧 입에 든 것을 마저 씹어 삼키더니 인상을 찌푸리며 중얼거렸다.

"그래, 개밥 까짓거 못 먹겠냐. 과자랑 똑같네."

리체는 한쪽 어깨를 으쓱하더니 다시 손가락으로 개밥을 집었다.

"까다로운 입맛이 아니어서 다행이네. 그런데 저기 저 사람은 배고프지 않을까?"

막시민은 침대를 흘끔 봤다.

"저 녀석이라면 깨어 있어도 아마 개밥은 안 먹을 거야."

"저쪽은 고상한 입맛?"

"글쎄. 출신이 고상해서."

과자인지 개밥인지 하여튼 다 먹었다. 접시를 치운 리체는 침대에 다가앉으며 입을 열었다.

"이제 얘기 좀 듣자. 이게 다 어떻게 된 일이야?"

막시민은 손을 쓰지 않고 잇새에 낀 과자, 아니 개밥을 빼느라 한동안 고생했다. 이윽고 해결하더니 안경을 벗고 충혈된 눈을 몇 번 비빈 다음 입을 열었다.

"본의 아니게 같은 배를 타게 됐으니 서로 갖고 있는 정보를 풀어볼 필요는 있을 거야. 먼저 물어봐. 나도 너한테 물을 게 있으니까."

리체는 기다렸다는 듯 대뜸 물었다.

"극장에 불을 질렀을지도 모르고, 저 사람을 죽이려 했는지도 모르고, 심지어 날 죽일지도 모른다는 그 사람은 도대체 누구야?"

"몰라."

리체는 말문이 막혔다가 당황한 표정이 됐다.

"모른다고? 그러면 네 주장이 사실이란 증거는 어딨는데?"

"사람이 가장 많이 모여든 날, 멀쩡한 극장의 천장이 무너지고 동시에 불이 날 가능성이 얼마나 된다고 생각하냐?"

"알 게 뭐니? 하루에 벼락을 두 번 맞는 사람도 있다는데. 세상에 무슨 일이 있을지 어떻게 알아?"

"그러면 극장에서 우릴 안내해 나온 놈은 뭔데? 넌 그 사람한테 '네가 불질렀지!'라고 소리치지 않았어?"

"다른 목적이 있어서 불을 지른 걸지도 모르잖아?"

"다른 목적? 하필이면 저 녀석을 붙들고 있었는데?"

"음, 그건……."

리체는 천장을 향해 눈동자를 굴렸지만 이번엔 납득하고 말았다.

"그래. 그건 맞는다고 쳐. 그런데 우린 그놈을 놓쳤잖아. 배후가 누구인지도 알아낼 길이 없잖아. 그러면 그자를 피하기 위해서 너나 내가 어떻게 해야 돼? 평생 숨어 다닐 순 없잖아? 게다가 너한텐 이게 친구의 일인지 몰라도 나하고는 사실 아무 상관 없거든? 모르는 사람 때문에 내가 왜 그런 번거로운 일을 당해야 돼?"

"네가 상관이 있든 없든 그건 중요하지 않아. 번거로운 일은 당하고 싶어 당하나? 그자가 누구였든, 한 사람을 은밀히 죽이겠답시고 극장 하나를 태워버리는 작자란 말이야. 예상이긴 하지만 너 하나 정도는 손쉽게 죽여 입을 막고도 남을걸."

그 말에 발끈한 리체가 의자에서 발딱 일어났다.

"지금 너…… 내가 죽는다고 말했니? 그것도 내 잘못 때문도 아니고, 카르디한테 연관된 일을 조금 알았다는 것 때문에? 나…… 내가 왜 저 사람이 주연인 연극에 엑스트라가 돼야 하는데?"

막시민이 대답하지 않자 목소리가 높아졌다.

"도대체 그 누군지도 모를 인간이 왜 카르디를 죽이지 못해 안달인 건데? 아니, 그딴 건 내가 알 필요도 없어. 하필 왜 내가 이런 일에 말려든 거야? 난 조용히 돈 벌어서 노후를 편안하게 보내려는 계획밖에 없는 사람인데, 왜 내가 알지도 못하는 사람 때문에 죽어야 해? 내 생활을 다 버리고 산속에라도 가서 숨으란 말이야? 전부 다 말도 안 되는 소리잖아!"

막시민은 일어선 리체를 흘끗 올려다보더니 한숨을 내쉬며 뒤통수를 긁적였다. 하지만 곤란해하는 표정도 미안해하는 표정도 아니었다.

"잘 생각해봐. 극장에서 네가 무슨 일을 했는지를. 나한테 소리지를 입장이 아니란 걸 너도 알걸."

"내가⋯⋯."

리체는 움찔하며 말을 멈췄다. 그러고 보니 막시민이 나타나기도 전에 자신이 먼저 그 정체불명의 남자를 때려 협박했던 기억이 났다. 그 결과 저기 누워 있는 사람을 구하게 됐지만 당시엔 시체인 줄 알았으니 일부러 그런 건 아니었고⋯⋯ 아니, 하여간 사정을 몰랐다고 해도 이 사건에 말려든 건 자기가 한 행동의 결과가 맞았다. 그 남자를 놓쳐버린 건 누구의 책임도 아니었고.

리체가 말을 못 하자 막시민이 드디어 침대를 등지고 돌아앉았다. 다시 말해 뭔가 이야기할 태세를 갖췄다.

"그럼 나도 묻자. 첫째로, 넌 저 녀석과 본래부터 아는 사이냐? 저 녀석, 이곳에서는 본명을 숨기고 있다고 들었어. 넌 어떻게 알았어? 둘은 무슨 사이인데?"

리체는 뭐라고 말을 할까 입술만 움찔거리고 있다가 결국 물었다.

"그럼 카르디의 본명이 정말로 '조'였단 말이야?"

막시민은 어깨를 움츠려 보였다.

"그 '카르디'라는 이름은 내가 듣기엔 무척 괴상하군. 이 녀석의 진짜 이름은 조슈아야. 어려서 시골구석에서 뒹굴고 다닐 땐 조, 또는 조군이라고 불렸지."

"그런 건가."

더 화를 낼 입장이 아닌 것 같아 갑자기 멈추느라 어색한 표정이 됐지만, 어쨌든 리체는 말했다.

"하여튼 별다르게 아는 사이는 아냐. 우연히 한 번 마주쳤을 뿐이니까. 그러니까, 식당에서."

"식당이라고?"

"내가 급사로 일하는 식당이야. 식당 손님이었지 뭐. 모자 눌러쓰고, 수염 붙이고, 지금 생각하니 자기 얼굴 숨기려고 그랬던 거였구나. 어쨌든 그날 급사 언니들과 수다를 떨다가 카르디 얘기가 나왔고, 난 까닭이 있어서 카르디를 싫어하기 때문에 질색을 했거든. 그랬더니 날 불러서 왜 싫으냐고 묻는 거야."

"풋."

막시민은 웃음을 터뜨릴 뻔했지만 참고 고개를 끄덕여 보였다.

"계속해봐."

"하여튼 얘길 하다가…… 그래, 내가 실수로 저 사람의 얼굴에 물을 끼얹고 말았어. 그랬더니 얼굴에 붙은 수염이 떨어졌어. 내가 얼굴을 보게 되니까…… 그래, 지금 생각하니까 얼굴이 드러난 것 때문에 당황해서 그랬던 것 같아. 나한테 공연 입장권을 두 장이나 줬거든. 그리고 자기가…… 응, 카르디의 친구라고 말했어. 그런 다음 헤어졌고, 그게 다야."

"그게 언제 일이지?"

"두 달 전쯤인가?"

"좀더 정확히 기억할 수 없을까?"

리체는 한참 기억을 더듬다가 말했다.

"3월 말쯤일 거야. 입장권을 보고…… 응, 두 달쯤 남았구나 하고 생각했으니까. 4월은 안 됐고, 3월…… 20일 전후 정도?"

막시민의 미간에 힘이 들어갔다.

"그 말 틀림없겠지?"

그러자 리체도 기분 나쁜 눈으로 막시민을 봤다.

"그냥 짐작일 뿐이라고. 내가 그런 걸 무슨 수로 정확히 기억해?"

"적어도 2월이거나 하진 않단 말이지?"

"3월 중순이나 말이라니까. 그 정도는 확실해."

막시민은 고개를 끄덕였다.

공동 운명체

"좋아. 그걸로 판명됐어. 안됐지만 이제 가능성이 아니라 진짜로 생명을 위협받는 처지가 됐군그래. 뭐라 위로의 말을 해야 할지 모르겠어."

피로한 얼굴로 기지개를 켠 막시민은 연달아 몇 번이나 하품을 했다. 하지만 리체는 그처럼 느긋한 기분일 수 없었다.

"위로……라고?"

잠시 후, 리체의 표정이 일그러지더니 입술을 꼭 다물었다가 다시 눈물이 글썽해졌다. 막시민은 그 과정을 다 보고 있진 않았지만 갑자기 리체의 손이 막시민의 어깨를 움켜잡았을 때는 확실히 상황을 알 수밖에 없었다. 리체는 잡은 어깨를 마구 흔들어댔다.

"이건 장난이 아니잖아! 지금 하품이나 할 때야? 빨리 대책을 세워보란 말이야! 난 여기서 죽을 수 없어! 지금 생활이 진짜로, 말도 못 하게, 죽도록 마음에 든단 말이야! 절대로 산속에 들어가거나 옆 나라로 도망갈 생각은 없어!"

물론 리체는 지금까지의 생활에 무척 불만이 많았지만 이 순간만큼은 다 잊어버렸다. 비록 자신이 한 행동 때문에 이런 상황에 처했을지라도, 당장 누군지 모를 악당을 찾아 뒤통수를 후려칠 수도 없는 마당이니 이 사건의 핵심과 연관이 있어 보이는 막시민이 모든 일의 원흉처럼 느껴졌다. 실제로 그렇게 판단했다는 것이 아니라, 기분이 그랬다.

"그 정도로 해두라고."

놀랍게도 막시민은 아는 사람들이 봤으면 어리둥절해할 정도로 인내심을 발휘해서 참고 있다가 리체가 제풀에 지칠 즈음 손을 떼어났다.

"난들 뾰족한 수 있겠어. 내 입장도 너하고 다를 것 하나 없다. 굳이 다른 점이라면 저기 누워 있는 녀석까지 수습해야 된다는 정도니 조건도 한결 나쁘잖아? 나도 이곳으로 올 때 이 정도의 일이 벌어질 줄은 상상도 못 했어. 시골구석에서 이날 이때까지 살다가 친구 녀석 하나 잘못 둬서 여기까지 달려오게 돼버린 것뿐이라고. 빌어먹을 놈, 오 년이나 못 봤는데 이 몸의 썩을 정성을 알아먹기나 할까 몰라. 또 부잣집에서 잘 먹고 잘사는 자식이 왜 저렇게 꼬챙이처럼 말랐어? 거기다가 오 년 만에 친구가 왔는데 침대에 널브러져서 시체놀이나 하고 자빠졌냐? 애당초 내가 왜 저딴 놈을 사귀게 됐지? 아, 젠장, 골치 아파. 골 빠개지게 독한 술이나 한 병 마셨으면 좋겠다."

처음에는 리체에게 하던 말이었는데 점차 혼잣말로 바뀌었다. 결국 안경을 벗어 침대 구석에 던져버린 막시민은 두 손으로 얼굴을 감싸며 생각에 잠겼다. 어색한 침묵이 흐르는 가운데 고였던 눈물이 저절로 마른 리체는 침대에 누운 조슈아를 흘끗 봤다.

두 사람의 입장에 동정이 간다 하더라도 지금은 자기한테 닥친 일을 차근차근 생각할 정신도 모자랐다. 이따위 일로 죽을 위기에 처하다니, 농담 같은 상황에도 정도가 있는 거였다. 생각 같아서는 전부 못 들은 체하고 집에 가서 잠이나 푹 잤으면 싶었지만, 그리고 정말로 아무 일도 없을 거라고 믿어버리고 싶었지만, 당장 어떤 미친 악당이 쫓아와서 잠자는 동안 집에 불을 지를지도 모르는 일 아닌가? 그런 생각을 하면서 집에 간들 잠이 올 턱도 없고, 앞으로 편안하게 발 뻗고 잠자는 인생은 모조리 끝장난 거였다. 원래도 편한 인생은 아니었지만 이제부터야말로 진짜 꼬인 인생이 시작된 거다.

그런 생각을 하자니 화난 마음은 저절로 사그라지고 현실적인 대안이 간절해졌다. 십 몇 년 살아오며 알게 된 몇 안 되는 사람들을 하나하나 떠올려봤지만 이런 엄청난 상황에서 도움이 될 만큼 빼어난 인간은 한 명도 없었다. 결국 의논할 상대는 저기 얼굴을 파묻고 생각에 잠겨 있는 녀석밖에 없었다. 똑같은 처지에 떨어진 녀석 말이다.

"됐어. 내가 말려든 까닭 따윈 이제 어쨌든 좋아. 아까 네 말을 들으니까 넌 카르디…… 그러니까 저 사람한테 무슨 일이 생길 것을 짐작했기 때문에 여기까지 온 것 같은데 뭔가 아는 게 있을 것 아냐. 크든 작든 정보가 될 만한 것이 있으면 다 말해봐."

124

데모닉 2

막시민은 금방 고개를 들지 않았다. 생각에 잠긴 건지 잠들어버리기라도 한 건지 알 수가 없었다.

"내가 저 사람을 3월 달에 봤거나 하는 것이 도대체 무슨 의미가 있는 건데? 왜 그게 나한테 위험이 닥친다는 의미가 되는데? 아니, 그보다 너와 저 사람은 도대체 정체가 뭐야? 누가 죽이러 쫓아올 정도면 뭔가 대단한 사람이거나 아니면 지은 죄가 있거나 둘 중의 하나잖아?"

거기까지 말했을 때 막시민은 고개를 들었지만 리체를 보기만 할 뿐 얼른 대꾸하지 않았다. 하지만 리체가 다음 말을 했을 때는 확실히 반응이 있었다.

"술 마시고 싶댔지? 새벽에 여는 데를 알고 있어."

"뒤에서 내 안경 좀 찾아줘봐."

"그만 일어나. 저기, 오른쪽에 무언가 보이지?"

바람이 흔든 머리카락이 눈썹을 쓰다듬고 이마를 훑었다. 눈을 감은 채 앉아 있던 조슈아는 눈을 뜨며 주위를 휘둘러보았다. 어느새 이전의 풍경은 사라지고 높은 산꼭대기에 마련된 좁고 둥근 빈터에 앉은 자신이 있었다. 발밑으로 폭포가 떨어지는 소리가 들렸다. 누가 이 풍경을 만들었을까? 자신이 그렇게 한 기억은 없었지만 어쩐지 전보다 마음에 들게 변한 듯했다.

켈스니티의 목소리가 일러준 쪽을 돌아보자 검은 덩어리가 눈에 띄었다. 먹구름인가 했지만 아니었다. 수백 마리는 됨직한 새떼였다. 다가올수록 확실해졌다. 지금은 굉장히 먼 곳에 있지만 빠르게 커지고 있었다.

"새들 같은데."

"그래, 새야. 그런데 여러 마리가 아니고 한 마리야."

"저렇게 크고, 또 제멋대로 움직이고 있는데?"

"수백 마리의 새로 이루어진 한 마리 새지. 저 새를 다시 볼 날이 있을 거야. 지금은 여길 떠나자. 저 새가 너를 발견하기 전에."

"나를 발견한다고? 이미 보고 있는 것 아니야?"

"아니, 저 새는 너를 보고 있는 것이 아냐. 다른 사람을 찾는 거야. 하지만 그 사람은 이제 없지. 그러니 어서 떠나. 저 새는 네 목숨을 빼앗을 수도 있어."

"왜 나를 죽이는데?"

"그건…… 조상들 간에 얽힌 악연이 있어서. 그러니 그만 가자. 네 친구가 널 기다리고 있어."

"잠깐, 친구라니?"

"네가 자나깨나 보고 싶어 하던 그 친구지 누구겠어. 그 한 명 말고 너한테 달리 친구가 있기나 해?"

조슈아는 일어섰다. 안개가 살아 있는 것처럼 산꼭대기로

126

데모닉 2

밀려들었다. 새의 윤곽은 이제 두 배로 커져 있었다. 어떻게 떠나지? 그런데 이상하게도 이번에는 분명한 방법이 떠올랐다. 조슈아는 고개를 끄덕이고는 망설임 없이 낭떠러지 아래로 몸을 던졌다. 이마를 찢을 듯 달려드는 바람, 한순간 유영하는 듯했던 몸과, 순식간에 가까워지고 멀어지는 사물의 잔상. 그 모든 것이 명석몽明晳夢답게 선명했다.

그리고 깨어났다.

"아……."

푸른 기를 머금은 새벽빛이 창틈으로 새어 들었다. 몸을 일으키고 보니 머리부터 발끝까지 흠뻑 땀에 젖은 채였다. 옆에는 자신의 이마에서 떨어진 듯한 축축한 수건이 있었다. 한쪽에는 물이 담긴 대야도 보였다.

병간호라도 받고 있던 분위기였지만 정작 간호할 사람은 사라진 지 오래인 듯했다. 좁고 초라한 방은 낯설었다. 왜 여기에 와 있는지 전혀 생각나지 않았다. 게다가 몸이 끈적거려 불쾌하고, 입술에 칠했던 분장이 번지고, 만취한 주정뱅이한테서 날 법한 악취가 진동하고, 머리가 아프고, 배도 고프고, 목도 마르고, 입술이 터져 따끔거렸다. 이른바 인생 최악의 상태였다.

한참 만에 꿈에서 들은 목소리를 생각해낸 조슈아는 볼멘소리로 중얼거렸다.

"아무도 없는데 오긴 누가 왔다는 거야."

목소리가 대꾸했다.

「네 친구란 자가 본래 그렇잖아. 좀 기다려봐.」

탐정과 조수

그자는 제 손에 남은 것 모두를 정확히 알고 있어.

비록 은화 한 닢뿐일지라도, 그 은화를 죽도록 갖고 싶어 하는 자가 누구인지 알고 있지.

"도대체 이 집에 무슨 볼일인데 그래?"

"지금은 바빠서. 설명은 나중에."

막시민은 울타리를 하나 부러뜨려 구멍을 낸 뒤 어느 멀쩡한 별장 저택 뒷마당으로 숨어들었다. 높이 솟은 벽을 올려다보며 발코니가 튀어나온 위치를 가늠해보더니 슬슬 기어오르기 시작했다. 사정도 모르고 뒤따라온 리체는 팔짱을 끼고 올려다보다가 중얼거렸다.

"꼴 참 가관이네."

걸치고 있던 코트는 시체놀이하는 친구한테 일찌감치 적선해버렸고, 길이도 맞지 않는 헐렁한 바지에 대강 걷어 입은 셔츠 소매하며 영락없는 부랑자······ 아니 부랑 소년 꼴인데, 남의 집 벽까지 타고 오르고 있으니 누가 봐도 "밤손님!"이라 외칠 모습이었다. 그런데 얼마간 올라간 막시민이 아래를 슥 내려다보더니 말했다.

"거기서 뭐해?"

"뭐하다니?"

"안 올라와?"

"내가 왜 거길 올라가니!"

저도 모르게 소릴 질렀다가 급히 입을 다물었다. 막시민은 어둠 속에서 뭐라 중얼거렸는데 아마도 한심하다고 욕하는 것 같았다.

"그러니까, 왜 올라가느냐니까?"

"거기 있으면 들키니까 그렇지."

'도로 나가면 되잖아'라고 쏘아붙이려던 찰나, 좌우에서 동시에 인기척이 들려왔다. 갑자기 닥친 상황에 당황한 리체는 저도 모르게 막시민이 잡고 올라간 담쟁이덩굴에 매달렸다. 한 층 넘게 기어 올라가 벽에 붙어 있는 동안 경비중인 하인 두 사람이 양쪽에서 걸어와 조금 전까지 리체가 있던 위치에 서서 인사를 나누더니 상대방이 오던 방향으로 가버렸다.

"잘 올라오네?"

머리 위에서 느긋한 목소리가 들려왔다. 리체는 최대한 줄인, 그러나 여전히 감정 실린 목소리로 대꾸했다.

"그런 소리 할 때야? 저들이 위를 올려다봤으면 어쩔 뻔했어?"

"더 위로 올라가야지."

"그게 아니고…… 난 치마를 입고 있잖아!"

"어, 그랬냐?"

아무런 감동을 받지 않은 목소리로 대꾸한 막시민은 도로 기어오르기 시작했다. 이젠 리체도 따라 올라가는 수밖에 없었다.

조금 전까지 둘은 축제 광장의 마차형 술집에 마주앉아 정보를 나누고 있었다. 그런데 연거푸 세 잔 정도 마시더니 갑자기 뭐에 홀린 것처럼 일어나 가는 막시민을 뒤쫓아온 결과가 이것이었다. 앞으로는 술 마시고 앞서가는 녀석을 절대 쫓아가지 않겠다고 다짐했지만 지금은 따라가는 수밖에 없었다.

3층 창문에 이르러 막시민은 발코니 난간을 잡고 안으로 들어갔다. 그리고 친절인지 뭔지 몰라도 주머니에 손을 찌른

채 리체가 올라올 때까지 기다려주었다. 겨우 발코니에 내려
선 리체가 긴장해서 삼켰던 숨을 한꺼번에 몰아쉬자니 기껏
한다는 소리가 이랬다.

"이따 내려갈 땐 네가 먼저 가라."

"내가 왜!"

"치마 입었다며."

말문이 막힌 리체를 내버려두고, 막시민은 발코니 문을 열
고 커튼을 젖혀 방을 들여다보더니 실내로 들어갔다.

"나쁜 놈."

영문은 몰라도 밖에서 기다릴 이유도 없는지라 일단 따라
들어가봤다. 막시민이 맨 먼저 복도로 통하는 문을 만져보고
딱 잠그는 걸 보고는 조금 안심했다. 이어 막시민은 방안 서
랍들을 열며 뭔가를 찾기 시작했다.

"뭘 찾는 거야?"

"그런 게 있어."

더 대답이 없었다. 할 일이 없는 리체는 방을 휘둘러봤다.
귀족들의 별장답게 고급스러운 방이고 장롱도, 테이블도, 의
자도 뭐, 화려했다. 고급 가구를 감상할 안목이 없는 리체는
장롱을 열어보고 싶었지만 꾹 참고 한쪽 벽에 걸린 초상화를
구경했다. 단정하고 예쁜 소녀의 초상화였는데 보다 보니 익
숙한 얼굴이었다.

"어, 이 아가씨 그 사람 닮았네? 꼭 남매 같아."

막시민이 뭐라 대답하기도 전에 리체는 이어지는 사실을 깨닫고 깜짝 놀랐다.

"그럼 여기가 카르디…… 아니, 조슈아의 집이란 말이야? 잠깐, 여기는 우리 섬에서 제일 비싼 별장 중 하난데? 그러니까……."

'아르님 공작'이라는 이름까지야 떠오르지 않았지만 상황은 알 만했다. 동시에 분장실에서 카르디, 즉 조슈아와 마주쳤을 때 했던 이야기가 떠올랐다. 엄격한 집안, 가문을 물려받아야 하고 그래서 배우 따위가 됐다는 걸 알려선 안 된다던 말, 그리고 이 화려한 방…….

곁에서 막시민의 목소리가 들렸다.

"이거군."

돌아보니 막시민은 여러 통의 편지를 끄집어내어 읽다가 압지 한 장을 찾아내어 유심히 들여다보았다. 잠시 후 품에서 편지 한 장을 꺼내 펼쳐서 압지와 겹쳐보았다. 그러더니 고개를 끄덕이고 압지를 있던 자리에 끼워놓았다. 꺼냈던 편지를 다시 차곡차곡 집어넣고, 마지막으로 품속에서 이미 뜯어진 편지 한 통을 꺼내더니 맨 위에 얹어놓았다.

"됐어. 이제 가자."

두 사람이 테라스로 다시 나갈 즈음, 복도 쪽에서 문을 비트는 소리가 들려왔다. 목소리도 들렸다.

"이 문이 왜 잠겨 있지? 청소하다가 실수로 잠갔나?"

"하인을 불러요."

처음 것은 나이든 여자, 다른 하나는 젊은 남자의 목소리였다. 순간 누구의 목소리인지 알아들은 막시민은 난간을 타넘어 내려가려던 동작을 멈췄다.

리체가 최대한 목소리를 낮추어 물었다.

"왜 그래?"

"잠깐, 저들의 얘기를 좀 들어봐야겠어."

"여기 있겠다고? 요즘처럼 더울 때 발코니 문을 여는 것이 당연하잖아. 안 들킬 것 같아?"

"내 짐작이 맞는다면 저들은 오히려 커튼을 두 겹으로 칠걸."

그 짐작은 맞았다.

하지만 닫힌 문과 두 겹으로 쳐진 커튼 너머로 이야기를 엿듣기란 불가능했다. 창가에서 사람 기척이 멀어지자 막시민은 대담하게 문을 조금 열었다. 리체가 '들키면 넌 내 손에 죽었어'라는 말을 열렬히 손짓으로 전하려 애쓰는 걸 보고는 느긋하게 한마디 건네기까지 했다.

"들키면 네가 날 죽일 시간 같은 건 없을걸."

그때 안쪽에서 부인의 목소리가 들려왔다.

"이래서야 내 입장도 난처해요. 관리 소홀이라고 문책을 받게 생겼으니……."

남자의 대답도 들렸다.

"비취반지 쪽은 잘 처리됐다는데 무슨 문책 운운입니까?"

"내가 아직 얘기 못 했는데, 며칠 전에 공작부인이 보냈다는 사람이 왔어요. 소년이긴 해도 여간내기가 아니던데, 도대체 어떻게 된 건가요? 그쪽에 제대로 간 것이 확실하대요?"

"공작부인이 보낸 사람이라니? 뭔가 잘못 안 것 아닙니까?"

"자기 쪽에서 그렇게 말했단 말예요. 게다가 가문의 문장이 찍힌 편지도 갖고 있었어요."

"아니 잠깐, 그래서 그럼, 소공작에 대해서는 뭐라고 말했죠? 설마 공작부인이 보냈단 말을 듣고 어설픈 소리 한 것 아닙니까?"

"그냥 모른다고 했어요. 뭐…… 알잖아요. 일이 잘못되면 가출했는데 국경을 넘었다는 보고를 들어서 켈티카로 돌아간 걸로 알았다고, 그렇게 말하겠다고 했잖아요. 그게 다예요."

잠깐 사이를 두고 남자의 딱딱한 목소리가 들려왔다.

"그래서 그 소년은 어디로 갔습니까?"

"난들 아나요? 쫓아가보라고 하인을 보내긴 했는데 놓쳤답니다. 아직 근처에 있을지도 모르겠고."

"잠깐, 인상착의를 말해봐요."

"그 소년요? 음…… 스물은 안 넘어 보이고, 갈색 머리에 안경을 썼고, 인상은 말끔한 편인데 차림새가 좀 구질구질하달까……."

리체는 저도 모르게 풋, 하고 웃음을 터뜨릴 뻔했다. 누굴 말하는지 뻔했던 것이다. 그러나 막시민의 표정을 살피기도 전에 대뜸 중대한 말이 튀어나왔다.

"제대로 짚었군. 그 녀석입니다. 극장에서 소공작을 데려간 세 사람 중 하납니다."

'세 사람'이라는 말이 리체의 가슴에 비수를 꽂았다. 이들은 리체의 존재도 당연히 알고 있었다.

"그래요? 그렇다면 잘됐군요. 배우의 거처를 찾았다고 했죠? 금방 꼬리를 잡을 것도 같은데. 찾아내거든 제발 깔끔하게 처리해줘요."

"어쨌든 미리 말했던 것이나 주시죠. 배우 일은 해결되는 대로 연락 띄울 테니까."

서랍을 열고 뭔가 찾는 듯한 소리가 나더니, 다시 부인의 목소리가 들렸다.

"이게 전부예요. 아니 잠깐, 그것 좀 줘봐요."

잠시 동안 두 사람은 부스럭거리며 뭔가를 펼쳐 주고받으며 읽었다. 한참 후 부인의 목소리가 들렸다.

"이건 언제 왔던 걸까? 하여튼 어디에 있나 했더니 은신처가 여기였나 봐요. 의외로 먼 데가 아니었네."

"별장 지구 안이군요. 확인해보겠습니다. 이쪽에도 가용 인원은 있으니까. 다만 상황이 미심쩍으니 비밀 지키시기 바랍니다."

"물론 그래야죠."

곧 문 여닫는 소리가 들렸다. 두 사람은 방을 나간 듯싶었다.

리체가 가슴을 쓸어내리며 이번에야말로 가는가 하고 있는데, 막시민이 다시 발코니 문을 열더니 커튼을 젖히는 것이 아닌가.

"안 가?"

"잠깐만."

막시민은 그 자리에서 방을 둘러보며 기억과 맞춰보는 듯하더니 망설임 없이 한 곳으로 걸어가 서랍을 열고 안을 봤다. 들어 있던 편지 뭉치가 사라졌고, 그리고 막시민이 얹어놓은 것도 함께 사라졌다. 막시민은 혼잣말을 했다.

"빨리도 주워 가네."

리체가 영문 모르고 바라보는 동안 막시민은 서랍 안의 것은 건드리지도 않고 닫더니 돌아왔다.

"가자."

가도 좋다고 하자 리체는 실로 엄청난 속도로 아래로 내려가 울타리 밖으로 빠져나갔다. 누군가 봤으면 월장 경력 삼 년 이상이라고 생각했을지 모른다. 물론 치마를 입고 담을 탔다는 사실을 제외하면. 막시민이 뒤따라오자 리체는 지금껏 참고 참았던 한마디를 쏘아붙였다.

"한 번만 더 설명 없이 저런 데로 데려가면 그땐 끝장이야."

다른 생각에 잠긴 듯한 막시민의 대답은 이랬다.

"끝장이라니, 우리가 언제 뭘 시작했냐?"

이러니 발을 한번 밟아주지 않을 수 없었다.

"끝장나게 때려주겠단 말이야!"

"……."

꽤 아프게 밟았는데도 별반 반응이 없어서 리체는 가다 말고 물어보았다.

"안 아파?"

"아니, 아파."

"그런데 왜 안 아픈 척해?"

"술 사줬으니 술기운에 참는 거지."

"참다니, 아픈 걸?"

"아니, 널."

문 두드리는 소리가 들렸을 때, 조슈아는 냄새를 견디다 못해 창문을 열어놓고 빗 대신 손가락으로 머리를 빗고 있던 중이었다. 이 끔찍한 냄새만 아니었더라면 그도 밖으로 나가 자신에게 무슨 일이 벌어진 건지 알아봤을 것이다. 하지만 이런 꼬락서니로 사람과 마주칠 자신이 없어서 시간이 지체됐다. 어쨌든 문이 잠겨 있지 않은 걸 보면 갇힌 건 아니었다. 배가 고픈 나머지 문을 조금 열었다가 문간에 놓여 있던 나무접시 위의 괴상한 과자를 주워먹어보았다. 과자는 영 냄새가 이상하고 맛도 없었다.

"들어가도 되겠습니까, 도련님?"

조슈아는 불현듯 긴장했다. 카르디의 가면은 어디론가 사라진 뒤였다. 여기가 어딘지도 모르는 터라 누가 찾아왔을지도 짐작이 가지 않았다. 하지만 생각해보니 '도련님'이라는 호칭으로 보아 막스 카르디가 아니라 조슈아 폰 아르님을 찾는 사람일 것 같았다.

"누구신지 모르지만 일단 들어오시죠."

문이 열리고 당당한 풍채에 망토까지 걸친 중년 사내가 들어왔다. 셋, 둘, 하나, 삼 초가 흐르기 전에 조슈아는 그가 누구인지 기억해냈다.

"아, 바이예 경!"

그는 조슈아 앞에서 무릎을 꿇으며 기사의 절을 하더니 다시 일어나 웃으며 말했다.

"알아봐주시니 영광입니다."

바이예 경은 조슈아가 비취반지 성에서 살던 시절 아버지를 가까이에서 수행하던 기사 중 하나였다. 종종 아버지와 무예 대결을 벌이기도 했던 호쾌한 인물로, 어린 조슈아를 어깨에 태워 성안을 돌아다니던 기억도 있었다. 조슈아는 초췌한 얼굴 가득 반가운 표정을 지으며 물었다.

"어떻게 이런 데까지 왔어요? 아니, 그게 아니구나. 경이 날 여기에 데려다 놓은 건가요?"

"그렇진 않습니다. 저도 도련님을 여기로 데려온 사람들이 누구인지는 모르겠습니다. 하지만 이 집의 주인에게 물으니 그 사람들은 밤새 사라져서 나타나지 않은 모양입니다. 저는 도련님께서 별장을 떠나신 후로 브와주 부인께 부탁을 받고서 도련님을 찾아다녔는데, 오늘에야 이 집을 알려주는 사람이 있어서 뵙게 되었습니다. 정말 다행입니다."

"……."

침대에 앉은 조슈아는 말없이 상대의 얼굴을 내려다보다가 불쑥 물었다.

"언제부터 하이아칸에 와 있었어요?"

"두어 달 정도입니다. 좀더 일찍 찾아뵙지 못해 죄송합니다. 그런데 도련님은 어디 편찮으십니까? 안색이 몹시 나쁜데요."

"그건……."

조슈아가 예리한 판단에 머리를 쓰려 하자 갑자기 두통이 심해지면서 눈앞이 어질어질해졌다. 곁에서 바이예 경의 손이 자신을 부축하는 것이 느껴졌다.

"일단 저희 집으로 모시겠습니다. 별장으로 모셔도 좋겠지만, 이렇게 오랜만에 뵙고 했으니 잠시 도련님을 모시고 대접한다 해도 브와주 부인께서 탓하진 않으시겠지요."

조슈아는 정신이 아득해지는 가운데 그의 말을 들었다. 자신이 고개를 끄덕인 것 같기도 했다.

"뭐라고요?"

리체는 막시민이 당장 싸우기라도 할 것처럼 코럴리 지배인 부부를 노려보자 어찌할 바를 몰랐다. 어젯밤에 신세진 것 때문에 둘 모두 집주인을 함부로 대할 입장이 아니었다. 하지만 막시민은 그런 일쯤은 안중에도 없는 것 같았다.

"멋대로 데려가도록 내버려두고, 행선지도 묻지 않았단 말입니까? 게다가 찾는 사람이 여기 있다고 방으로 안내해주기까지 했고?"

지배인 부인은 그제야 사태가 잘못된 것을 알고 미안해하는 얼굴이 됐지만, 솔직히 심각하게 생각하는 표정은 아니었다.

"그쪽에서 병사를 수십 명이나 데려왔단 말유. 우리가 어쩐다고 막아질 상황은 아니었지만 그래도 물어보지도 못한 건 미안하구려. 좀 꺼림칙하긴 했는데 워낙 당당한 귀족 나리께서 오셔서 일사천리로 밀어붙여버리니 말 한번 붙여볼 요량도 못 냈구랴. 미안하우."

"……."

막시민은 이들과 더 실랑이하는 것이 의미 없다고 판단한 듯 입술을 얇게 물며 리체를 돌아봤다.

"좀 묻자. 근방에 혹시 최근까지 비어 있던 별장이 있을까?"

리체가 곤란한 표정으로 고개를 저었다.

"한두 군데가 아냐. 본래 5월이 되어야 슬슬 별장이 차기 시작한단 말이야. 이즈음 주인이 돌아오는 별장은 아주 흔해."

"그럼 내가 말하는 조건에 맞는 별장이 떠오르는지 들어봐. 주변에 번화가가 없는 외진 곳, 규모는 중간 이하, 외관이 수수한 곳, 연병장으로 쓸 만큼 넓은 마당이 있는 곳, 특히 마구간이 큰 곳, 마지막으로 루그란 국경 관문으로 이어지는 대로나 항구로 쉽게 나갈 수 있는 위치."

"무슨 기준으로 말하고 있는 거야?"

그렇게 말하면서도 리체는 머릿속으로 별장 지구의 구조를 떠올려보았다. 귀족 부인들이 옷을 주문하면 치수를 재고, 옷감 견본을 보이고, 가봉을 하고, 그럴 때마다 매번 직접 가지 않으면 안 되었기에 별장 지구 골목들이라면 손바닥 보듯 훤했다. 별장의 모양들도 골목 하나하나를 떠올려보면 어느 정도 알 듯했다. 미간을 찌푸리고 있던 리체는 막시민을 돌아 봤다.

"종이랑 펜을 줘봐. 난 손으로 그려봐야 뭐든 확실해져."

리체는 펜을 쥐자 몇 군데 기준이 되는 동그라미를 그려놓 고는 펜 선을 뻗어나가기 시작했다. 보통 사람이라면 전체 스 케치를 대강 하고 세부를 그려나갈 텐데 리체는 그야말로 서 쪽에서 동쪽으로, 차례대로 모든 것을 그려버렸다.

"에그머니, 여보. 얘가 그린 것 좀 보우."

지배인 부인이 놀라 남편을 불렀을 정도였다. 거미줄 같은 골목과 수많은 별장들의 위치를 표시하고 나자, 이번엔 십여 개의 동그라미들을 그려나갔다. 그리고 잠시 들여다보다가 그중에서 다섯 군데를 집어냈다.

"이 정도가 아닐까 싶은데."

"너, 화가냐?"

보고 있던 막시민도 기가 막혔던 모양이었다. 동그라미들 을 들여다보며 좀더 궁리하고 있던 리체가 고개를 들더니 말 했다.

"재봉사인데."

"재봉사가 무슨 그림을 이렇게 그려?"

"재봉사도 옷본은 그려."

"옷본도 지금처럼 그리냐?"

"내가 그리는 게 아니고 손이 다 그린단 점에선 비슷할 것 같기도 하고."

막시민은 종이를 집어 들고 지배인 부부에게 손짓으로 인사를 마친 뒤 걸어나왔다. 리체가 곁에 왔을 때 막시민이 혼잣말처럼 중얼거렸다.

"쓸 만한 조수네."

"내가 왜 네 조수야!"

막시민은 못 들은 체했다.

"이 민폐 끼치는 데모닉 녀석을 찾아내면 어떤 식으로 죗값을 치르게 해줄까나."

오후 2시경, '소년 탐정과 미녀 조수'는 세 군데의 별장을 돌고 네 번째 집 근처에 이르러 쳐들어가기 전에 한숨 돌리는 중이었다.

"뭐야, 그 괴상한 이름은?"

"어때서 그래? 어차피 조수 소리 들을 거라면 이왕이면 미녀 조수를 해먹어야지."

"맘대로 이름 붙이면 미녀 조수가 되냐?"

"왜? 내가 미녀가 아니라서 틀렸다고 말하고 싶은가 보지?"

리체가 눈을 가늘게 뜨자 막시민은 귀찮은 일을 만들기 싫었는지 재빨리 대꾸했다.

"아니, 상관없어. 가자고, 미녀 조수."

"갑시다, 탐정 양반."

둘은 자신만만한 걸음걸이로 정문을 향해 가……지 않았다. 열 명도 넘는 병사들이 입구를 지키고 있었던 것이다. 막시민은 이것으로 자기가 찾는 집이 맞을 가능성이 대폭 상승했다고 말했다. 그러자 '미녀 조수'가 자기도 찬성한다고 말했다.

"말끝마다 미녀 조수라고 해야만 되는 거냐?"

"사람들한테 '소년 탐정과 미녀 조수라고 불러주세요'라고 하지만 않으면 되지, 왜 따지고 그러니?"

막시민은 대꾸 없이 생각에 잠겨 있다가 고개를 흔들었다.

"어쩔 수 없군."

"뭐가 어쩔 수 없어?"

그러자 막시민이 리체를 돌아보더니 '의지 굳은', '심각한', '사명감을 불어넣는' 눈빛으로 말했다.

"의뢰인의 안전을 위해 우리의 안전을 희생하자."

"뭐야! 의뢰 따위 받은 일 없잖아!"

"이 경우엔 '미녀 조수'가 채용되기 전에 받은 거겠지."

"만일 내가 찬성하지 않으면?"

"그러면 나 혼자 가겠지. 하지만 보통 그런 경우 '미녀 조수'는 탐정의 안전을 걱정한 나머지 결국 뒤따라온다고 되어 있던데."

"내가 읽은 책에는 그런 얘기 없었어!"

그러나 막시민은 이미 성큼성큼 정문 앞으로 가는 중이었다. 병사 한 사람과 마주치자 품속에서 꺼낸 편지를 내보였다. 예의 아르님 가문 문장이 찍힌 편지였지만 용도는 좀 바뀌었다.

"급전입니다. 켈티카에 계신 아르님 공작부인께서 이 댁에 계신 분께 편지를 전하라고 하셨습니다."

이 섬에 도착한 지 며칠이 지났건만 막시민이 소화한 일정의 특성상 그의 몰골은 방금 먼지를 쓰고 도착한 심부름꾼의 모습 그대로였다. 이 사실이 일말의 신빙성을 더하여 막시민, 그리고 결국 뒤쫓아오고 만 '미녀 조수'는 정문을 통과하는 데 성공했다.

되살아난 인형

높은 탑에 유리로 만든 인형이 갇혀 있었어. 인형은 자기를 만든 주인을 기억했지만 주인은 인형을 돌보지 않았지. 인형은 기다렸지만 주인은 오지 않았고, 세월만 무심하게 흐른 거야.

바닥을 기던 덩굴이 자라 탑을 타고 오르고, 뒤덮고, 햇빛마저 가렸지만 유리 인형은 관심 없었지. 유리 인형이니까 먹을 것과 잠자리가 필요 없듯 볕도 필요 없었거든. 기다리고 기다리고 또 기다리고, 그렇게 백 년도 천 년도 흘러갈 수 있었을 거야. 인형이 기다리는 것을 포기했을까?

아니, 인형은 포기하지도 잊지도 않아. 인형이니까.

조슈아는 무슨 생각이든 해보려 했다. 하지만 쉽지 않았다. 살아오며 이렇게 멍해졌던 적이 있던가 싶었다. 일생 뛰어났던 그의 머리가 고작 기초적인 기능밖에 하지 않았다.

무슨 생각이든 깊이 파고들려 하면 어김없이 머리가 어지럽고 식은땀이 나며 현실감이 사라졌다. 무엇보다 극장에서 있었던 일을 생각하기가 어려웠다. 일종의 재해 증후군이었지만 이런 일을 처음 겪는 조슈아는 영문을 몰랐다.

어쩔 수 없이 몸이라도 움직여보려 했다. 하지만 걸으면서도 유령처럼 미끄러져 다니는 기분이었다. 현실감을 되찾으려고 일부러 느리게 한 발 한 발 걸었지만, 잠깐 정신을 놓치면 어느새 바람에 밀려온 것처럼 회랑 끝까지 와 있었다. 바닥의 격자무늬를 세면서 걸어보려 한 것은 너무 소박한 바람이었다. 그의 머리는 이런 기능을 할 때는 별다른 에너지가 필요하지 않은지, 딱 한 번 오가고 나자 무늬의 숫자는 물론 스물네 개의 기둥머리에 새겨진 각기 다른 무늬들까지 모조리 외워버려 조금도 집중이 되지 않았다.

후원의 구조는 조금 이상했다. 북쪽은 건물, 남쪽은 담으로 가로막힌 좁고 기다란 형태인데 저택의 다른 곳으로 이어지는 통로는 오직 한 군데, 앞뜰로 이어지는 좁은 샛길뿐이었다. 다시 말에 건물의 모든 문이 후원 쪽으로만 뚫려 있었다. 샛길 앞에는 한두 명의 병사들이 앉아 있다가 조슈아가 다가오면 벌떡 일어나 "어디 가십니까?" 하고 물었다. 어물어물하다가 "그냥"이라고 대꾸한 뒤 돌아오면서도 못내 기분이 개운치 않았다.

"갇힌 느낌이야."

나직이 말하자 기둥 뒤쪽에서 켈스니티의 목소리가 들려왔다.

「갇힌 게 맞는 것 같은데.」

"나가지 못하게 막는 사람은 없고."

「하지만 나가려고 시도한 적도 없잖아?」

조슈아는 고개를 어깨를 으쓱해 보였다.

"그 말은 맞지만, 딱히 나갈 필요도 없으니까."

「몸이 회복될 때까지 쉬라는 말이겠지만, 글쎄. 밖이라도 좀 내다보면 어때?」

조언에 힘입어 담을 따라 걸으며 훑어보았다. 담은 꽤 높아서 조슈아의 키로도 너머가 보이지 않았다. 발받침이 될 만한 것도 없었다. 기어 올라가기에는 지나치게 가느다란 적단풍이 몇 주株 서 있을 뿐이었다. 대안이 없다 보니 조슈아는 한쪽 발을 적단풍 밑동의 둘로 갈라진 줄기 틈에 걸치고 살짝 발돋움을 했다. 그러자 옹벽 아래로 펼쳐진 넓은 뜰, 아니 연병장이 내려다보였다. 연병장이라고 판단한 이유는 간단했다. 백여 명은 되어 보이는 병사들이 도열하고 있었다.

"여기가 이렇게 높은 데인 줄 몰랐는데."

「정말 그렇군.」

켈스니티의 대구에 조슈아가 어이없어하며 이죽거렸다.

"농담도 통할 정도로만 하세요. 당신이야말로 원한다면 저 아래로 거꾸로 뛰어내렸다가, 날아서 한 바퀴 둘러보고 올 수도 있는 것 아냐?"

「아직 그렇게 하지 않았잖아.」

"당신이 나한테 그런 혜택을 주기 싫어하는 건 알아. 사람이니까 사람답게 번거롭게 살라 이거지. 다 아니까 같잖은 농담은 제발 그만두세요, 사제님."

조슈아는 뜰인지 연병장인지를 구석구석 둘러봤다. 넓이에 비해 그 앞에 선 저택은 그리 규모가 크지 않았다. 외부를 훑어보며 구조를 떠올려보니 자신이 있는 곳은 저 저택에서 뚝 떨어진 별채였다.

"안 되겠어. 여기가 편치 않아. 차라리 집에 가서 쉬는 편이 낫겠어. 아, 그런데 저기 누가 오네?"

오후 2시의 태양이 맹렬히 열기를 뿜고 있었기에 조슈아는 손차양을 만들며 뜰을 가로지르는 세 사람을 살펴보려 했다. 하나는 이곳 병사인 듯했고 다른 둘은 소녀 하나에 소년 하나, 그러니까 갈색 머리를 대충 넘기고 안경을 쓴…….

"……."

조슈아의 눈이 약간 커졌다. 그러고도 말이 없자 목소리가 낮게 웃었다. 이미 알고 있었던 것처럼.

「뭘 그렇게 말문이 막혀 있어?」

조슈아는 평소처럼 시큰둥한 대답을 하는 대신 팔꿈치로 담을 짚으며 올라가려 했다. 그러나 딛고 올라온 나무줄기가 뚝, 부러지는 바람에 발이 미끄러지며 보려 했던 것은 눈앞의 돌담으로 막혀버렸다.

조슈아는 애꿎은 담을 걷어차며 중얼거렸다.

"쳇, 아직 충분히 가벼워지지 못했나."

「지금보다 가벼워지면 그땐 관 속에나 들어가야 할걸.」

하지만 조슈아의 얼굴에는 어느새 생기가 돌아와 있었다.

"여기서 당장 나가볼 이유가 생겼어."

돌아선 조슈아는 조금 전 어설픈 대화를 나누다가 돌아섰던 샛길을 향해 뛰어갔다. 지키고 있던 병사가 다시 벌떡 일어나며 조금 전과 같은 질문을 했다.

"어디 가십니까?"

"저 밖에."

"하지만 회복되실 때까지 요양을……."

"아, 지금 저 밖에 확실한 요양거리가 와 있어."

151

되살아난 인형

조슈아의 대답이 말이 되든 안 되든, 병사는 들고 있던 창을 고쳐 쥐며 단호하게 말하려 했다.

"바이예 경이 말씀하시길, 도련님의 몸이 다 회복될 때까지는 이곳에 머무시도록 도와드리라 하셨습니다. 다른 명령이라면 무엇이든 듣겠지만 이것만은……."

조슈아가 갑자기 병사를 향해 얼굴을 바짝 들이댔다.

"이것 봐. 아르님 소공작은 나야. 소공작에게 명령을 내릴 사람은 우리 가문에 한 사람밖에 없거든? 그런데 그분은 켈티카에 계시고, 난 여기 있지. 네가 내 앞길을 막으면 너한테 저 기둥에 거꾸로 매달리라고 하겠어. 그건 내가 나가겠다는 명령이 아니니까 너도 들어야 되겠지? 물론 그보다 더한 명령도 얼마든지 가능하지. 하지만 네가 나를 잠시 놓쳐봤자 한두 대 맞기밖에 더 하겠어? 그러니까 내가 더 엄청난 것을 생각해내기 전에 나를 못 본 체하는 편이 좋을 거야."

"……."

병사가 기이한 논리에 어찌할 줄 몰라 하는 동안 조슈아는 가면을 쓴 배우 시절 터득한 가장 매력적인 미소를 지어 보인 다음 당황한 병사로부터 재빨리 몸을 빼어 뛰어나갔다. 병사가 뒤쫓아오든 말든, 그런 것은 알아서 하겠지 싶었다. 그런데 등뒤에서 키득키득 웃는 소리와 함께 켈스니티의 목소리가 들려왔다.

「이봐, 상대는 남자였어.」

"누가 뭐래? 잔소리 좀 하지 마."

바이예 경은 신중한 얼굴로 편지를 뜯어서 읽기 시작했지만 읽어 내려갈수록 표정이 이상하게 변했다. 다 읽고 나자 그는 편지를 접지도 못하고 한쪽 눈썹에만 기묘하게 주름을 잡으며 입을 열었다.

"……이게 뭐지?"

막시민은 태연하게 대꾸했다.

"저는 편지를 가져온 사람일 뿐이라 내용에 대해선 모르죠."

"그럼 자네가 한번 살펴보게나."

막시민은 여전히 아무렇지도 않은 태도로 편지를 받아들었다. 편지는 이렇게 시작됐다.

아르님 공작부인도 알고 있을 것 같은 기초 요리법 강좌.

요리를 하자면 무엇보다 재료를 잘 씻는 것이 중요하다. 너도 알다시피 흙이 묻은 야채로 맛있는 요리를 만들진 못하지 않겠느냐? 하지만 너무 깨끗이 씻지 않는 편이 좋은 것들도 있어. 버섯이라든가 말이야.

아, 그래. 오늘은 홍당무를 넣은 보르시치를 만들어볼까 한

153
—
되살아난 인형

다. 쇠고기, 돼지고기, 양고기를 모두 준비하면 좋겠지만, 사정상 여의치 않다면 한두 가지만 준비하도록 해. 대신 소시지나 베이컨을 많이 넣고 말이야. 야채로는 토마토와 감자를 빠뜨려선 안 돼. 양배추도 있어야겠지. 그러고 보니 버섯은 안 들어가는군.

재료는 대강 됐으니 먼저 보르시치를 만들기 위해 꼭 필요한 사워크림 만드는 법부터 해보지. 그런데 잠깐, 신중하게 읽지 않는군. 거기, 음식 투정하는 너 말이야! ……

그즈음 막시민도 바이예 경과 비슷한 표정을 짓고 있었다. 끝까지 읽기도 전에 막시민은 편지를 든 손을 부르르 떨었다.

"이 노인네가…… 누가 이딴 것 써 넣으랬어."

그때 막시민의 중얼거림을 정확히 듣지 못한 바이예 경이 헛기침을 했다.

"험, 험. 그러면 편지 내용에 대해 얘기를 하고 싶군."

"아, 네."

막시민은 재빨리 표정을 바꾸며 바이예 경을 올려다봤다.

"제 생각으로는 음, 제 옆의 미녀…… 아니, 조수가 이 상황에 대해 뭔가 알지 않을까 싶습니다."

물론 '조수'는 크게 당황했다. 바이예 경은 더 괴이쩍은 표정이 되어 이번엔 리체를 내려다봤다.

"그, 그게, 저, 제 생각으로는…… 아! 그러니까 어머니의 아들에 대한 애정이 듬뿍 담긴 편지가 아닐까 하는데요."

"그게 무슨 뜻이지?"

"네! 객지에서 굶지 말고 맛있는 것을 만들어 먹으란 얘기겠죠. 아, 하하하……."

"……."

막시민은 천장을 쳐다봤고, 리체는 바닥을 내려다봤다. 그리고 바이예 경은 둘을 번갈아 본 뒤 입을 열었다.

"나와 장난을 하자는 건 아니겠지. 이 편지가 정말로 아르님 공작부인으로부터 받아 온 것인가?"

이즈음 막시민도 자신이 택할 방법이 얼마 없다는 것을 알고 있었다. 어쩔 도리가 없었다. 일단 입을 열자 내용이야 어찌됐든 얘기가 술술 흘러나왔다.

"물론 일개 심부름꾼에 불과한 제가 공작부인으로부터 직접 건네받은 것은 아닙니다. 공작부인께서 임무를 내린 사람은 측근인 트리비아 부인이었고, 저는 그분의 수행원으로 따라왔을 뿐이죠."

트리비아 부인은 공작부인의 측근으로 격상되었다.

"하이아칸 국경을 넘기 직전, 저희 일행 모두가 정체 모를 자들에게 둘러싸여 도리 없이 몸값을 요구받게 됐습니다. 그때 트리비아 부인께서 한 사람을 풀어주어 편지를 전하지 않으면 몸값도 받지 못하게 될 거라고 설득하여, 저 혼자만 이곳으로 오게 된 겁니다. 아마 그자들은 산적 생활을 하는 몰락한 레코르다블 용병들이 아니었나 싶습니다만. 어찌됐든 당시 워낙 긴박한 상황이었는지라 그 과정에서 산적들의 농간으로 편지가 뒤바뀌었을지 그것까지는 저도 모르겠습니다. 하지만……."

막시민은 갑자기 자신만만한 눈으로 바이예 경을 주시했다.

"본디 그 편지는 공작부인께서 반드시 소공작 아르모리크 경께 전하라고 하신 것이었습니다. 그런 것을 소공작을 모시고 계시다는 이유로 경께서 독단으로 뜯어보셨으니 무척 당혹스럽습니다. 주위 부하들이 보기에도 좋은 예라 할 수는 없을 것입니다."

바이예 경은 새로운 의혹이 깃들인 눈초리로 막시민을 보았다. 말재간이 범상치 않은데? 먼지투성이 안경 너머로 보이는 눈빛도 예사롭지 않았다.

"심부름이나 하는 제게 공작부인의 편지 내용을 논하라 하는 것도 무리한 말씀입니다. 공작부인의 심중을 꿰뚫어 볼 정도로 총애받는 처지가 못 되어 도무지 드릴 말씀이 없습니다. 하지만 편지 내용이 어찌되었든 아르모리크 경을 이 자리로 오시도록 청해 그 편지를 전하는 모습을 제게 보여주십시오. 그것을 보아야만 제 임무가 완전히 끝나는 것이고, 이후 공작부인께 돌아가 이 상황에 대해 말씀드릴 수도 있을 테지요."

이야기는 말이 되는 듯도 하고 안 되는 듯도 했지만, 완전히 거짓말로 몰기엔 미묘하게 납득이 가는 점도 있었다. 더구나 먼지투성이 소년이라 해도 공작부인의 사자로서, 또는 그의 대리인으로 왔다고 주장하니 아르님 공작을 섬기는 기사로서 부하들이 보는 앞에서 무턱대고 거짓말쟁이라고 윽박지르기는 곤란했다.

"내가 전할 테니 너희는 돌아가도록 해라."

"안 됩니다. 차라리 제가 직접 전할 테니 편지를 돌려주십시오."

"나를 신뢰하지 못하겠단 말인가?"

"임무를 다하려는 것뿐이죠."

그때 문밖에서 부관처럼 보이는 사람이 달려와 바이예 경에게 귀엣말을 했다. 고개를 끄덕인 바이예 경의 표정이 바뀌었다.

"물러가라. 너희와 실랑이할 시간이 없다."

상황이 변했음을 직감한 막시민도 역시 표정을 싹 바꿨다.

"그러신가요? 아르님 가문과 관련된 일을 소공작의 의사를 알아보지도 않고 경께서 독단으로 결정하시겠단 건가요? 제가 공작부인께 돌아가 경께서 소공작을 어떤 식으로 모시는지 그대로 전해드려도 되겠습니까?"

바이예 경은 약간 짜증스럽게 대꾸했다.

"소공작께선 지금 몸이 불편하여 쉬고 계시다. 이런 일에 일일이 나오시게 하겠는가."

막시민은 눈을 반쯤 감은 채 줄줄 읊기 시작했다.

"그렇다 해도 최소한 소공작께 사람을 보내어 나오실 것인지 의견을 여쭙는 것이 순서가 아니겠습니까? 그게 아니면 제가 직접 가서 뵙는 방법도 있지 않은가요? 저는 공작부인의 사자를 대리하는 사람으로서 먼 곳에 홀로 계시는 소공작께서 어떤 모습으로 지내시는지 직접 살펴보고 공작부인께 전해야 할 의무가 있다고 생각합니다. 더구나 몸이 불편하시다는 얘기까지 듣고 그냥 돌아설 수는 없는 일입니다. 마땅히 뵙고 공작부인께 용태를 자세히 전하는 것이 그 댁의 은전을 받는 자로서 당연한 도리 되겠습니다. 생각해보십시오. 소공작의 건강에 문제가 생겼다는 말만 듣고 돌아가 공작부인께 안색조차 설명해드리지 못한다면, 그분의 크나큰 심려는 어찌 감당하시렵니까? 공작부인은 물론, 공작께서도 기뻐하시리라 보십니까? 비단 저만의 문제는 아닐 것입니다. 신중히 생각해보시지요."

우선 노골적인 협박을 천연덕스럽게 입에 담더니, 자기가 방금 만든 사실을 입에서 나오는 대로 부풀려놓는 모습에 구경하던 리체는 어안이 벙벙해졌다.

"그 말은 물론…… 그렇지만……."

대답이 궁해진 바이예 경이 위엄을 잃지 않으려 애쓰는 그 때, 갑자기 접견실 문을 세게 두드리는 소리가 들렸다. 이어 문이 와락 열리고 한 사람이 들어오자 병사 몇이 뒤따라 쫓아 왔다. 병사들은 그 사람을 막으려 했지만 감히 붙들지는 못하 고 가로막았다 비켰다 하며 어물거리기만 했다.

"무슨 소란인가?"

그 틈을 타 리체가 막시민에게 속삭였다.

"왜 나한테 편지 내용에 대해 말하라고 떠넘긴 거야?"

"나도 너랑 비슷한 말밖에 할 얘기가 없더라고."

"그럼 네가 하면 되지 왜 날 바보로 만드니?"

"바로 그거야. 탐정이 바보가 되어선 곤란하잖아. 조수가 할 일이란 게 뭐겠어?"

그런데 바이예 경이 깜짝 놀라며 자리에서 일어났다.

"아니, 도련님이 어떻게 여기까지……."

햇빛을 등져 언뜻 얼굴이 보이지 않던 사람은 조슈아였다. 그러나 조슈아는 바이예 경에게 신경도 쓰지 않았다. 홀을 가 로질러 뛰어오자마자 뒤를 돌아보는 막시민을 와락 껴안았 다. 상대가 먼지와 땀으로 뒤범벅된 것쯤은 조금도 개의치 않 았다.

"아아, 정말로 와줬구나!"

막시민은 '안도의 미소'가 변질된 결과 생겨난 떨떠름한 표정으로 대꾸했다.

"이…… 손은 일단 놓으시고."

소공작이 아래에 서 있으니 바이예 경도 도리 없이 앉아 있던 자리에서 뛰어 내려와야 했다.

"어떻게…… 그러니까 아는 사이이십니까?"

그제야 조슈아는 바이예 경을 돌아보더니 어깨를 으쓱하며 양팔을 벌렸다. 다소 거만할 정도로 거침없는 태도였다.

"아, 내 소꿉동무고, 또 가장 좋아하는 친구죠. 이런 사람을 불렀으면 진작에 기별을 줬어야 하는 것 아닌가요? 도대체 뭐가 어찌된 건지 모르겠네. 경도 갑자기 나타나더니 이젠 막군까지 오다니, 모두 나를 놀라게 해주려고 작정했어요?"

그러더니 바이예 경이 뭐라 대꾸하기도 전에 막시민을 돌아보며 말했다.

"이쪽의 바이예 경은 아버지의 친구나 다름없는 분인데, 내가 아픈 것 같다고 별장 안에 따로 쉴 곳을 마련해줬지. 우리 그곳에 가서 밀린 얘기나 실컷 하자."

"잠깐, 도련님……."

조슈아는 바이예 경이 무슨 말을 하도록 내버려둘 생각이 없는 것 같았다.

"내가 거기서 나와선 안 될 까닭이라도 있나요? 이 별장은 어머니의 소유로 알고 있는데 내가 돌아다니는 것을 누가 막을 수 있죠? 친구를 초대하는 것까지 참견을 받고 싶진 않군요."

그때 막시민이 조금 전과는 완연히 달라진 어조로 입을 열었다.

"물론입니다, 아르모리크 경. 그럼 함께 가시지요. 공작부인께선 소공작께서 어찌 지내시는지 무척 궁금해하고 계시고, 저도 소식 전해드릴 것이 아주 많답니다."

바이예 경이 마땅히 말릴 근거가 없어 입맛 쓴 표정만 짓고 있자 조슈아는 리체를 흘끗 봤다. 분명히 구면이지만, 그런 기색은 조금도 보이지 않고 마치 낯선 귀족 영애를 대하듯 유연한 태도로 말했다.

"어수선한 꼴을 보여드렸군요. 아가씨께서도 일행인 듯하니 함께 가실까요?"

리체는 고개를 끄덕이며 입속으로 '누가 배우 아니랄까 봐'라고 뇌까렸다.

세 사람은 나란히 걸었지만 예상 밖으로 조슈아가 머물던 후원에 이르기까지 어떤 대화도 오가지 않았다. 바이예 경 앞에서는 과장된 태도로 반가워하던 조슈아도 마찬가지로 말이 없었다.

아까 병사를 따돌렸던 곳에는 새로운 병사가 와 있다가 조슈아를 보더니 그저 꾸벅 절만 했다. 그곳을 지나쳐 드디어 아무도 보지 않을 뜰에 이르자, 앞장서서 걷고 있던 조슈아가 몸을 돌렸다. 막시민은 멈춰 섰다. 둘은 마주보았다.

잠시 동안 그러고 있었다.

"아아, 오 년이나 못 봤다는 게 거짓말 같다."

조슈아가 웃었다.

"그런데 내가 꿈에 본 것과는 많이 달라졌네."

막시민은 조금 사이를 두고 얼굴을 찌푸리며 대꾸했다.

"고귀한 소공작이라는 녀석이, 공기 좋고 물 좋은 휴양지에서 살면서, 어떻게 오 년쯤 더 있다 찾아왔으면 무덤에 가서 재회해야 할 것 같은 꼴을 하고 있냐?"

"뭘, 가출 소년의 피폐한 인생 같은 거야."

막시민은 대답 없이 시선을 하늘로 돌렸다. 다섯을 셀 정도, 그리고 다시 조슈아를 훑어보더니 핵심적으로 논평했다.

"하여튼 멀쩡히 서 있으니 이젠 업고 다니지 않아도 되겠구만."

조슈아가 어리둥절한 표정을 지었다.

"업고 다녀?"

"그래. 빌어먹을, 비쩍 마른 주제에 무지하게 무겁더구만. 매끼 금덩어리라도 먹었냐?"

이와 같은 대화는 조금 전 과장되게 껴안고 어쩌고 하던 모습이 상상되지 않을 정도로 단순한 재회로서, 리체가 보기엔 엊그제 헤어졌다가 만난 것이 아닐까 의심쩍었다. 그러다가 참, 정말로 엊그제 헤어졌군, 하고 생각을 정정했다.

둘은 반가움의 표시로 악수라도 나누는 대신 한쪽은 팔짱을 끼었고, 다른 하나는 손가락을 디밀며 잔소리를 퍼부어댔다.

"그럼 넌, 내가 깨어나지 못할 정도로 상태가 나쁜데 내버려두고 나가서 볼일이나 보고 왔단 말이야?"

"넌 네 친구란 놈의 본질도 모르냐? 내가 의사도 마법사도 아닌데 거기 붙어 앉아서 뭘 해? 병간호 따위 잘할 것 같았냐?"

"아, 잘못 봤어. 난 내 친구가 날 걱정하는 녀석인 줄 알았는데. 한심하긴, 하나밖에 없는 친구라는 인간한테 기대할 수 있는 거라고는 고작……."

"그럼 질질 짜며 신파라도 펼칠 줄 알았냐!"

조슈아가 대답 없이 웃음을 터뜨렸기 때문에 겨우 리체가 끼어들 틈이 생겼다.

"저기, 여러분. 두 사람이 친구란 건 잘 알겠어. 그런데 그 얘기가 내가 여기까지 와야 한 기막힌 상황과 언젠가 연결되긴 하는 거겠지?"

두 소년이 동시에 리체를 돌아봤고, 둘 다 상대에게 리체를 소개했다.

"나를 끔찍하게 싫어하는 재봉사야."

"미녀라고 우겨대는 조수 되겠다."

그리고 동시에 똑같은 말을 상대에게 되물었다.

"뭐라고?"

"뭐라고?"

리체는 기분 나쁜 표정이 되어 둘을 한차례씩 흘겨봤다.

"핵심을 비켜가는 헛소리만 할 거야? 당신들을 몰랐더라면 평화로웠을 내 인생을 망가뜨린 장본인 여러분, 잔소리 그만하고 해결책 얘기나 해봐요. 아니면 해결 방향으로 가는 길이라도 보여달라고. 무너진 극장에서부터 지배인 아저씨 댁, 당신 집, 별장 골목을 헤매고 그리고 여기까지, 빙빙 도는 것도 정도가 있는 거야. 나도 집에서 걱정하는 가족이 있는 사람이라고. 내가 하루 반나절 넘게 집에 들어가지도 못하고 있다는 상황이 걱정스럽지도 않나요?"

리체의 반말과 존댓말이 뒤섞인 이야기를 의아한 표정으로 듣던 조슈아가 막시민을 봤다.

"이게 도대체 무슨 얘기야?"

막시민은 이마에 손을 얹으며 다시 하늘을 쳐다봤다.

"말하자면 좀 길다."

조슈아는 이번엔 리체 쪽을 돌아봤다.

"내가 몽플레이네 양의 인생을 망가뜨렸다는 게 무슨 얘깁니까?"

몇 개월 전에 한 번 들은 이름을 잘도 정확히 기억하고 있었다. 리체는 미간만 찌푸릴 뿐 잠시 말이 없었다. 이 일이 처음부터 조슈아 때문에 생긴 것은 확실한데 일부러 그런 것이 아니니 책임지라고 소리치기는 좀 곤란했다.

"간단히 말하면, 누군가가 당신을 죽일 셈으로 일부러 극장에 사고를 일으켰는데, 당신 친구와 내가 어쩌다 보니 당신을 구해내게 됐고, 그 과정에서 당신을 죽이려던 정체 모를 인간이 달아나버렸기 때문에 얼굴이 노출된 나나 당신 친구는 자칫하면 증거 인멸을 위해 희생당할 위기에 처해 있다 그 말이에요."

옆에서 눈을 가늘게 뜨고 있던 막시민이 한마디 던졌다.

"오, 꽤 솜씨 있는 정리인데."

"시끄러워. 누가 칭찬해달랬어?"

"가끔씩 조수를 칭찬하는 것도 꽤 중요한 일이라고."

조슈아는 오래 알고 지낸 사이처럼 거침없는 대화를 주고받는 둘을 보며 고개를 갸웃거렸다.

"두 사람, 언제부터 아는 사이였어?"

"어젯밤이었나."

"어제 낮이야."

"······그런데 되게 친해 보이네."

그러자 둘은 동시에 같은 반응을 보였다.

"아니거든!"

"무슨 소리예요!"

조슈아는 양쪽 입꼬리를 내리며 이상한 표정을 짓다가 웃음을 터뜨렸다. 한참 동안 기분 좋게 웃는 소리를 듣던 리체는 결국 한마디하지 않을 수 없었다.

"당신은 도대체 위기의식이란 게 없어요? 누군가가 당신을 죽이려고 했다는데 그게 믿을 만한 얘긴지 묻지도 않고, 어찌된 사정인지도 따져보지도 않고, 게다가 놀라거나 겁내지도 않으니······ 잠깐, 내 얘기가 다 농담으로 들렸어요?"

"아니, 아니에요. 그렇게 받아들여졌다면 미안해요. 하지만······."

조슈아는 막시민을 흘끔 보더니 다시 미소를 지었다.

"죽이고 어쩌고 하는 문제는 좀더 얘기를 들어봐야겠지만 말이죠, 한 사람의 지위가 소공작쯤 되면 가만히 있어도 없애버렸으면 좋겠다고 생각하는 사람들이 잔뜩 생긴답니다. 뭐, 막스 카르디도 그리 다르지 않은 것 같으니 가능성은 두 배일까요. 아, 그리고 보니 굉장히 위험한 상태였네."

"이것 봐, 조군."

막시민이 드디어 지금까지의 모습을 접고 다소 진지한 표

166

데모닉 2

정이 되었다.

"내 얘기를 더 듣는다면 그렇게 안이한 생각으로 넘어갈 순 없을 거다. 난 네가 네 아버지 친구라는 바이 뭐라는 기사를 대하는 걸 보고 좀 눈치챈 게 아닌가 했는데. 내 착각이었냐."

조슈아는 막시민 쪽으로 몸을 돌렸다.

"그래, 내가 보호를 받는 게 아니라 갇혔다는 건 알고 있어. 이곳으로 오게 된 과정도 석연치 않았고, 수도에 있는 줄 알았던 바이예 경이 갑자기 여기 있는 것도 이상한 일이지. 하지만, 글쎄……."

갑자기 막시민의 목소리가 날카로워졌다.

"고작 그 정도밖에 느끼지 못했단 말이냐? 데모닉이란 이름이 아깝다. 내가 뭣 때문에 바보 같은 짓을 해가며 여기 들어와 너를 만나려고 기를 썼다고 생각하냐? 내가 보기에 넌 오늘밤 살해된다 해도 이상하지 않아. 그 점에서는 나도, 저 애도 마찬가지지."

"이것 봐……."

리체가 입을 열려 했지만 막시민은 다음 얘기를 단숨에 이어 해버렸다.

"그것도 네 아버지 친구라는 저 바이 뭔가 하는 기사의 손으로 말이다."

"……뭐라고?"

조슈아의 얼굴이 한순간 석고처럼 굳는다 싶었다. 회색 머리카락조차 잠시 흔들림을 멈춘 듯했다.

"막시민, 난 너를 친구로서뿐 아니라 판단력으로도 믿지만 지금 얘기는 섣부른 것 같다. 넌 바이예 경이 어떤 사람인지 모르겠지만 나는 알아. 그는 아버지를 이십 년 가까이 모셔온 신중하고 충성스러운 사람이야. 어린 나를 무등 태워 켈티카 거리를 구경시키던 사람이라고. 경에겐 내 또래의 자식도 있어. 그런 그가, 우리 집안이 망한 것도 아닌데, 나를 해칠 거라고?"

조슈아의 반응에도 불구하고 막시민은 의견을 굽히거나 상대를 달래려 하지 않았다. 오히려 더 직설적으로 말했다.

"내가 너 같은 환경에서 자라왔다면 이 나이 되도록 너처럼 생각하고 있진 않을 거다. 어렸을 때의 통찰력은 전부 어디다 내다 버렸냐? 세상에 영원한 것이 있겠어? 네가 그 사람 속에 들어갔다 나온 것이 아닌 한 맹목적으로 믿는 것은 상대를 가소롭게 본다는 말밖에 안 돼. '충성' 같은 단어는 뭐, 이마빡에 붙이고 태어나는 거냐? 바이예 경뿐인 줄 알아? 네 별장을 지키던 그 부인도 한패거리야. 서로 협조는 잘 안 되는 것 같지만. 상황을 봐. 내가 설명 안 해도 네 좋은 머리로 단번에 알아차릴 수 있는, 눈에 보이는 것만 보라고. 데모닉이니까 딱 일 분 준다. 그래도 내 말이 헛소리로 들리는지."

"......."

정말로 조슈아가 입술을 꾹 다문 채 말이 없자 막시민이 비웃듯 물었다.

"비극적 낭만주의자, 연산演算은 끝났어?"

리체는 뜨악한 표정으로 눈을 굴렸다. 조금 전 반가워하던 모습은 간 데 없고, 냉소적이다 못해 싸우려는 게 아닌가 싶은 대화를 듣자니 이 친구 사이의 성격을 더더욱 종잡을 수가 없었다. 하긴 평민처럼 보이는 막시민이 소공작의 친구라는 것부터 이상한 일이었다. 그 소공작은 동시에 막스 카르디라는 점에서 또 괴상하고.

잠시 후 조슈아가 여전히 굳어진 어조로 말했다.

"생각해봤어. 하지만 아직도 인정할 수가 없어. 무엇보다 우리 집안은 아직 건재해. 이곳에서 내가 사라진다면 얼마 안 가 부모님이 나를 찾으려 할 테고, 아버지의 능력으로 작정하고 뒤진다면 다른 곳도 아닌 어머니 소유의 이 별장에서 벌어진 일이 감춰질 리가 없지. 내가 죽었다는 것이 알려지고 나서 사건의 전모가 밝혀지기까지는 수일이면 충분할 거야. 그렇기 때문에 바이예 경과 같은 사람이 이렇게 무모한 계획을 세웠다는 사실을 인정하지 못하겠어. 그는 아버지의 힘을 누구보다도 잘 아는 사람 중 하나야. 그가 마음이 변할 수는 있겠지만, 갑자기 바보가 될 순 없지."

"틀렸어."

냉소였지만, 자기 입맛도 쓴 이야기를 꺼낼 차례였다.

"전제가 틀렸어. 네가 죽었다는 사실은 아무에게도 알려지지 않아. 네 아버지는 물론 누구도 모를 거라고. 넌 이미 켈티카로 돌아가서, 심지어 비취반지 성에서 지내고 있는 걸로 돼 있어. 모두 다 그렇게 알고 있단 말이다. 너희 부모님조차도."

"어떻게 그럴 수가 있지? 나는 여기 있는데⋯⋯."

조슈아의 목소리가 불현듯 떨려 나왔다. 막시민은 조슈아의 속을 꿰뚫어 보려는 것처럼 눈을 들여다봤다. 이어 가차없이 잘라 말했다.

"비취반지 성에, 이미 너와 똑같은 놈이 존재하고 있단 말이다."

성 그림자가 늘어진 서쪽 벽을 따라 유령처럼 걷는 자가 있었다. 성을 둘러싼 환형의 숲은 잠잠했고, 연옥軟玉의 빛을 냈다. 깊이 들어가자 점차 방향감각이 흐려졌다. 성에서 오래 살아온 사람들도 때로 길을 잃는 숲에선 해조차도 계곡처럼 골진 나무 틈으로 졌다.

늘어진 나뭇가지를 젖히고 바위를 디디며 더 안쪽으로 들어갔다. 댓잎 같은 발이 소리 없이 풀잎을 스쳐갔다. 찾던 장소가 나타나자 소년은 잠깐 동안 숨을 깊이 들이쉰 다음, 발을 들여놓았다. 어려서 비밀의 문으로 상상했던 두 그루의 잘 자란 나무는 어느새 고목이 되어가는 중이었다. 그땐 참나무로 둘러싸이고 볕이 잘 드는 둥근 빈터라고 생각했다. 하지만 이제 와보니 기억에 비해 초라할 정도로 작은 풀밭일 뿐이었다. 걸어 들어가자 그제야 바람이 불며 풀이 사각사각 소리를 냈다.

소년은 풀밭 가운데 주저앉았다가, 누웠다. 아주 어렸을 때 아버지는 아들과 한나절이나 마주앉아 배 모형을 만들었고, 숲으로 단둘이 소풍 가서 나무 검을 휘두르며 기사들의 결투법을 가르쳐주었다. 때로는 전쟁도 했는데 아들의 요새는 오래되어 속이 벌어진 떡갈나무였고 아버지의 성은 샘터의 회색 바위였다. 아버지가 깎은 나무 검과 활, 아들이 만들어낸 새총과 무척 잘 그렸던 깃발, 세 시간이나 걸려 판 허방다리 같은 것들로 이루어진 비밀 놀이터. 아직도 남아 있을 거라고 생각했을까? 마음 깊은 곳은 아직도 아이라서?

떡갈나무와 바위는 멀지 않은 곳에 있겠지만 굳이 찾아가지 않았다. 또다시 기억보다 초라한 현실을 확인하느니 그냥 이대로 누워 바람을 맞으며 짧은 낮잠을 자는 편이 나을까.

그러나 스스로 알지 못하는 원죄는 이미 저질러져,

그가 꿈을 맛보도록 내버려두지 않는다.

"돌아오너라."

소년을 부르는 소리였다. 방향도 없이, 그러나 귓전에서 말하듯 생생했다. 반사적으로 벌떡 일어나 섰다. 영문도 모른 채 심장이 빠르게 뛰었다. 정체 모를 그 목소리에 온몸으로 응답하고자 하는 자신이 당혹스러웠다.

"너에게 명령한다. 내가 널 부르고 있다."

풀밭은 사라졌다. 어린시절의 작은 낙원으로부터 한순간에 끌어내어져, 지옥에서 부르는 소리를 들은 듯 얼굴이 붉어지고 눈물이 주르륵 흘렀다. 그러면서 왜 자신이 울고 있는지도 몰랐다.

소년의 기분이 어떻든 목소리는 끈질기게 귓가에 따라붙었다. 한때 이런 식으로 말을 걸곤 했지만 눈치채지 못하는 사이에 떠나버린 친구와는 비교할 수 없는 강압적인 어조로.

"지금 당장 그곳을 떠나, 내가 있는 곳으로 와라."

다시 한번 불렀다.

"조슈아."

4
—
막

INITIAL

그림자가 움직이다

당신과 싸우고 싶지 않아. 당신도 마찬가지일 거야. 왜 우리가 남의 문제로 칼을 겨눠야 하지?

아니, 당신이 잘못 생각했어. 난 싸우고 싶어.

∽

욕조에 받아놓은 물은 흡족할 만큼 따뜻했다. 여름이 다가오거나 말거나 여자는 뜨거운 물 목욕을 좋아했다. 집에 머물 때면 밤마다 물을 데우게 하는 통에 애꿎은 하녀만 불을 때느라 비지땀을 흘렸다.

장미 꽃잎을 띄운 물에서는 싱그러운 냄새가 났다. 정찬 한

번 마칠 정도의 시간을 나무통 속에서 보내는 동안 여자가 부르는 콧노래 소리가 응접실까지 들렸다. 하루 종일 시달린 하녀는 수건을 마련해놓고 해방되어 자러 갔기에 달리 깨어 있는 사람은 없었다.

물이 서서히 식었다. 목욕이 끝나면 따끈해진 몸으로 얇은 이불에 묻혀 열 시간 정도 잘 계획이었다. 날마다 진한 화장을 하면서 피부를 곱게 유지하려면 긴 잠이 최상의 대책이었다. 그 계획은 정확히 도입 단계에서 끝이 났다.

"오래 기다리게 하는군."

졸음 때문에 반쯤 감긴 눈으로, 가운만 걸친 채 응접실을 가로지르던 참이었다. 어둠 속에서 갑자기 튀어나온 목소리에 여자는 기절할 것처럼 놀랐다. 그러나 비명은 목구멍 밖으로 나가지 못했다. 입은 벌어졌지만, 소리는 없었다. 비단 수건이 목을 휘어 감아 졸랐으므로. 여자는 눈을 부릅뜬 채 어둠 속에서 사람의 윤곽이 일어나 다가오는 것을 보았다. 빛이라고는 그녀가 방금 떨어뜨릴 뻔하다가 간신히 움켜쥔 세 갈래 촛대뿐이었다.

다가온 자는 여자의 손에서 촛대를 받아들더니 심지를 돋워 옆의 탁자에 놓았다. 모든 동작이 자기집에서 익숙한 집기를 다루듯 자연스러웠다. 이윽고 한 번도 본 일이 없는 남자의 얼굴이 그녀를 향했다.

"생애 마지막 목욕이라 아랑을 갖고 기다렸는데 말이야. 하마터면 잠이 들 뻔했다고."

잠이 들 뻔한 얼굴로 보이진 않았다. 남자는 키가 컸고, 눈초리가 약간 치켜 올라갔으나 그것 말고는 사나울 것 없는 생김새의 소유자였다. 다만 인상적인 것은 그의 오른손이었다. 왼손이 평범한데 반해, 오른손만은 보통 사람의 손을 자기 손바닥 안에 감춰버릴 정도로 크고 두꺼웠다. 그 손으로 하얗고 축 늘어진 천 같은 것을 들고 만지작거리고 있었다.

"……."

여자의 목에 수건을 감아 쥔 자는 등뒤에 서 있었다. 숨통을 틀어막지 않고, 그러나 말은 할 수 없도록, 노련하게 강도를 조절했다. 잠시 후 그자는 손이 큰 남자의 눈짓을 받고 수건의 조임을 약간 풀었다.

"누구야!"

목소리는 나왔지만, 감탄할 만한 조절에 의해 짓눌려 속삭이는 정도로밖에 들리지 않았다.

"당신을 천국으로 안내할 사람."

그렇게 말하더니 남자는 웃었다. 비열한 웃음은 아니었고, 그냥 자기가 한 농담에 웃는 평범한 사람 같았다.

"나를…… 왜?"

"봐선 안 될 것을 봤거든."

그림자가 움직이다

"난…… 아무 죄가 없어…….'"

"아, 나도 당신과 같은 의견이야."

커다란 손을 가진 남자는 여자가 방금 나온 욕실로 들어가 물이 그대로 남아 있는 것을 확인하고는 주머니에서 뭔가를 꺼내 그 안에 흩뿌렸다. 가루 같은 것이 떨어지는 것 같더니 이윽고 따그락거리는 소리가 욕조를 울렸다. 끈이 끊긴 진주 목걸이의 잔해, 그리고 한 개의 보석 반지였다.

이윽고 욕실 입구에 나타난 남자가 두 팔을 벌려 보였다.

"자, 다시 욕조에 들어가는 것을 제안하지."

영문도 알지 못한 채 모든 것이 끝나려 하고 있었다. 여자는 발버둥치려 했다. 그러나 다시 목의 수건이 강하게 조여 왔고, 동시에 가눌 수 없을 정도로 팔다리의 힘이 빠졌다. 그녀를 붙든 자도 여자 손목 정도는 손쉽게 꺾어버리고 남을 억센 팔뚝을 갖고 있었다.

"좋은 꿈을 꾸다 보면 저절로 천국으로 갈 수 있다는데 왜 그래."

결국 저항은 소용없었다. 여자는 번쩍 들리다시피 해서 욕조에 처넣어졌다. 그 말 외엔 달리 표현할 방법이 없었다. 남자의 커다란 손이 식은 목욕물에 잠겨 부르르 떨고 있는 여자의 왼쪽 손목을 가볍게 건져 올렸다. 눈 깜짝할 사이에 반짝이는 것이 손목을 긋고 지나갔다. 새빨간 덩어리가 물속으로 툭, 떨어지고서야 무슨 일이 일어났는지 알았다.

"으읍⋯⋯."

이제 비단 수건은 그녀에게 대사를 허락하지 않았다. 수많은 대사를 말해왔기에 생애 마지막 순간, 대사 없이 가게 되리란 생각은 해보지도 못했는데. 툭, 투둑, 툭, 계속해서 떨어진 핏방울이 미지근한 물속에서 털실처럼 풀려갔다. 남자가 손을 놓자 여자는 눈물을 흘리며 버르적거렸다. 그리고 그것으로 끝이 났다.

남자는 벽장을 열어 크리스털 그릇에 든 장미 꽃잎을 꺼내더니 사방에 흩뿌렸다. 욕조에, 욕실 바닥에, 커튼에. 다 뿌리고 나서는 묻지도 않은 설명까지 해주었다.

"치정 살인으로 보여야 되거든."

조금 후, 목을 조르던 남자는 비단 수건을 놓았다. 여자는 천국으로 가는 잠에 빠져 있었다. 커다란 손을 가진 남자는 아까부터 손에 들고 있던 것을 만지작거리다가 이윽고 펼쳤다. 그리고 자기 얼굴에 대어보았다. 섬세하게 생긴 흰 가면이었다.

다른 남자가 먼저 나가고, 가면을 손에 쥔 그는 커튼을 들추고 나가려다 돌아보며 친구에게 말하듯 짧게 인사했다.

"안녕, 뮤치아 베네벤토."

새벽 3시경.

때아닌 불빛들이 골목 곳곳을 비췄다. 사방으로 흔들리며 그림자를 훑고 가는 수십 개의 관솔불이었다. 다시 말해 추적 자들이었다.

동시에 소음도 일어났다. 고급 별장들이 밀집한 이곳에 평 범한 사람들은 접근하지 않기에, 이 시각에는 바다 밑처럼 고 요하던 곳이었다. 좁은 골목을 달리는 발소리와 웅성웅성 떠 드는 소리에 밤잠을 설친 귀족과 왕족 어르신들은 짜증을 내 며 하인들을 깨워 내보냈다. 덕택에 소란은 점점 커졌다.

반시간쯤 지나자 그 일대는 한낮에도 듣기 힘든 갖가지 소 음과 외침 소리로 가득찼다. 대략 이런 식이었다.

"남쪽 거리로 나가는 골목은 모두 막았나?"

"네놈들은 다 누구냐!"

"3조는 켄트 백작의 별장이 있는 모퉁이까지 완전히 봉쇄 했습니다!"

"내가 어느 댁 사람인지 알고 이러는 거야?"

"이 이상 참견하면 가만히 있지 않을 거요!"

"우리 마님께서 당신들이 누군지 똑똑히 알아 오라고 하셨 단 말요!"

"조금 전 보고했던 수상한 그림자는 놓쳤습니다."

"당신들을 모조리 붙잡아 오라고 위대한 렘프 왕국의 존엄

한 악소렘므 3세 폐하의 오른팔이신 고귀하신 크리오멜 후작께서 명령하셨소이다! 그리고 나로 말할 것 같으면 어려서부터…….."

"북쪽 옹벽 근처에는 쥐새끼 한 마리 없어…… 아니, 하인들로 보이는 자들이 몇 명…… 아니, 정체를 모를 자들이 수십 명 배회하고 있습니다!"

"……덧붙여, 그들 모두가 적대적입니다."

추적자들이 곤경에 처했다는 건, 도망자들의 상황이 좋아지고 있음을 의미했다. 물론 저절로 굴러 들어온 행운은 아니었다. 이날의 탈출 계획을 세운 명목상의 리더는 탈출을 돕는 행운 같은 것이 거저먹기로 떨어지리란 기대는 철도 들기 전에 접었다고 하는 바람직한 인격의 소유자였다.

"계산 밖의 일이란 늘 있지만, 불시에 찾아오는 행운보다 불시에 닥치는 악운이 몇 배로 많다는 거야말로 세상 이치야. 그런 관점에서 항상 최악의 사태를 대비하는 자세가 좋다는 건 두말할 필요도 없지."

막시민은 남의 집 지붕 위를 아슬아슬하게 걸으면서도 평소처럼 양손을 좌우로 펼쳐 보이며 주절주절 떠들었고, 그리고 뒤따라 걷고 있는…….

"그런 자세야 물론 좋겠지. 네가 오늘의 일을 모조리 계획한 것처럼 떠들어대지만 않으면 돼."

리체는 속썩이던 치마 차림을 조슈아가 빌려준 옷으로 바꿔 입고 모자까지 눌러써서 모자 뒤로 펄럭거리는 머리카락만 빼면 영락없는 사내애 모습이었다. 막시민은 물론 반박하려 했다.

"내가 이런 상황이 벌어질 수밖에 없는 정확한 시간과 장소를 신중하게 골랐다는 말을……."

"믿으라는 건 아니겠지?"

"믿으라는 거다!"

둘이 끊임없이 떠드는 데 반해 맨 끝에서 걷고 있는 조슈아는 말이 없었다. 막시민은 따라오고 있나 확인하려는 것처럼 뒤를 흘끔 돌아보고 다시 앞으로 나아갔다.

그런 식으로 지붕 몇 개를 뛰어넘어 포위망 밖으로 추정되는 골목이 내려다보이는 곳까지 왔다. 막시민이 맨 먼저 어느 집의 2층 테라스 난간, 마구간에 면한 담, 그리고 일부러 갖다 놓기라도 한 듯 쌓여 있는 짚더미를 차례로 밟으며 뛰어내렸다. 캄캄한 가운데 코트 자락이 펄럭이며 내려앉았다.

몸을 수그린 채 주위를 살폈다. 이어 지붕을 올려다보며 내려오라고 손짓했다.

"어머, 여기였잖아?"

어려서 뭘 하고 놀았는지, 막시민보다 훨씬 가볍게 뛰어내린 리체가 짚더미를 보고 놀란 듯 중얼거렸다. 어제 리체와 막시민이 조수아가 있을 거라고 추리한 별장으로 가기 직전, 막시민의 주장으로 어느 마구간에선가 빼내어 영문도 모르고 쌓아놓았던 바로 그 짚더미였다.

"정말로 어제부터 계획했던 거야? 이쪽 길은 어떻게 알았어?"

"이 근방 지도를 그려준 사람은 너였다고 기억되는데."

그렇다면 조금 전부터 엉뚱한 소란이 일어나 들키지 않고 달아나게 된 것까지 정말 막시민의 계획이었을까? 리체는 미심쩍은 표정으로 고개를 갸웃거렸다. 막시민은 마지막으로 조수아가 내려오는 것을 확인하고 몸을 돌리려다가 생각을 바꾼 듯 조수아를 다시 봤다.

"지금은 깊게 생각하지 마."

조수아는 대답하지 않았다. 막시민은 다시 한번 걸음을 옮기려 했지만, 결국 도로 멈췄다.

"그래. 어쩔 수가 없겠지. 쓸데없이 좋은 머리를 갖고 있다 보면 몰랐으면 좋겠다 싶은 것까지 저절로 알게 되어 불편하겠지. 이미 무슨 일이 벌어진 건지, 웬만한 가능성은 다 계산이 끝났다는 것쯤은 나도 안다. 다만 믿기 싫은 것뿐이겠지. 하지만 그런 종잇장 같은 마음을 하고 있어선 작정하고 달려드는 녀석한테 단번에 찢겨버릴 거다."

그제야 조수아의 입이 열렸다.

"백 개의 나쁜 가능성, 단 하나의 좋은 길. 그렇더라도 하나를 무시해도 좋은 건 아냐. 누군가를 마음으로라도 해치는 결론이니까 신중할 수밖에 없어."

막시민은 한숨을 내쉬었다.

"종이 갑옷이나 걸친 주제에 지금 남 걱정하냐? 길을 걷는데 낯선 놈이 내 주머니에 손을 넣더라, 그러면 단번에 나오는 답이 뭐냐? 애당초 길가는 녀석이 내 주머니에 돈을 넣어주고 갈 가능성이 높겠냐, 털어 갈 가능성이 높겠냐? 이따위 말이 필요 없는 문제 갖고 정말로 논쟁해야 되냐?"

"논쟁은 필요 없어. 이건 토론해서 결정되는 성질의 문제가 아니니까. 백 명의 의견이 일치했다고 해서 명작이 졸작되는 거 아니고, 빨간색이 파란색 되는 거 아니야. 내가 좀더 생각하도록 내버려둬."

"……"

막시민은 더 말할 가치를 못 느꼈는지 휙 몸을 돌려 걷기 시작했다. 그 골목을 벗어났을 즈음, 앞서 걷던 막시민의 앞에 낯선 사람이 불쑥 튀어나왔다. 막시민과 그자는 눈이 딱 마주쳤고, 뒤따라오던 둘은 그 자리에 못박힌 듯 멈춰 섰다.

그리고…… 막시민은 다짜고짜 이렇게 외쳤다.

"젠장, 지금이 도대체 몇 시야! 이놈들이 누군데 우리 어르신의 잠을 방해하는 건지 알 수가 없네! 이런 놈들은 모조리 붙잡아 감옥에 처넣어야 된다니까!"

짜증스러운 얼굴을 하고 있던 상대방은 바로 맞장구를 치며 반색했다.

"오오, 당신 생각도 그렇지? 어느 댁 사람인가? 난 메이모어 백작부인 댁인데."

순식간에 발휘한 기지가 다행히 통하자 리체가 호르르 한숨을 내쉬었다. 막시민은 태연스레 대꾸했다.

"아, 난 코츠볼트 백작 댁이지."

시골구석 고향이 제멋대로 백작령으로 격상되는 순간이었다. 하인은 고개를 갸웃거렸다.

"못 들어본 것 같은데……. 하여간 이 날파리 같은 놈들을 어떻게 한다지? 좋은 생각이라도 있나?"

"아, 있고말고. 나도 지금 그러고 있는 중인데 말이야, 우리 아랫사람들끼리 힘을 합쳐서 저 뭔지 모를 놈들이 보이는 족족 붙들어 적당한 댁으로 데려가 가둬버리잔 말이야. 내일 아침이 되면 주인 어르신들께서 아주 타당하고도 앞뒤가 맞는 조치를 내려주시지 않겠나?"

"그런 식으로 해도 괜찮을까?"

"'괜찮을까'가 아니고 오히려 반대라고! 만약에 이놈들이 날이 밝기 전에 모조리 사라져버린다면, 내일 아침의 불벼락을 고스란히 맞을 사람은 누구라고 생각하는 거야? 이쯤에서 소란이 그친다 해도 일단 한 놈쯤은 잡고 봐야 된다는 게 내 생각이거든? 어떤가?"

거기까지는 적절했다. 하인은 과연 그럴듯하다는 표정을 지었다.

"그 말도 일리가 있는데. 그럼 일단 자네들과 힘을 합쳐야 겠군. 저쪽에 다른 친구들이 있으니 같이 가보세."

막시민은 속으로 당황했지만 어쩔 수 없이 반색하는 체했다.

"그, 그러지. 잘됐네! 그 친구들은 어디 있지?"

그때 갑자기 조슈아가 앞으로 나서더니 한쪽을 가리켰다.

"저기, 저놈부터 잡자고!"

조금 전의 우울한 분위기는 간데없고, 영락없이 분위기에 휩쓸려 신이 난 하인으로 변신한 걸 보면 과연 조슈아는 배우였다. 막시민도 기회를 놓치지 않고 같이 외쳤다.

"저놈 잡아라!"

네 사람은 맞은편 골목에 나타난 한 사람을 덮쳤고, 누가 먼저 시작했는지 모르지만 이유도 묻지 않고 두들겨 패기 시작했다. 상대는 뭐라 항변을 할 겨를도 없었다.

그러자 또 누군가가 나타나 이번엔 그들을 공격했고, 곧 또 다른 자들이 몰려와 다시 그자들을 팼다. 이리하여 상황은 난투극으로 변했다. 샌드위치처럼 포개어져 때리고 차고 하는 자들 사이로 간간이 이런 말들이 들려왔다.

"시끄럽게 구는 놈들한테 본때를 보여줘라!"

"난 그쪽 편이 아니야!"

"변명하지 마랏!"

"그쪽이 어느 쪽인데?"

그리고 거기에서 한 골목쯤 떨어진 곳에서는 최초의 3인조가 열심히 달음질쳐 달아나는 중이었다.

"하인들이 평소 쌓인 스트레스가 많았나 봐!"

"한바탕 치고받고 나면 대동단결의 장이 마련되겠지 뭐!"

"잔소리 말고 일단 뛰어!"

별장 지역을 벗어났을 때는 새벽녘이었다. 뛰다 지친 셋은 언덕을 감싸며 흐르는 좁은 강에 놓인 다리를 발견하고 그리로 내려갔다. 곧 교각 아래 몸을 숨기고 주저앉아 저마다 가쁜 숨을 몰아쉬었다.

"여기도 안전하지 않아. 별장 골목을 다 수색하고 나면 이쪽으로 몰려나올 것은 당연지사지. 그나마 하인들이 서넛 정도 잡아줬으려나."

일찍 회복된 막시민의 말이었고,

"그렇게 보자면 이 섬의 어디도 안전하지 않잖아. 섬을 탈출할 작정이라면 모르지만."

리체의 주장이었다.

"그 말이 맞을지도."

막시민이 무신경하게 대꾸하자 리체는 신경질을 냈다.

"난 여길 떠나지 않는다고 말했지! 너희만 사라져주면 난 평소 생활로 돌아갈 거란 말이야!"

"그렇게 될 수만 있다면 나로서도 기쁘겠지만 말이야."

그때 조슈아가 강기슭을 가리키며 물었다.

"저 배는 뭐지?"

다리 교각에 네댓 사람 정도 탈 법한 조그마한 나룻배가 묶인 것이 보였다. 분명 다리가 놓여 있는데 왜 배가 있는지 조슈아는 이해가 가지 않는 얼굴이었다. 그러자 리체가 혀를 차며 말해주었다.

"평민들이 쓰는 배지 뭐겠어. 이런 다리는 귀족님들 마차나 다니라고 으리으리하게 지은 거지, 우리 같은 사람들 밟아보라는 데는 아니거든. 평소 오가는 사람이 없을 때는 써도 상관없겠지만, 어디서 한 분 행차하셨다 하면 다리 막고 한 시간도 좋고 두 시간도 좋으니 바쁜 사람은 배라도 타야지 별수 있어?"

리체는 막시민과 대화하던 버릇 때문에 상대가 조슈아라는 것을 잊고 무심코 반말로 대꾸했지만, 곧장 뜨끔한 표정을 지었다. 상대가 바로 그 귀족님이었던 것이다. 그러나 조슈아 또한 막시민 때문에 어느새 착각해서 리체의 말투가 달라졌다는 것을 깨닫지 못한 채 자기도 반말로 말했다.

"그런 건가. 내가 모를 일이 많은 세상이야. 하지만 지금은 저 배가 도움이 될 것도 같은데."

그렇게 말하며 일어나 손을 강물에 넣어보았다. 강은 남서쪽으로 흐르고 있었다.

"이 강은 다른 강과 합쳐지는 걸까? 어디까지 가는 거지?"

리체가 망설이느라 얼른 대답하지 않자 막시민이 둘을 훑어보더니 조슈아를 불렀다.

"난 너희 둘이 아까부터 존댓말 주고받는 게 꽤나 느끼했다. 내 비위를 생각해서라도 계속 지금처럼 말을 해주면 고맙겠는데."

"아, 그랬나? 그럴까?"

조슈아는 전혀 신경쓰는 기색이 아니었다. 그제야 리체가 쓰읍, 하고 입맛을 다시고는 짧게 대꾸했다.

"좀더 내려가면 바다로 들어가."

"그래? 그럼 우리 저 배를 타고 가자."

막시민이 눈썹을 치켜올렸다.

"야, 너 저 배 타고 바닷길로 아노마라드까지 가게?"

"뭐? 아, 하하하…… 그럴 리가 없잖아."

오랜만에 꼬마 시절처럼 얼굴을 풀면서 웃자 막시민의 입가에도 슬쩍 미소가 걸렸다.

"예전부터 넌 비현실적인 소릴 잘했잖아."

"아, 맞다. 막군, 내가 옛날에 바다에 가자고 했던 얘기 생각나? 누나한테 간다고 말이야."

그새 꿈꾸는 아이처럼 지껄이는 목소리를 들은 막시민은 속마음은 그렇지 않으면서도 인상을 찌푸렸다.

"네가 했던 여러 헛소리들 중 하나잖아."

"기억은 하고 있네. 그런데 말이야, 거기가 바로 여기였어. 이 섬, 내가 살던 별장 말이야. 거기에 누나가 살았거든."

"그래서?"

"정말로 같이 온 셈이 됐네."

조슈아는 멋대로 자기 기분에 빠지면 상대방이 시큰둥한 것에는 신경도 쓰지 않는 녀석이었으므로 막시민은 대꾸를 생략하고 어깨만 으쓱하며 나룻배가 있는 쪽으로 갔다. 밧줄을 풀어 배를 당겨보고, 물이 새지 않는지 확인했다. 옆에서 리체가 며칠 전까지만 해도 사람이 타던 배야, 라고 말해주었다.

"괜찮겠지."

리체가 고개를 갸웃하며 물었다.

"정말 저걸 타려고? 어디로 갈 건데?"

"그래봤자 해안 어귀의 어딘가겠지. 뒤쫓는 패거리 중에도 똑똑한 놈이 있다면 배가 없어진 것도 금방 눈치채겠지만. 리체, 혹시 어디 갈 만한 데 없을까? 하루이틀쯤 숨어 있을 만한 데. 너희 집에 쫓아가 추궁했을 때도 네가 거기 갔으리라고는 짐작하지 못할 만한 곳."

리체는 이맛살을 찌푸리며 잠시 고민하더니 말했다.

"하나 있긴 한데, 문제는 나도 그리 가고 싶지 않은 데라는 거야."

"응, 바로 그런 데를 말한 거야. 혹시 다른 문제는?"

"다른 문제라니?"

"이를테면 돈을 받는다든가."

"현실적인 지적이긴 한데, 그런 일은 없어."

막시민은 조슈아에게 먼저 타라고 손짓했다. 조슈아는 여전히 자기만의 생각에 잠긴 채 일어나 배로 왔다. 아마 코츠볼트에서 있었던 일 중 뭔가를 생각하는 거겠지만, 뭔지 물어볼 마음의 여유가 없는 막시민은 리체가 이물 쪽에 앉자 삿대로 강기슭을 밀며 바로 출발했다. 조슈아가 검은 강물을 내려다보며 몸을 약간 떨더니 말했다.

"배를 다 타보네."

사실 배를 타는 것은 막시민도 처음이었다. 배가 너무 작아서 별일 없을까 조금 걱정이 됐다. 하지만 그 이상으로 저 비현실적인 천재가 걱정스러웠다.

막시민은 선 채로 앉아 있는 조슈아를 내려다봤다. 잠시 후 몸을 돌렸지만 결국 하고 싶던 말을 내뱉고 말았다.

"네가 만일 뻔히 보이는 백 개의 멀쩡한 길을 무시하고 딱

191
—
그림자가 움직이다

하나뿐인 늪길로 들어가겠다고 마음먹는다면, 넌…… 엔젤릭
이다."

조슈아가 움찔하며 올려다봤다.

"엔젤릭…… 이라니?"

돌아보지도 않은 채 대답이 들려왔다.

"너희 집에선 데모닉이 천재라는 뜻이라며. 그럼 엔젤릭은
돌대가리란 뜻일게 뻔하지."

막시민이 한 말치고는 꽤 우아하게 돌려 말한 셈이었다.

검술 사범 세자르 몽플레이네는 블루코럴섬에서 살고 있었
지만 본래 오를란느 대공국의 산간 마을 출신이었다. 마을이
라 부르기에는 집이 지나치게 띄엄띄엄 흩어져 있어 가장 가
까운 이웃을 찾아가려 해도 한 시간은 걸려야 했고, 겨울이
되면 한 달씩 갇혀 지내는 것쯤은 예사라 했다. 거기에서 세
자르는 전나무를 상대로 목검을 휘두르며 자랐다. 쓰던 목검
이 부러지면 집 뒤뜰에 던져두었는데 그게 너무 많이 쌓여서
그걸 모아 나뭇광을 지었다고 했다.

그가 이런 이야기를 하면 따사로운 남쪽 섬에서 자란 아이
들은 서로 눈짓을 주고받다가 키들키들 웃어댔다. 한 녀석이
장난기를 감추지 못한 얼굴로 손을 번쩍 들고 질문했다.

"그럼 요 밖의 담은 사범님께서 격파 시범을 해서 부순 돌

들을 모아 만들었나요?"

"흥, 두말하면 잔소리지!"

"밖에 깔린 자갈은 그 과정에서 너무 잘게 부서진……."

"당연한 소릴 묻냐?"

"집터는 사실 바위산이었는데 그런 식으로 다 부숴서 닦은 거라면서요?"

"더 말하면 입 아프다!"

웃음소리로 수련장이 떠들썩해졌다. 세자르는 애들과 똑같은 수준으로 정색을 하며 호통쳤다.

"그렇다, 이놈들아! 낄낄대면 어쩔 테냐? 너희가 어떤 사범을 모시고 있는지 똑똑히 알아야 돼! 늬들 일생에 나처럼 엄청난 인간을 또 만날 수 있을 것 같냐?"

한 명이 웃음을 겨우 멈추고는 다시 손을 들었다.

"뭐냐?"

"저번에 사범님 따님도 목검을 잘 쓴다고 그랬잖아요. 그럼 우리 도장에도 곧 새 나뭇광이 생기는 거죠?"

아이들이 다시 와자하게 웃어댔다. 세자르는 잘난 체하는 또래처럼 콧대를 쳐들며 소리쳤다.

"어험! 그 애가 나뭇광 같은 걸 만들 리 없잖아!"

"어, 아까하고 얘기가 다르잖아요?"

"여긴 추운 오를란느 산골이 아니라서 나뭇광이 필요 없다! 필요가 없으니까 지을 수도 없다!"

즉각 야유가 쏟아져 나왔다.

"우우, 핑계다 핑계야."

"비겁하다! 사범님이 꼬리 뺀다!"

"꼬리 잡아라!"

"포위해라!"

장난기가 발동한 수십 명의 아이들이 우우 일어나 세자르의 뒤를 쫓기 시작했다. 세자르도 아이들의 장난에 호응하여 수련장을 가로질러 물통을 뛰어넘고, 손수레로 올라가고, 마당 곳곳으로 달음질쳐 갔다. 몸집 큰 어른 하나와 새떼 같은 아이들이 꺄악꺄악 소리를 지르며 몰려다니는 통에 흙먼지는 물론이고 이만저만 시끄러운 게 아니어서 이웃들은 다 덧창을 닫았고 용기 있는 몇몇은 고개를 빼며 소리쳤다.

"아, 좀 조용히 할 수 없어요! 이런 날도 하루이틀이지, 돌아버릴 것 같네!"

하지만 그들도 대답을 기대하는 마음은 버린 지 오래되었으므로 조금 후 다른 이웃과 마찬가지로 덧창을 꼭꼭 닫아걸고 말았다.

이윽고 세자르는 뭉개진 채마밭에서 슬슬 걸어나와 싱글싱글 웃으며 아이들을 모아들였다.

"자, 실컷 뛰었냐?"

한 명이 아직도 잊지 않고 발그레해진 얼굴로 외쳤다.

"나뭇광!"

"나뭇광을 그렇게 원해?"

이번엔 여러 아이가 일제히 대답했다.

"네!"

"좋아, 그럼 올해의 목표를 나뭇광으로 정한다. 알다시피 부러진 목검이 필요하니 너희가 수고해줘야 되겠다. 내 딸애는 요새 바느질해서 돈 버느라 목검 잡을 시간은 없는 것 같으니, 열심히 돈 벌어 잘 먹고 잘살게 내버려두자. 자, 그럼 다들 목검 가져온다! 제일 늦게 오는 놈은 나뭇광의 초석을 닦기 위해 오늘 첫 번째로 부러진 목검을 마련할 의무를 진다!"

기세가 오른 꼬마 새들이 우르르 집안으로 달려가 준비해뒀던 목검들을 쥐고 돌아왔다. 난투극에 가까운 대련 연습이 시작됐지만, 검술 사범인 주제에 세자르는 아이들의 자세를 교정하거나 위험한 공격에 주의를 주거나 하지도 않고 멀찍이 물러나더니 뒷걸음질로 울타리 근처까지 슬금슬금 갔다. 이어 잡초가 잔뜩 자란 강둑에 앉았다.

잠시 후, 벌렁 누워버렸다.

"날씨 참 좋구만."

세자르가 키우는 커다란 검정 사냥개가 슬금슬금 따라와

꼬리를 흔들었지만 주인은 개와 놀아줄 생각이 없었다. 슬슬 내려 붙기 시작한 눈꺼풀이 떨어지지 않게 되고, 세 번쯤 드르릉, 소리가 울렸을 무렵이었다.

"뭐얏?"

세자르는 벌떡 일어났다. 자기가 왜 일어났는지 깨닫기 위해 제자리에서 한 바퀴 빙그르르 돌다 보니 익숙한 얼굴이 보였다. 게다가 찌푸린 얼굴이었다. 세자르는 왜 일어났는지 모른다고 생각하면서도 옆구리를 씩씩대며 문지르더니 물었다.

"너 왜 여기 있냐?"

반갑다고 덤비는 개를 귀찮아하며 밀어내고 있는 리체는 일행 없이 혼자였다. 겨우 개를 진정시키고 나자 허리에 양손을 올린 채로 세자르를 올려다보며 짧게 한숨을 쉬었다.

"나도 내가 원해서 여기 있는 거 아니야, 아빠."

"잘됐구나. 어서 도로 가라."

"아빠인 주제에 그 말은 심했네. 딸이 일껏 여기까지 왔는데, 방이라도 내주며 며칠 묵다가 가라고 할 만한 성의도 없어?"

그제야 세자르는 눈을 비비며 정상적인 얼굴을 했다.

"뭐야, 방이라니? 이게 뭔 소리야? 옳지, 네 엄마랑 싸운 게지? 그랬다 쳐도 너 일하는 데는 어쩌고 이 시간에 여길 다 쫓아와?"

"그까짓 일이면 오죽이나 좋게. 그런데 방은 두 개 내줘야
돼."

협상도 아니고, 협박도 아니고, 부탁도 아니고, 강요도 아
니다. 빚 받는 사람처럼 당연하게 말했고, 대꾸도 비슷한 맥
락이었다.

"아예 살림 차리게 집을 지어달라고 하지 그러냐?"

"그런 꼴이 정말로 보고 싶어? 아빠가 한 말마따나 돼먹지
않은 당신 딸이 이런 시각에 여기까지 쫓아왔을 땐 뭔가 사연
이 있을 거란 판단이 안 돼?"

쉽사리 끝날 것 같지 않던 부녀 간의 언쟁은 엉뚱한 사람이
마무리짓게 되었다. 강둑 아래 쭈그리고 앉아 협상이 끝나길
기다리고 있던 막시민이 잠 부족으로 연달아 하품을 하자, 자
기도 전염된 듯 덩달아 하품하던 조슈아가 불쑥 말했다.

"저거 쉽게 안 끝날 것 같지?"

막시민이 대답도 하기 전에 벌떡 일어난 조슈아는 얘기가
끝날 때까지 나타나지 말라고 한 리체의 주의를 무시하고 비
척비척 강둑으로 올라갔다. 그리고 세자르의 놀란 눈과 리체
의 당황한 시선을 정면으로 받으며 잠시 서 있다가 갑자기 그
자리에 엎어졌다.

"어?"

그걸로 상황 종결이었다. 정신을 잃은, 아니 그렇게 보이는

조슈아를 번쩍 둘러멘 세자르, 할말을 잃어버린 리체, 그리고 세자르가 보기에 '어디선가 나타난' 막시민은 아이들의 눈을 피해 쪽문을 열고 낡아빠진 통나무집에 들어가 안착했다.

회랑의 붉은 등이 탔다. 그림 속에 깃들인 죽은 자들이 저마다 불꽃을 주시했다. 가장 아름답던 시절에 그린 그림들은 영영 늙지 않는 요정들 같기도 했다. 액자틀 속의 세계에서 화석처럼 변하지 않았다.

그림 속 사람에겐 한 가지 표정밖에 없다. 그런데 어느 날, 어떤 그림자 속에서 보면 어제와 사뭇 다른 눈빛을 쏟아내기도 했다. 먼 곳을 바라보던 맑은 눈이 비껴든 석양 아래 피눈물 고인 눈동자로 변하고, 자애로운 미소를 보내던 부인은, 통곡을 참으며 억지로 웃는 얼굴이 된다. 그랬기에 테오는 놀라지 않고 그림을 보고 있었다. 일부러 램프를 높이 들어 비췄다. 자정이 가까운 시각이라 아무도 오지 않았다. 그래서 입을 열어도 되었다.

"네 웃는 얼굴이 오늘은 화를 내는 것처럼 보인다."

대답하지 않는 그림 속 소녀가 물끄러미 시선을 보냈다.

"나의 현명한 아가씨."

램프의 각도가 바뀌자 소녀의 시선도 조금 움직였다. 칭찬에 기쁜 것처럼.

"나의 이브."

그것은 회랑 맨 끝에 걸려 있었다. 아직 이곳에 초상화를 둘 나이가 아닌데, 이제는 이곳에 있었다. 조슈아가 싫어하던 닮지 않은 초상화들과 비슷하게 그려졌지만 빙그레 웃고 있어서 그나마 나아 보였다.

가문의 사람들은 이 초상화 앞에서 자주 걸음을 멈추지 않았다. 조슈아도 성에서 머물던 때, 회랑을 지날 일이 있어도 일부러 고개를 돌리다시피 하며 지나치곤 했다. 닮지 않은 초상화, 그 안의 초연한 얼굴이 살아생전 그런 표정을 지은 일이 없는 누이가 세상을 뜨고 나서 지금쯤 짓고 있을 표정으로 느껴져서 참기 힘들었기 때문이었다.

그러나 테오만은 이 초상화를 좋아했다. 그가 낮에도 이곳에 서서 시간을 보내곤 하는 모습을 본 사람이 많았다. 누가 뭐라 해도 이브노아가 짧은 생애를 통틀어 가장 많은 시간을 함께한 사람은 테오였다. 사람들은 그 사실을 평소에 떠올리지 못했지만 테오 자신은 늘 뚜렷이 자각해왔다. 그는 누구보다도 이브노아의 많은 모습을 보았기에 그녀를 다른 사람들과 똑같은 시선으로 보지 않았다. 언젠가 초상화 속의 이브노아가 실제와 무척 흡사하다고 말해서 주위 사람들을 의아하게 한 일도 있었다.

잠시 후, 테오는 미소를 지으며 조그맣게 뇌까렸다.

"네가 있는 곳으로 걸어 들어가 잠시 쉬고 싶군."

램프를 높이 들자 이브노아의 얼굴에서 미소는 사라지고 대신 묘하게 슬픈 눈빛이 자리잡았다.

"그 눈은 예전에도 보여준 일이 있잖아."

"역시 혼자는 외롭지?"

"네가 좋아하는 사람들 중 하나 정도는 같이 지내도 좋을 텐데."

"누가 좋겠어? 나? 아니면…….'

램프를 내리자 소녀의 얼굴은 어둠 속에 잠겼다.

"네가 더 잘 알고 있겠지."

"너는 현명하니까."

램프의 불빛이 흔들렸다. 기름이 다한 모양이었다. 얼마간 흔들리다가 사그라지자 회랑 전체에 어둠이 깔렸다.

테오는 약간 발돋움을 했다. 그림 속 아내에게 짧은 입맞춤을 하기 위해서였다. 둘 다 싸늘한 입술이었다.

"네가 가장 사랑하는 사람을 보내줄게. 걱정 마. 난 아주 근사한 칼을 쥐었거든."

그런 다음 한 발짝 물러나 아내를 올려다봤다. 미간을 찡그리며 마음 깊은 곳에서 일어나는 생각을 강한 시선으로 억눌렀다. 아니야. 그렇지 않아. 내가 아니야. 내가 그러지 않았어.

아르님 성을 가진 자들은 널 사랑하지 않았어. 네 사랑을 받은 주제에, 너의 찬란한 사랑을 받은 주제에 제 고통밖에 돌아볼 줄 몰랐지. 최후까지도 네 대신 살아남다니. 정말이지, 너무 기울어 저울의 팔이 부러질 지경 아니야?

그런 건 바로잡아야지. 아주 묵직한, 납덩이 같은 악몽을 얹어주어야지.

돌아선 테오는 회랑의 어둠 속으로 두 발짝 걷다가 몸을 돌렸다. 손끝을 눈썹에 대고, 그만이 부르는 이름으로 인사했다.

"잘 있어, 데모닉 이브노아."

켈스니티

웃지 말아줘.

또, 울지도 마.

내가 이런 모습이 되었다고 해서

다른 뭔가로 변한 것은 아니야.

난 그대로 있어.

육신이 없어도

너와 네 핏줄들 곁에

있어.

"나 말이야."

"응?"

구겨진 담요 자락만 멍하니 내려다보던 조슈아가 어느새 막시민을 보고 있었다. 둘의 침대는 두 걸음 정도 떨어져 양쪽 벽에 붙어 있었다. 막시민은 뒷머리를 문지르며 하품을 했다. 안경을 벗어놓고 막 촛불을 불어 끄려던 참이었다.

"그때, 내가 제발 돌려보내달라고 아버지를 붙들고 얼마나 빌었는지 모르지?"

"갑자기 언제 적 얘기야?"

조슈아가 구겨진 담요를 펄럭, 하고 펴자 막시민은 재채기를 두어 번 했다.

"에취! 이불은 밖에 나가서 털란 말이야."

세자르 몽플레이네는 세탁을 즐기지 않는지 이불도 깔개도 눅눅하고 먼지가 많았다. 어쨌거나 재채기를 하지 않은 조슈아는 여전히 담요 끄트머리로 시선을 보내며 말했다.

"코츠볼트를 떠나서…… 돌아가지 못했던 때 말이야. 누나가 없게 되고, 그다음."

막시민도 이브노아의 죽음과 그후의 일들에 대해 히스파니에로부터 대강 듣긴 했다. 하지만 조슈아에게는 아직 한 번도 그때 얘기를 꺼내지 않았다. 지난 일이니 상관없다고 생각했다기보다는 그 일에 연연하는 것처럼 보이기가 싫었다.

어쨌거나, 그때의 막시민은 무척 오래 기다렸던 것이다.

"어쨌든 안 왔잖아."

의도한 것도 아닌데 토라진 아이처럼 말해버린 자신에게 또다시 기분이 상했다.

"미안하다는 얘기를 하고 싶었어."

조슈아는 막시민의 얼굴을 보지 않고 천천히 누웠다. 이불에 파묻힌 채로 나직이 말했다.

"못 가서. 하지만 정말 가고 싶었어. 그곳을 좋아하기도 했지만, 그보다 집을 견딜 수가 없어서. 정말로 누나가 떠나고 나서 얼마간은 죽도록 집을 떠나고 싶었어. 하나하나 보이는 것마다 날 미치게 만드는 것뿐이고…… 지워지지도 않는 옛날 일들을 떠올릴 때마다 내가 누나처럼 백치가 아닌 건 저주받았기 때문이라고 느껴졌지."

막시민은 촛불을 불어 끄고 자기도 누웠다. 솔직한 이야기를 듣는 것만으로도 마음은 거의 다 풀렸지만 간지러운 말을 해야 할 듯한 순간이 되자 늘 그렇듯 그는 말을 돌렸다.

"갑자기 옛날얘기 같은 걸 해서 어쩌겠다는 거냐. 빨리 잠이나 자라."

"막군, 넌 참…… 좋은 녀석이야."

저런 말을 저렇게 자연스럽게 하는 능력이야말로 막시민이 평생 노력해도 흉내 못 낼 경지일 것이다. 막시민은 괜히 발끈해서 한층 짜증스럽게 대꾸했다.

"제발 남은 깨어 있는데 너 혼자 꿈 좀 꾸지 마. 꿈은 잠들고 나서 꾸란 말야."

하지만 조슈아도 그 정도의 반응에는 까딱도 하지 않았다. 늘 그렇듯 듣지도 못한 것처럼 말을 이었다.

"네 옆에 있으면 이 세상에 있다는 실감이 나거든. 네 말대로야. 널 보고 있으면 나 같은 놈도 제정신이 될 수 있을 것만 같지. 그때도 너랑 같이 있었으면 훨씬 좋았을 거야. 뭘 잊지도 못하는 나 같은 사람도 그런 생각을 할 겨를조차 없도록 해줬을 텐데."

대꾸 없이 뒤척이는 소리만 났다. 하여간 둘 다 자기 주관만은 확실한 녀석들이라 상대가 뭐라든 요지부동이었다.

"그런데 그때 날 도와준 사람이 있었어."

다시 침묵.

"그 사람을 지금 소개하고 싶은데."

겨우 대답이 들려왔다. 이미 반쯤 잠이 든 목소리였다.

"나중에 해. 이 밤중에 어디서 불러오겠다는 거야……."

조슈아는 천장을 향해 눈동자를 굴리다가 말했다.

"이미 여기 와 있어."

"응?"

주변은 캄캄했기 때문에 막시민이 눈을 떠봤자 보이는 건 없었다. 더구나 안경까지 벗었으니 더더욱 아무것도 보이지 않았다.

"도대체 뭔 소리야?"

"그게 좀 복잡한데, 곧 알게 될 거야. 하여간 그 사람이 지금 너를 소개받고 싶대."

"쓥, 무슨 소릴 하는 건지 하나도 모르겠잖아. 하루 종일 나하고 죽 있어놓고 갑자기 미리 약속이라도 잡아놨다는 것처럼 나오는데, 너는 네가 하는 소리가 이해되냐?"

"그건……."

조슈아는 망설이며 입을 다물었다. 그러나 막시민이 다시 잠들 때까지 기다리지는 않았다.

"놀랄지도 모르니 마음 단단히 먹어. 조금…… 아니, 많이."

막시민은 고개를 이불에서 약간 뺐을 뿐이었다. 그래봤자 여전히 보이는 건 없었지만. 그러나 조금 후, 그는 펄쩍 뛰다시피 일어나 앉으며 소리쳤다.

"이게 뭐야!"

그때, 촛불이 켜졌다.

막시민과 조슈아는 각자 자기 침대에 앉은 채 마주보고 있었다. 불이 켜진 촛대는 조금 떨어진 둥근 테이블 위, 둘 모두

206
—
데모닉 2

의 손이 닿지 않는 곳에 있었다.

막시민이 입을 열었다. 경직되어 쇳소리가 날 정도로 날카로워진 목소리였다.

"조금 전에…… 어떤 손이 내 어깨를 건드렸어. 너는 아니야. 절대로."

조슈아가 계면쩍은 표정을 지으며 답했다.

"물론 내가 아니야."

"그럼 누구야!"

막시민은 겁에 질려 식은땀을 흘리거나 하지는 않았지만, 확실히 뺨이 창백해지긴 했다. 그 정도로 그가 놀라는 모습도 처음 보았다. 막시민은 침대 머리맡 탁자를 더듬어 안경을 찾았는데 손이 몇 번 미끄러졌다.

"아까 말했던, 소개하겠다는 사람."

"사람? 어디 있는데?"

"사실을 말하자면……."

그때 조슈아가 아닌, 낯선 남자의 목소리가 울렸다.

「사람은 아니지.」

그로부터 약 일 분간, 주위는 침 넘어가는 소리조차 들릴 정도로 조용해졌다. 둘 다 꼼짝도 하지 않았지만 서로를 보고 있진 않았다. 막시민은 이윽고 조슈아의 시선이 가 있는 곳을 찾아냈다. 촛대가 있는 테이블 옆, 거기에 무언가가 있었다.

207
—

정확히 말하자면, 있어야 했다. 안경을 썼지만 흐릿한 그림자조차 보이지 않았다.

"막군, 난······."

조슈아가 다시 입을 열려 했을 때 막시민이 가로막으며 착 가라앉은, 그러나 명백히 화가 난 목소리로 허공을 향해 말했다.

"모습이 보이지 않는다는 현상은 여러 가지로 해석할 수 있겠지만 일부러 그런 거라면 재미 하나도 없으니까 장난은 그만 쳐. 소개받고 싶다고? 인사란 건 얼굴을 마주보고 하는 거야. 비록 썩은 무 같은 상판을 하고 있다고 해도 말이지."

그러자 막시민이 쏘아보기 시작한 바로 그 방향에서 조금 전의 목소리가 들려왔다.

「미안하지만 당신에게 얼굴을 보여줄 방법이 없습니다. 내겐 얼굴이 없으니까요. 하지만 예절은 세월이 가도 변하지 않는군요. 그것 하나만은 기쁩니다.」

바다 밑에서 들려오는 것처럼 낮고 침착했지만, 약간의 운율감이 느껴지는 목소리였다. 농담을 재미있게 꾸미려는 사람의 가짜 태연함 같은 것은 느껴지지 않았다. 얼굴 없는 상대에 대해 판단하는 것은 몇 배로 어려웠다. 그러나 막시민은 적어도 상대방이 그를 놀리려고, 또는 악의를 갖고 나타난 것 같지는 않다는 인상을 받았다. 그러나 실상은 모른다. 무엇보다도 얼굴도 볼 수 없는 상대 따위를 믿을 순 없는 거다.

그때 조슈아가 말했다.

"이름은 켈스니티 미드라고 해. 좀더 유연하게 소개할 방법이 없을까 궁리해봤는데 별다른 수가 없었어. 늦든 빠르든 이런 방법밖에는. 켈스는…… 죽은 사람이야. 육신이 없으니 사람의 눈에 보일 방법이 없지."

조슈아는 막시민 곁으로 가서 그의 침대에 앉았다. 그제야 친구가 어느 정도로 자제심을 발휘했는지 느껴졌다. 막시민은 본디 뼛속까지 현실주의자였다. 눈에 보이지 않고 손에 만져지지 않는 것에는 관심도 갖지 않았다. 그런 그가 갑작스러운 유령의 존재를 느끼고 받았을 충격은 헤아리기 어려웠다.

누구든 보이지 않는 유령이 자기 옆에 있음을 안다면 공포에 사로잡히겠지만, 조슈아 자신은 경우가 달랐기에 이 상황을 구체적으로 예상하지 못한 점은 있었다. 막시민은 곁에 앉은 조슈아에게 시선도 주지 않고 보이는 것 없는 허공을 노려보고 있다가 이윽고 짧게 내뱉었다.

"빨리 내 신뢰를 되찾아봐라."

조슈아는 그 말이 무슨 의미인지 알아들었다. 자리에서 일어나 둥근 테이블 양쪽에 의자를 끌어당겨놓았다. 그리고 별장에서 주머니에 넣어 나왔던 작은 책 한 권을 꺼내어 빈칸이 넉넉한 페이지를 찾아냈다. 마지막으로 서랍에서 잉크와 펜

한 자루를 꺼내놓고 막시민에게 손짓했다.

"여기 와서 앉아봐."

막시민은 표정을 풀지 않았지만, 테이블로 옮겨와 빈 의자 하나를 차지하고 앉았다. 조슈아는 선 채로 책을 펼쳐 한 손으로 누르고 펜을 사이에 끼워놓았다. 그리고 막시민의 맞은편에 놓인 의자를 향해 말했다.

"켈스, 말하지 말고 글씨로 인사해줘요."

스르르…….

막시민은 펜이 허공으로 느리게 날아올라 잉크를 찍고, 또 다른 힘이 보이지 않는 손처럼 책의 페이지를 누르는 것을 눈도 깜빡이지 않고 보았다. 이윽고 펜이 종이를 긁으며 검은 궤적을 그렸다.

만나서 반갑군요.

막시민은 가차없이 대꾸했다.

"난 반갑지 않군."

펜은 조금 망설이다가 다시 미끄러져갔다. 막시민은 펜 끝을 뚫어져라 보다가 글자들이 전체적으로 왼쪽으로 기울어 있다는 걸 알았다. 상대는, 물론 상대가 있다면 말이지만 왼손잡이인 듯했다.

이해합니다. 죽은 사람이란 꿈속에서나 반가운 존재이지요.

"이해해줘서 무척 고맙군그래. 하지만 나란 놈은 머릿속이
말라비틀어져서 상상력이라고는 없는 녀석이라 글자 두어 자
갖고 당신의 존재를 믿지는 못하겠는걸. 사기꾼 점쟁이들이
갖고 노는 것 중에 펜이 저절로 글씨를 쓰는 석반石盤이란 게
있지. 난 그런 수작이 아주 웃긴다고 생각해. 저 자식이 내 친
구가 아니었으면 진작에 자리를 박차고 나갔을걸."

조슈아는 곁에 서 있었지만 아무 말도 하지 않았다. 다시
펜이 움직였다. 이번에는 길었다.

살아 있는 사람은 누구나 그렇습니다. 무덤가에서 슬피 우
는 사람도 죽은 가족이 관을 열고 일어나 걸어나오는 모습은
상상하고 싶지 않을 겁니다. 하지만 나는 당신의 친구와 오 년
을 함께해왔습니다. 당신은 친구의 머리가 이상해진 거라고
결론 내릴 수도 있을 겁니다. 하지만 당신 귀로 내 목소리를
들었고, 당신 눈으로 내 글씨를 보고 있다는 사실만큼은 부인
할 수 없지요. 그리고……

막시민은 책의 여백이 다하자 페이지가 저절로 넘어가며

다른 빈 페이지를 찾아내는 것을 똑똑히 보았다.

　……당신에게는 내가 보이지 않겠지만, 당신 친구에게는 내 모습이 똑똑히 보입니다.

막시민이 조슈아를 흘끗 올려다봤다. 조슈아가 대답했다.

"그래."

다시 한번 침묵이 흘렀다.

막시민은 고개를 숙인 채 생각에 잠겨 있다가 갑자기 손을 내밀어 빼앗듯 책을 잡아당겼다. 그때 책은 분명히 누군가의 손에 잡혀 있다가 빠져나온 느낌을 주었다. 동시에 펜이 허공을 날아 테이블 위에 단정하게 놓였다.

막시민은 책 맨 끝의 텅 빈 페이지를 찾아내어 펼치더니, 겁도 없이 유령이 글을 쓰던 펜을 집어 조슈아에게 내밀었다.

"너라면 간단하겠지. 네가 본 모습을 그대로 그려봐."

펜을 받아든 조슈아가 페이지를 누르며 허리를 굽혔다. 몇 개의 윤곽선을 긋더니, 순식간에 세부가 채워져나갔다.

막시민은 냉소적인 눈빛으로 내려다보고 있었지만 십여 개의 선만으로도 실제로 존재할 법한 누군가의 인상이 탄생하는 것을 보자니 새삼스레 묘한 기분이 됐다. 그러자 문득 깨달음이 다가왔다. 그의 친구란 자의 존재가, 지금 처한 별난 상황보다 불가사의하지 못할 게 뭐란 말인가. 이 녀석의 존재도 직접 대해보지 못한 사람이 남의 말만 듣고 납득할 만한 것은 아니다. 누가 데모닉 따위, 인간의 범주를 벗어난 괴물의 존재를 소문 듣고 믿는단 말인가.

데모닉 조슈아를 몇 년이나 보았던 자신이 기적의 존재를 믿지 않는다는 것도 우습고…….

조슈아가 펜을 내려놨다.

"됐어."

그림 속 남자는 수도사들처럼 고풍스러운 검은 옷 차림이었다. 묶은 머리채가 상당히 길고, 말랐지만 눈매는 부드러웠다. 고개를 조금 기울인 채 한쪽 손을 올려 턱을 매만지고 있는 모습인데, 버릇인 듯 자세가 무척 자연스러웠다. 삼십 대의 나이에 호기심 많은 학자일 듯한 사내. 살아 있는 사람과 다를 것이 없어 보인다.

막시민이 그림을 보며 생각에 잠겨 있는 사이, 조슈아가 내려놓은 펜이 다시 허공으로 올라갔다. 펜은 그림 옆에 다음과 같이 썼다.

신뢰받지 못하는 것은 슬픕니다.

"……"

이번에는 막시민도 얼른 대답하지 않았다. 이 글을 쓴 자신을 신뢰해달라는 것인지 조슈아를 신뢰해주라는 것인지 분명치 않기도 했지만, 어느 쪽이든 우회적인 질타이자 요구였기에 섣불리 대답하기 어렵다고 느꼈다. 다시 말해 지금 저 말을 받아들이지 않는다는 건 협상 결렬을 의미했다.

"당신의 존재를 설명해봐. 살아 있는 사람에게는 왕국만큼의 역사가 있지. 당신은 살아 있다가 죽었으니 더 많겠지. 말했다시피 난 보이지 않는 것을 믿는 데 관대하지 못해. 글을 쓰든가, 말을 하든가, 어느 쪽이든 좋아. 당신 자신을 '진짜'로 보도록 납득시켜봐."

망설이는 것인지, 펜은 공중에서 잠시 멈춰 있었다. 그러다가 서서히 내려놓아졌다.

「당신이 내 목소리를 듣는 것에 위화감이 없다면 나도 말하는 쪽이 좋습니다. 죽은 자가 목소리를 갖고 있는 것도 흔한 일은 아니니 최대한 활용하는 편이 좋겠죠.」

조슈아가 처음에 말 대신 필담을 하도록 한 것은 현명한 일이었다. 상대의 존재감이 얼마간 뚜렷해진 지금도 허공에서 들려오는 목소리란 어조나 내용과 관계없이 꺼림칙할 수밖에 없다. 익숙해져야겠다고 마음을 다잡아먹었지만 곧장 친절한 대꾸가 나오진 않았다.

"당신 목소리는 산 사람 꼬여 무덤 속으로 데려가려는 귀신처럼 지나치게 들쩍지근하게 들리는군."

「글쎄요. 그건 내가 살아생전 하던 일과 관계가 있을 것 같군요. 나는 사람들의 영혼을 돌보는 사제였습니다. 몇백 년 전의 일이긴 하지만 지금도 잊지 않은 직분이지요.」

막시민이 한쪽 눈썹을 치켜 올렸다.

"몇백 년 전? 도대체 언제를 말하는 거야?"

목소리가 옅은 활기를 띠며 답했다.

「첫 번째 아르님 공작의 시대입니다. 가문의 첫 번째 데모닉, 이카본 폰 아르님과 나는 친구 사이입니다.」

막시민은 팔짱을 낀 채 천장을 올려다보고 있는 조슈아를 흘끔 보더니 일부러 짓궂게 지껄였다.

"들을수록 끔찍해지는데."

「그런가요. 당신도 대할수록 힘든 사람입니다만.」

막시민은 풋, 하는 소리를 내더니 빈 의자를 향해 예의 양손을 펼치는 자세를 취해 보였다.

"이제 겨우 인간 같은 얘길 해주는군."

「그런 것이 필요하다면 얼마든지. 말했다시피 난 오래전에 죽었습니다. 하지만 죽은 사람이 모두 나와 같이 되진 않는 것 같습니다. 나는 수백 년 동안 비취반지 성에 머물며 많은 것을 보았지만, 대화를 나눈 사람은 조슈아가 처음입니다. 조슈아는 처음부터 나를 또렷하게 알아보았죠.」

막시민은 다시 조슈아 쪽을 봤다.

"정말이야?"

조슈아는 불편한 표정이 되어 변명했다.

"맞긴 한데, 그런 이상한 눈으로 보지 마. 영매에 대한 얘기 처음 들어봐?"

다시 빈 의자에서 목소리가 들려왔다.

「영매가 저렇게 대단한 존재인 줄 알았더라면 살아생전 그들을 좀더 존중해주는 건데 그랬습니다. 물론 모든 영매가 이렇지는 않겠지요. 조슈아는 처음 나를 보았을 때 내가 유령이란 사실을 깨닫지 못하고 산 사람으로 봤을 정도이니까요.」

막시민은 팔짱을 꼈다. 이젠 확고한 사실이 되어가고 있는데도 여전히 믿을 마음이 들지 않는 자신이 참 고집 세구나, 생각하면서.

「그때 조슈아는 누이의 갑작스러운 죽음으로 충격을 받아 혼란한 상태였습니다. 나는 그 비극이 조슈아가 나를 보게 된 것과 관련이 있지 않은가 생각합니다. 어쨌든 첫 만남 이후로 나는 조슈아의 눈에 띄지 않으려 했습니다만, 끝내는 다시 만나 이렇게 함께 지내게 됐습니다. 그후로 늘 같이 있는 건 아니더라도 이 세계에 머무는 한 조슈아가 내게 말을 거는 소리만은 바로 알아듣고 올 수가 있습니다. 조슈아와 나는 나이나 시대로 보면 굉장한 차이가 있지만 지금은 단지 친구일 뿐입니다. 내가 그의 조상과 친구였듯이.」

목소리가 멈추자 막시민은 조슈아 쪽으로 몸을 돌렸다.

"말을 해봐. 넌 괜찮냐? 몇백 년 전의 조상과 친구였다는 유령과, 친구로 지내도 별 무리 없는 거야?"

그것은 핀잔처럼 들려도 실제로는 걱정이었다. 조슈아의 얼굴에는 비현실적인 미소가 스쳤다.

"글쎄, 그보다 그냥 좀 편한 것은 있어. 그는 나와 같은 데모닉에 익숙하거든. 날 단지 사람으로 대해주지."

그렇게 말하고는 덧붙였다.

"너처럼."

"그럼 네가 사람이지, 괴물이나 유령이냐?"

조슈아는 대답하지 않았다. 막시민은 다시 빈 의자로 눈을 돌리더니 제법 유연해진 태도로 물었다.

"그럼 이렇게 만난 김에 하나 물어도 되나? 당신과 만났을 무렵에 조슈아가 어떤 상태였지?"

그래도 나지막이 웃는 소리가 끔찍하게 들리는 것만은 어쩔 수 없었다.

「불안정한 걸음으로 성안을 배회하다가, 아버지에게 가서 성을 떠나게 해달라고 부득부득 매달리고, 죽은 듯 자다가 비명을 지르며 깨어나고, 울지는 않는데 너무 지쳐서 울음도 그쳐버린 아이 같은 얼굴이었지요.」

"제정신 아니었구만. 그런 상태니까 유령 같은 걸 보지."

흘끔 보니 조슈아의 뺨이 창피한 듯 조금 달아올라 있었다.

"그런데 당신하고 만나서 안정이 됐단 말이지? 그것참 유령이 그렇게 편리한 존재인 줄 예전엔 미처 몰랐는데. 아니면 사제여서 그런가? 한데 이렇게 함께 지낸 지 오 년이라니, 도대체 저 녀석 아직껏 제정신이긴 한 거야?"

조슈아가 한숨을 내쉬며 말했다.

"아예 나도 유령이냐고 묻지그래?"

"그러면 널 알아보는 내가 이상한 놈이 되잖냐. 괴상한 녀석은 너 하나로 족해. 그런데 유령은 하나만 보이냐? 하나가 있다면 다른 것도 있단 얘긴데, 이러다가 조금 있으면 떼거지로 몰려 쫓아다니는 거 아냐?"

"이것 봐……."

조슈아의 부름에는 아랑곳 않고 막시민은 자리에서 일어났다. 의자한테 말을 거는 기분으로 말하니 그나마 낫다 싶었다.

"하나라면 어떻게 참아보겠지만 두셋쯤 더 따라다녀선 나조차도 제정신이 아니게 돼버릴까 걱정스럽거든? 그러니까 말해두지만 하나야, 하나라고. 하나만 참을 거야. 당신을 뭐라고 부르라고? 켈스니티? 내 소개는 했던가? 안 해도 알던가? 그래도 하는 게 예의인가?"

잠시 사이를 두고 웃음 섞인 대답이 들려왔다.

「켈스라고 부르면 됩니다.」

"그래, 켈스. 난 막시민 리프크네지. 그런데 하나 더 묻자. 당신이 밤낮으로 저 녀석을 따라다닌다면 개인 생활은 어떻게 되는 거야? 화장실에 앉아서도 혹시 당신이 옆에서 쳐다보고 있지나 않은지 꺼림칙한 기분이어야 되는 거야?"

잠깐 기다리자 낮게 푸홋, 하고 웃는 소리가 들렸다.

「그렇진 않아요. 조슈아에겐 내가 확실히 보이니 말입니다.」

그러자 막시민은 짐작했다는 듯 외쳤다.

"그럼 나만 골치 아프게 됐잖아! 당신! 방울이라도 하나 달고 다닐 순 없는 건가? 사람들 앞에서 대꾸라도 했다간 나만 미친놈 될 거 아니야? 잠은 자는 거야? 유령이니까 역시 잠 같은 건 안 자나? 그렇다면 이제부터 밤낮 안심할 수 없게 된 거야? 이 점에 대해 뭔가 의견이나 대책 없어?"

다음날 아침 일찍, 두 소년이 늦잠을 자고 있는 방에 쳐들어온 리체는 치수가 작아서 꼭 끼는 원피스에 커다란 앞치마를 두른 차림이었다. 뒤따라온 세자르의 사냥개가 입구에서 어슬렁대자 으르렁대어 내쫓았다. 조슈아도, 막시민도 전날 밤 일찍 잠들지 못했기에 이불 속에서 둘을 끌어내기 위해서는 상당한 노고가 필요했다. 두 사람에게 다행스럽게도 근처에 마땅한 무기라고는 베개밖에 없었다.

"……왜 그래?"

그나마 먼저 깨어난 조슈아가 담요에 반쯤 감긴 채 부스스해졌을 것이 뻔한 머리를 열심히 손가락으로 빗어 넘기며 물었다.

"'몽플레이네 씨'가 일어나 들이닥치기 전에 먼저 해둘 얘기가 있어서야. 자, 얼른, 얼른!"

"다 좋지만……. 내가 왜 이런 꼴을 너한테 보여줘야 되는데?"

"네 꼴이 뭐 어때서? 너 저번에 극장에서 끌어냈을 때 어땠는지 모르나 보구나? 그리고 난 뭐 우아한 꼬락서니를 하고 온 줄 알아?"

그날 시계포 쪽방에서 깨어난 조슈아는 일생 최악의 상태였으므로 그걸 떠올리자 만사가 쉽사리 포기되었다. 이불 속에서 아침 단장하는 고양이처럼 얼굴만 잔뜩 비벼댄 끝에 뺨이 발그레해진 채로 머리를 내민 조슈아는 도리 없다는 눈초리로 리체를 흘끗 봤다.

"그 옷은 뭐야?"

"몰라. 내가 열네 살 때 생일선물로 주려고 샀다지 뭐야. 그런 걸 지금까지 안 주고 뭘 한 걸까? 게다가 구시대의 유물임에 분명한 촌스러운 프릴 장식 허릿단이란! 벽장 속에 처박

혀서 구깃구깃하고, 좀약 냄새도 나고, 딸의 성장은 고려하지도 않고 아무때나 떠맡기기까지! 분명히 사놓기만 하고 깜빡잊고 있다가 내 얼굴을 보니까 생각난 게 틀림없어."

"그런 걸 왜 입은 건데?"

"잘 보여야 되니까! 자, 일어났으면 얼른 친구를 좀 깨워줘."

막시민을 깨우는 것은 조슈아 깨우기에 비해 몇 배의 노력이 필요했다. 평소 잠이 들면 쉽사리 일어나지도 않지만, 특히 전날 밤에는 촛불 끄고 눈을 감고 나니 스물스물 피어오르는 불편한 상상 탓에 한밤중이 되어서야 간신히 잠들었던 것이다.

"이거 놔……. 음냐, 나 같은 놈의 몸을 빌려봤자 유령 인생도 처량 맞게 될 게 뻔하지……."

리체가 의아한 얼굴로 조슈아를 돌아봤다.

"뭐라는 거야?"

조슈아는 당황해서 우물우물하다가 중얼거렸다.

"나도 몰라."

리체는 그 말을 곧이듣고 베개를 한바탕 내리쳤다.

"계속 미적거리고 있다간 네 인생도 분명 처량 맞게 될걸!"

그렇게 얼마간 씨름한 끝에 겨우 막시민이 눈을 떴다. 옆에서 기다리고 있던 조슈아가 안경을 씌워주자 막시민은 리체를 훑어보며 얼굴을 찌푸렸다.

"손에 든 흉기는 뭐야?"

"넌 버터로 만들어졌니? 베개도 흉기로 보이게."

"꿈속에서 돌덩어리가 떨어지는 줄 알았단 말이다. 만난 지 며칠 되지도 않은 사이에 이렇게 무례하게 깨우다니, 너희 아버지 가정교육이 심각해."

"우리 아버지 나 가정교육 시킨 적 한 번도 없어. 게다가 만난 지 며칠 되지도 않은 사이에 내가 네 몸에 손을 대야겠니?"

막시민은 느릿느릿 일어나 앉아 하품을 한번 늘어지게 하더니 말했다.

"그 말도 맞긴 하군. 근데 조군 너는 옆에서 뭘 했냐?"

그러자 조슈아가 피식 웃었다.

"감탄하며 구경했지. 너 깨우는 법 좀 배워보려고."

그런 다음 리체를 흘끔 돌아보며 덧붙였다.

"역시 조수가 한 수 낫던데."

오래 옥신각신할 시간이 없었다. 막시민도 똑같은 질문을 했기 때문에 또다시 옷의 유래를 짜증스러운 얼굴로 설명해준 리체는 하려던 이야기로 들어갔다.

"어제는 '막스 카르디' 씨가 무대에서 갈고닦은 실력을 발휘해서 선보인 우아한 기절 연기 덕택에 두 사람 모두 일찌감치 재우는 걸로 마무리됐지만, 오늘은 다를 거야. 난 말이야, 본래 이 집에 일 년에 한두 번 올까 말까 하다고. 그러니 뭔가

큰일이 벌어졌다고 지레짐작하고 있을 게 뻔하고, 만약 사실대로 말해버린다면 너희 둘을 가만히 두지 않겠지. 그러니까 미리 할말을 정해서 맞춰두지 않으면 안 돼."

막시민은 엉뚱한 소리를 했다.

"응, 그 기절 연기는 정말 한심할 정도로 일품이었지."

리체도 냉큼 대꾸했다.

"지금 네 대꾸도 그에 버금간다. 생산적인 얘기만 해도 시간이 부족할 판인데."

조슈아는 고개를 저었다.

"꼭 그럴 필요가 있을까? 사실대로 말하면 오히려 도움을 주실지도 모르잖아."

"도움?"

리체가 어이없어하며 픽 웃었다.

"그 인간한테 도움을 바란다고? 너 참 꿈도 크다. 세자르 몽플레이네 씨는 무책임하기로 말할 것 같으면 블루코럴섬 전체에서 적수가 없는 사람이야. 평생 남을 돕기는커녕 자기 앞가림도 제대로 한 적이 없어. 잠자리 제공보다 어려운 일은 바라지도 말라고."

조슈아는 잠시 입을 다물고 있다가 말했다.

"아버지라면서 말이 조금 심한 것 아니야?"

"사실만 말했어."

"네가 아버지를 다 안다고 단정할 수는 없잖아?"

"그으래? 내가 잘 모르면? 그럼 네가 더 잘 아니?"

"그런 뜻이 아니잖아."

리체는 흐응, 하고 콧방귀를 뀌며 들은 체도 하지 않았다. 잠옷 대신 걸치고 잔 셔츠의 단추 하나가 사라져서 이불 속을 뒤지다가 실패한 막시민이 둘을 번갈아 바라보며 말했다.

"아아, 두 사람 다 가족에 대한 관점이 아주 잘 드러나는 주장들이었다. 안됐지만 그런 주장은 다들 좀더 늙어야 접점을 찾을 수 있을걸. 세상엔 정도가 지나치게 무책임한 아버지도 있고, 꽤 쓸 만한 아버지도 있는 모양이니까 다들 자기 아버지에 대한 관점을 유지하시도록 하고, 내가 궁금한 건 몽플레이네 씨의 성격이 그러니까…… 리체 너와 비슷하냐는 거야."

리체는 질색을 하며 펄쩍 뛰었다.

"그럴 리가 없잖아!"

"오, 됐어. 그러면 충분하군. 만일 조군이 제멋대로 사실 보고를 해버린다 해도 베개, 아니 목검으로 맞아 죽을 염려는 없겠군. 괜히 걱정했잖아."

리체가 그 말의 뜻을 알아차리기까지는 오래 걸리지 않았다.

"너…… 나랑 안 닮아서 다행이라고 생각하는 거지!"

베개는 어느새 막시민이 깔고 앉아 있었다. 주도면밀한 대처였다.

"됐어. 사실을 말해서 맞아 죽지 않을 정도라면 사실을 말해야지. 책임은 이쪽에서 지니까 리체 넌 그렇게 우려할 거 없어."

리체는 물론 수긍하지 않았다.

"지금 장난하니? 너 같으면 자기 딸이 살해당할 위협에 시달리면서 정체 모를 사내 녀석 둘하고 며칠씩 거리를 전전하고 있는데 농담으로라도 좋은 소리가 나오겠니? 물론 일부러 날 끌어들인 건 아니고 내가 오지랖이 넓어 끼어든 탓이 없지 않다 해도, 이런 사건이 생긴 원인 자체는 결국 너희잖아. 그래 갖고 퍽이나 친절한 대접 받겠다!"

막시민이 갑자기 빙그레 웃었다.

"그런 걸 걱정하고 화낼 정도라면 너희 아버지도 그리 나쁜 사람은 아니군그래?"

"그런……."

리체는 말문이 막혔고, 막시민은 슬슬 침대에서 일어나 기지개를 켰다. 그 모습을 보고 있던 조슈아가 마음의 결정을 내렸는지 분명한 어조로 말했다.

"문제의 시작은 나였잖아. 리체 넌 죽을 뻔한 나를 살려준 것뿐이지. 호의로 도와준 사람을 위험에 처하게 해놓고, 그런 걸 숨길 궁리나 할 정도로 정신 나간 인간이 못 돼서 말이지. 확실히 사실대로 말해서 욕이든 드잡이질이든 처분을 받아야겠다."

막시민은 고양이들의 아침 단장이 필요한 사람이 아니었기에 대강 머리만 쓸어넘기고 겉옷을 찾아 걸쳤다. 문을 열더니 따라 나오라고 두 사람에게 손짓하며 말했다.

"싫은 아버지일지라도 네 가족이긴 하겠지. 너네 가족들 중 아무도 네게 일어난 일을 몰라서야 길 가던 아가씨 하나 납치한 것 같은 기분을 떨칠 수가 없어서 말이야. 그럼 가서 몇 대 처맞아보자고."

말의 뒷부분은 이미 문 밖에서 들렸다. 리체는 도리 없이 몸을 돌리면서도 여전히 고개를 가로저었다.

"쓸데없는 짓이라니까. 정말 믿질 않네."

뒤이어 입구로 간 조슈아가 돌아보며 엷은 미소를 보였다.

"막시민은 잘 알아들었을 거야. 아니, 처음부터 바로 알아들었을걸."

"어째서 그렇게 잘 알 거라고 단정해?"

"막군에겐 너희 아버지보다 훨씬 더한 아버지가 있어."

웃는 가면

주연이 가장 화려하게 치장하는 북부 가면극과 달리, 남부에서 주연배우는 화려한 가면을 쓰지 않지. 모두들 공작 깃털이니 비단 터번이니, 화려한 안료와 색실과 황금빛 술로 장식한 가면을 쓰고 있을 때, 무늬 없이 단순한 흰 가면을 쓴 자가 주연이야. 그러면 주연은 어떻게 해야 할까? 가만히 있어선 주목을 받을 수 없지. 그는 춤추고, 노래하고, 달려야 돼. 누구도 그가 주연이라는 것을 잊지 못하도록 가진 재능을 다해 불타오르지 않으면 안 된다고.

"으음."

얘기를 다 듣고도 세자르 몽플레이네는 얼른 반응을 보이지 않았다. 옆에 쭈그려 앉은, 사람만 한 덩치의 개를 쓰다듬고 있을 뿐이었다.

그것을 폭발 직전의 고요로 이해한 조슈아는 '죽여주시죠' 하는 자세가 좋을지, 불쌍한 체해서 동정이라도 사야 할지, 아니면 의연한 태도를 취해 약간이라도 믿음직하게 보여야 할지 판단하지 못해 참고하려고 막시민의 얼굴을 건너다봤다. 그리고 친구 녀석이 졸고 있다는 걸 깨달았다.

"아, 저, 그⋯⋯."

참고고 뭐고 없었다. 이 상황을 숨기기 위해 무슨 짓을 해서든 세자르의 눈길을 끌어야 했다.

"저⋯⋯ 그러니까⋯⋯ 무슨 벌이든 달게 받겠습니다!"

"네?"

조슈아가 갑작스레 외치자 세자르는 눈을 끔뻑끔뻑하며 어리둥절한 표정을 지었다.

"그게 무슨 말씀이신가요?"

"네?"

조슈아는 조슈아대로 세자르의 존대에 흠칫했다. 어찌 보면 당연한 일이긴 했지만 지금만은 기대하고 있지 않았던 것이다.

"아, 우리 리체 때문이라는 말씀이시군요? 에이, 그렇다고 벌을 받겠다고 하시다니, 농담이 지나치십니다. 저 같은 사람이 어떻게 도련님처럼 귀한 분한테 벌을 줍니까?"

조슈아는 뭐라 대꾸해야 좋을지 몰랐지만 막시민으로부터 시선을 돌리게 한다는 당초의 목적만은 성공한 듯싶었다. 옆에 앉아 차를 마시고 있던 리체는 달갑지 않은 표정이었다. 하긴, 아무리 싫은 아버지라 해도 또래 소년 앞에서 저자세를 취하는 모습이 보기 좋을 리 없었다.

"하지만 리체는 지금 상당한 위기에 처해 있는데……."

"그게 뭐가 대수입니까? 전 조금도 걱정하지 않는데요."

"아니, 어째서요?"

어느 쪽이 따지고 있는 건지 슬슬 헷갈려왔다. 세자르는 앞에 놓인 차를 훌쩍 마시더니 느긋한 표정으로 조슈아를 향해 미소를 보냈다. 어쩐지 불길한 기분이 들었다.

"아노마라드의 명문인 아르님 공작 가문의 아드님이시라고요."

"그런데요?"

"게다가 작위를 물려받을 소공작, 맞지요?"

"맞지만……."

"그런데 뭐가 걱정입니까?"

"여긴 켈티카도 아니고, 도와줄 사람들도 없는 터라 당장 내가 바꿀 수 있는 건 아무것도 없는데요?"

세자르는 찻잔 바닥을 들여다보며 남은 모금을 홀짝이더니 아무렇지도 않은 어조로 말했다.

"데리고 가서서 책임지시면 되는데."

"푸웁!"

리체가 입안에 물었던 찻물을 뿜을 뻔하다가 겨우 손으로 틀어막았다. 다시 황급히 삼키다가 사레가 들려 기침까지 해가며 그녀는 아버지에게 항변했다.

"무슨 시답잖은 소리예요! 콜록, 누가 누굴 데리고 간다는 거야?"

조슈아도 멍한 표정이 되긴 마찬가지였다.

"잠깐, 그 말은……."

세자르는 혼자 낄낄거리기 시작했고, 리체는 얼굴이 빨개져서 발딱 일어났다.

"자기 맘대로 내 인생을 결정지을 자격이 있다고 생각하는 거야? 이래서 처음부터 아빠한테 말하고 싶지도 않았어. 죽든지 말든지 내가 알아서 했어야 했는데. 귀찮은 혹 떼듯이 옳다구나 하고 보내버리려는 수작은 뭐냐고! 진짜, 내가 아빠한테 얹혀사는 처지였으면 서러워서 엉엉 울었겠네!"

"아니, 리체. 뭔가 오해하는 것 같은데 말이다."

세자르는 다시 능글능글 웃으며 말을 이었다.

"널 저 도련님한테 시집보낸단 말은 안 했다. 왜 네가 지레짐작으로 팔짝 뛰는 게냐?"

"……."

리체는 말문이 막혀 얼굴을 붉힌 채 숨소리만 색색거렸다. 조슈아가 뒷머리를 긁적이며 끼어들었다.

"그럼 그 말은…… 그러니까 뭐지? 데리고 가서…… 뭘 어떻게 책임지란 말이죠?"

그때 여전히 졸고 있는 줄 알았던 막시민의 목소리가 들렸다.

"올바른 고찰이야."

돌아보니 여전히 눈은 절반만 뜨고 있었지만, 말소리만은 또렷했다.

"'데려가서', '책임진다'는 건 말이야, 말뜻 그대로인 거지. 이 섬을 떠나야 된다는 것, 그리고 혼자 두지 말고 동행하라는 것."

"맞았어."

세자르가 손뼉을 두 번 쳤다.

"저 친구는 영리해. 졸고 있을 때부터 알아봤어."

조슈아의 노력은 쓸데없는 것이었다.

"내가 어떻게 나올지 처음부터 알고 있었던 게야. 그래, 방금 한 말대로야. 여자애를 데리고 사고를 저질렀으면 그 정도 책임감은 있어야지."

어감이 이상한 말을 잘도 골라 쓰는 아저씨였다. 그러나 조수아가 납득해서 고개를 끄덕이고 있을 때 리체가 고개를 홰홰 저으며 단호하게 말했다.

"난 안 떠나. 내 삶의 터전을 내버리고 갈 순 없어. 의상실도, 음식점도, 그런 자리들을 얻어서 내 힘으로 생계를 해결하게 되기까지 얼마나 힘들었는데. 엉뚱한 데 가서 새로 시작할 생각은 조금도 없단 말이야."

막시민은 눈을 비비고, 앞에 놓인 차를 한 번에 들이켜더니 술 마신 사람처럼 크으, 하는 감탄사를 내는 등 여러 가지 일을 처리하고는 리체를 향해 한숨을 쉬며 말하기 시작했다.

"미안하게 됐지만 그건 선택권이 있는 문제가 아냐. 사태의 심각성을 이해해봐. 이 조그마한 섬에서, 이런 일에 말려든 널 숨길 데가 있겠어? 우리라고 널 억지로 끌고 가려는 게 아니야. 본의 아니게 말려든 널 위해서 최대한 안전한 대책을 마련해주려는 것뿐이야. 우린들 뭐, 생활력 없는 여자아이를 데리고 여행하는 것이 달갑고 편하겠냐? 지은 죄가 있으니 감수하겠단 거지."

막시민의 마지막 말은 순전히 리체를 자극하기 위한 것이었고, 리체는 다혈질 소녀답게 바로 걸려들었다.

"내가 생활력이 없다고? 정말 웃겨. 너희 둘 합쳐놓은 것보다 내 쪽이 훨씬 낫지. 너 양파만 가지고 사흘 치 끼니 만들 수 있어? 무릎 터진 바지를 양말로 수선할 수 있어? 내가 우리집 생계를 책임진 지가 몇 년인데 내 앞에서 무슨 생활력 운운이니?"

"희한한 예만 드네. 소나기 맞고 아프다고 앓아눕는 여자애가 끼칠 민폐는 상상이 안 되냐?"

"난 비 맞고 감기 걸려본 일은 한 번도 없어! 조금만 아프면 침대 신세 지는 귀공자들하고 비교할 바가 아니라고!"

옆에서 조슈아가 계면쩍게 웃더니 말했다.

"그거 나 들으라고 한 얘긴가."

막시민은 개의치 않았다.

"하루만 걸으면 발이 아프다고 주저앉을걸. 제 몸 건사도 못 하는 조군 자식이 업고 갈 것 같진 않으니 도리 없이 내 몫이겠지."

"너나 내 등에 업히겠다고 하지 마!"

세자르가 테이블을 휘둘러보고는 막시민과 자기 찻잔에 찻물을 더 따르며 중얼거렸다.

"그럼 결정되었군. 각자 방금 주장한 생활력을 잊지 말고 자랑하며 잘들 가보라고."

리체가 '도대체······' 하는 눈으로 세자르를 돌아봤을 때, 막시민은 이번엔 조슈아를 흉내내어 우아하게 차를 홀짝거리다가 어깨를 으쓱해 보였다.

"내가 아프면 날 업고 갈 거라잖아. 우린 생각보다 대단한 동료를 얻은 것 같다."

조슈아는 웃음이 나오는데 동시에 미안하기도 해서 어설픈 표정을 지으며 대꾸했다.

"그렇더라도 웬만하면 내가 업고 가는 방향으로 하는 게 어때."

"네가 날? 퍽이나 잘 업고 가겠다."

리체가 퍼부어대는 말을 한 귀로 흘리며 세자르가 막시민을 향해 말을 건넸다.

"그런데 어디로 갈 텐가?"

"아노마라드로, 가능하다면 켈티카로 가면 좋겠지요."

"무척 먼데, 안전하게 갈 방법이라도 있는 건가?"

막시민은 한쪽 입꼬리만 올리며 씩 웃었다.

"안됐지만 없습니다."

"내용과 관계없이 대꾸만 자신만만하군. 좀 어설프고 실패할 가능성도 높지만, 성공만 한다면 매우 편해지는 방법을 내가 하나 소개할까 싶은데 어떤가?"

"아, 물론 좋습니다. 찬 거 더운 거 가릴 처지가 아니죠."

세자르가 이마를 짚으며 중얼거렸다.

"정말 대답만은 명쾌해."

"이 상황에서 대답이라도 시원해야죠. 달리 믿을 구석도 없잖습니까?"

세자르는 막시민이 마음에 들었는지 킬킬 웃으며 이번엔 조슈아를 돌아보았다.

"도련님께선 댁에 돌아가시면 저 말괄량이한테 의상실 조수 자리 하나는 꼭 마련해주셔야 됩니다. 켈티카는 대도시니까 그런 자리 정도는 흔하겠지요?"

세자르는 농담이었을지 모르나 조슈아는 바로 고개를 끄덕였다.

"그럼요. 리체가 싫어하지 않는다면 미유 로제 선생의 의상실에 정식 재봉사로 채용되도록 추천하죠."

그 순간 리체의 잔소리가 딱 멎었다.

"미유 로제? 그…… 장미꽃 무늬의?"

조슈아는 안주머니에 손을 넣었다가 손수건 한 장을 꺼내 리체에게 건넸다. "J. Arnim"이라고 새겨진 머리글자 옆에 특이한 도안의 꼬임 자수로 수놓은 장미꽃을 보니 틀림없는 미유 로제 의상실의 물건이었다.

"어머니께서 단골이라서 나도 어려서부터 잘 알고 지냈거든."

리체는 손수건을 들여다보며 잠시 눈을 내리깔았다. 세자르가 옆에서 물었다.

"왜 그래? 싫어하는 곳인가?"

리체는 한참 대답이 없다가 겨우 짧게 말했다.

"아니."

"그러면?"

리체는 조슈아에게 손수건을 돌려주었다. 조슈아가 건네받으며 망설이다가 물었다.

"내가 기분 상하게 했어? 난 네 실력을 충분히 알기에 한 말이었어. 그동안 네가 만들어준 의상은 그곳 못지않게 훌륭했으니까. 그만한 바느질이 얼마나 드문지 난 잘 알아. 불쾌하게 들렸다면 미안해."

"……됐어. 왜 사과하는 거야? 잘못 따위 없잖아."

리체는 의자를 뒤로 밀며 일어나 테이블에서 물러났다.

"그래, 가자고. 나 같은 재봉사들에게 미유 로제는 꿈속에서 보는 궁전 같은 곳이야. 언감생심 그런 곳에서 일할 수 있다는데 사양할 까닭이 없잖아. 안 떠날 이유 같은 건 다 사라졌네. 갈 준비 끝나면 알려줘."

리체는 식당의 아치형 입구 밖으로 나가버렸다. 하품하고 있던 검정 사냥개가 산책이라도 가는 줄 알고 신나게 뒤따라갔다. 막시민이 조슈아를 보았다.

"네가 쟤를 울렸군."

"······."

조슈아도 얼마간 말이 없었다. 곁에서 세자르가 말했다.

"악의가 없었단 걸 딸애도 알 겁니다. 한두 시간 혼자 있으면 괜찮아지겠죠. 아까 말한 방법에 대해선 조금 후 설명할 테니까 방에라도 잠깐 올라가 계시지요."

리체를 쫓아가봐야겠다고 생각한 것인지 세자르도 밖으로 나가버렸다. 막시민이 남은 차를 다시 처음처럼 한숨에 마셔버리고는 말했다.

"자존심 강한 애구나. 그런데 도리가 없군. 너란 놈을 보면서 자존심 상하지 않을 인간은 세상에 거의 없으니 말이다. 적응하는 수밖에. 그래, 적응하는 수밖에."

12시.

세자르는 가르치는 아이의 부모가 찾아온 일로 밖에 나갔고, 막시민은 떠나기 전에 모자란 잠을 보충한다며 2층 방에 틀어박혔다. 리체는 집 어딘가에 숨어 있을 테고, 그리고······.

조슈아는 혼자 식당에 앉아 있었다.

야트막한 흰 식탁에 제멋대로 생긴 의자가 넷. 신기하게도 방문객 숫자와 맞았다. 세자르는 혼자 사는 것 같았는데 세 개나 남는 의자를 비롯하여 살림이 이것저것 많은 편이었다.

용도가 비슷한 것도 몇 개나 중복되는 걸 보면 이 사람은 뭘 버리는 성격이 아닌 듯했다.

아침에 마시던 찻잔이 치워지지 않고 그대로 놓인 것이 눈에 띄었다. 치울까 생각했으나 어디에 갖다놔야 할지 몰랐다. 설거지통을 생각해냈지만, 사방에 늘어놓은 통들 중 어느 것이 설거지통인지도 판단이 서지 않았다.

"난 사람들의 호의를 얻기가 힘든 인간인 것 같아."

낮게 말했지만 곧 대답이 들려왔다.

「유령의 호의라면 꽤 얻고 있는데.」

어느새 식탁 맞은편에 나타나 앉은 켈스니티는 긴 머리를 쓸어 올리며 미소를 지어 보였다.

"그래봤자 당신 하나잖아요. 다른 유령은 그냥 소음일 뿐인데."

「네가 모르더라도 입을 다물고 저기쯤에서 널 지켜보고 있을지도 모르지.」

"내 눈에 보이지 않고? 그게 가능해?"

켈스니티가 실소를 터뜨렸다.

「네가 세상 모든 유령을 볼 것 같으면 지금까지 네 눈에 띈 게 나쁜이었을까? 세상에 유령이 그렇게 적은 것 같아?」

"……하긴."

논리적 사실을 이해할 때 감정적으로 받아들이지 않는 것이 조슈아의 사고방식이 갖는 특징이었다. 이를테면 '그렇다면 사방에 유령이 가득차 있단 말이야?'라며 펄쩍 뛰거나 하지 않는다는 의미다.

이윽고 켈스니티가 웃음을 거두고 말했다.

「그런데 네가 막시민이란 친구를 대하는 걸 보고 좀 놀랐어. 평소와는 사뭇 다르던데.」

"내가 어쨌는데?"

「한 수 접어준달까. 네가 남의 의견을 진심으로 존중하는 일은 드물잖아? 데모닉들의 특징이기도 하고.」

조슈아는 시선을 돌렸지만 결국 수긍했다.

"확실히 감탄할 만한 점이 있는 녀석이긴 해요."

거기까지 말했을 때, 켈스니티의 모습이 일순 흐려졌다. 가끔 보던 일인지라 조슈아는 놀라지 않고 혼잣말처럼 말했다.

"갈 시간 된 건가."

켈스니티는 종종 조슈아가 잘 이해할 수 없는 사정으로 어딘가로 돌아가 머물러야만 했다. 그럴 때는 불러도 소용이 없었다.

다시 혼자가 된 조슈아는 턱을 괴고 빈 찻잔들을 바라보다가 눈을 감고 노래를 흥얼거렸다.

짓궂은 나비가

사라진 숲속

비가 내리고

길을 잃었지

발자국 따라서

들어간 숲속

하늘 개이고

이슬 빛나네

메리벨, 메리벨

너를 찾아온 곳

푸른 전나무 숲

드나드는 바람

이곳에 갇힌대도

후회는 없어라

귀여운 메리벨

나의 흰나비

그때 옆에서 짧게 끊어 치는 박수 소리가 들려왔다. 딱,
딱, 딱.

눈을 뜨고 고개를 돌리자 식탁 오른편, 창가 쪽에 낯선 사람 하나가 앉아 있었다. 그는 박수를 멈추고 미소를 지었는데 묘하게 표정이 불분명했다. 아니, 그럴 수밖에 없었다. 조슈아가 너무나 잘 알고 있는 이유였다.

가면을 쓰고 있었다.

"아…… 누구시죠?"

그렇게 말하면서 조슈아는 조금 전 켈스니티가 했던 말을 떠올렸다. 다른 유령, 그가 보지 못한. 노래 몇 마디 부르는 동안 기척도 없이 나타나 저곳에 앉아 있다니.

상대는 다시 미소를 지었다. 입가에 몇 가닥 주름이 그려졌지만 눈 주위가 가려져 있으니 웃었다는 사실만을 알 뿐, 미묘한 감정은 지워져버렸다. 비웃음인지, 억지웃음인지, 따뜻한지, 차가운지. 더욱 묘하게도 그 가면은 조슈아가 막스 카르디 역할을 할 때 쓰던 것과 똑같은 모양이었다.

"난, 가면의 사나이야."

해학적인 대꾸를 하더니 그자가 다시 웃었다.

조슈아는 조금 망설이다가 이내 피식 웃음을 흘렸다. 보통 사람이라면 가면 쓴 상대를 보고 당황하거나 불쾌감, 또는 경계심을 느꼈겠지만, 조슈아는 스스로 가면을 쓰고 몇 해를 살아왔고 수많은 사람들의 요청에도 불구하고 벗지 않았다. 다른 사람은 몰라도 자신만은 가면 쓴 상대를 관대하게 대해야 되지 않을까.

그가 누구일지라도 말이다.

"가면 멋있는데요."

"그래? 당신의 노래도 멋있었어."

"그냥 가볍게 부른 노래인데요. 그리 대단할 건 없었어요."

"아니. 내 귀는 못 속여. 당신은 대단한 목소리를 갖고 있어. 이래 봬도 예술에는 감식안이 있는 편이지."

자신만만하다 못해 장난처럼 들리는 남자의 말에 조슈아가 싱긋 웃으며 한 대답도 상당했다.

"내 노래를 듣고 감탄하기 위해 감식안씩이나 필요하진 않을걸요."

"좋군. 자신의 능력에 확신을 갖는 건 훌륭한 일이야."

그렇게 말한 남자는 조슈아의 얼굴을 빤히 바라보며 무언가를 궁리했다. 조슈아는 태연하게 미소 지으며 장난기 어린 태도로 눈을 동그랗게 떠 보였다.

"자세히 보니 얼굴도 잘생긴 것 같죠?"

"푸훗훗."

"작곡도, 작사도 할 줄 아는데."

"그런가?"

"악기도 잘 다루죠."

"정말 대단하군."

상대가 생각보다 진지하게 응대해와서 조슈아는 눈썹을 올리며 다시 물었다.

"지금 내가 한 말을 다 믿는 건가요?"

"그럼 믿지 안 믿나."

그렇게 말하며 가면 쓴 남자는 일어섰다. 그때 조슈아는 상대방의 오른손이 다른 쪽보다 유난히 큰 것을 보았다.

"한쪽 손이 무척 특별하군요?"

남자는 여전히 입술만 움직여 미소를 보였다.

"아주 편리한 손이지."

그는 오른손을 내민 채 천천히 쥐었다 폈다를 반복해 보였다. 그건 마치 커다란 갈퀴가 살아서 움직이고 있는 것처럼 섬뜩한 광경이었다. 그러나 남자가 보기에 조슈아는 조금도 불안해하지 않았고, 단지 호기심 어린 표정일 뿐이었다. 수많은 사람을 위협해보았지만 이런 상대는 한 번도 만나본 적이 없었다. 다만 남자는 자기가 대하고 있는 자의 연기력이 어느 정도인지 알지 못했다.

"한쪽 손을 특별히 단련했나 보죠?"

"그런 셈이지. 보고 싶어?"

남자는 주머니에서 사과 한 개를 꺼내어 쥐었다. 조슈아는 그의 오른손 안에서 사과가 삶은 달걀처럼 느리게 부스러지는 모습을 눈을 크게 뜨고 지켜보았다.

막시민은 문득 침대에서 눈을 떴다. 얼른 일어나지 못한 채로 그는 천장을 올려다보며 생각에 잠겼다. 이렇게 저절로 눈이 떠진 것이 얼마 만이더라.

아직도 피로가 엷게 남아 있었다. 사실상 막시민은 켈티카에서 하이아칸까지 무리하게 달려온 후로 단 하루도 푹 쉬지 못한 상태였다. 도착하자마자 노숙하다시피 하며 조슈아의 행방을 찾느라 동분서주했고, 극장 화재 이후로는 이틀 동안 제대로 눈을 붙이지 못한 채 신경을 곤두세웠다. 전날 밤엔 유령까지 나타나 머릿속을 어지럽게 했다. 막시민처럼 게으르게 잠자는 것을 좋아하는 사람한테 이렇게 쌓인 피로란 무척 짜증스러운 것이었다.

그런데도 그는 눈이 떠졌다. 그는 궁리하다가 갑자기 허공을 향해 한마디 던졌다.

"이봐?"

보이지 않는 켈스니티의 대답을 기대하는 것처럼, 잠시 기다리고 있던 그는 이윽고 이맛살을 찌푸리며 몸을 벌떡 일으켰다.

"젠장, 신경과민이야."

일어나 대강 옷매무새만 만지고는 휘적휘적 아래층으로 내려왔다. 주위가 워낙 조용했기에 남의 집에서 낮잠 자는 사람의 도리로 무심코 발소리를 작게 했다. 그렇게 거실을 가로질렀을 무렵, 식당 쪽에서 조슈아의 목소리가 들려왔다.

"맞아요. 루그란의 송시들은 시제부터가 고답적이기 때문에 대륙풍 시들에 비해 취향을 많이 타죠. 하지만 압운押韻이 일반화되어 있다 보니 곡을 붙이는 재미가 있어서 나도 심심풀이로 몇 곡 붙이곤 했어요. 〈바느질하는 엘비라〉라든가, 〈하늘 뱃길의 노래〉처럼 가나폴리에서 내려온 장시長詩 소재들은 상당히 좋아합니다."

막시민으로서는 알아들을 수도 없고 관심도 없는 이야기를 무척 즐거운 어조로 말하고 있었다. 듣는 상대는 켈스니티인가 생각하는 참인데 낯선 목소리가 들려왔다.

"〈하늘 뱃길의 노래〉는 나도 좋아하는 것이군. 대구가 무척 조화롭거든. 나도 거기에 곡을 붙여보려 했는데. 당신이 훨씬 잘 붙였을 것 같군."

짐짓 밝은 듯해도 실은 무미건조한 목소리였다. 아니 그보다도 지금 이 순간, 이 집에서 누구인지 모를 자가 조슈아와 함께 있다는 사실 자체가 막시민의 육감을 빠르게 자극했다. 이 집에 사는 사람은 세자르 한 명뿐이고, 그는 송시 같은 고상한 취미와는 거리가 멀어 보였으므로 그를 방문할 이웃 중에도 그런 사람이 있을 것 같진 않았다. 만에 하나 세자르의 친구라 해도 어째서 세자르는 뜰에 내버려두고 조슈아와 단

둘이 이야기하고 있단 말인가?

"아, 당신도 해봤군요? 서로 가르쳐주는 것이 어때요? 무척 궁금한데."

"난 끝까지 완성하지도 못했어. 첫 소절은 이렇지……."

느린 노랫소리가 들려왔다. 조슈아와 비교할 순 없어도 보통사람치고 썩 잘 부르는 노래였다.

> 그대의 금발에선 바람 냄새가 나오
> 흙도 물도 아닌 바람의 냄새라오
> 낮은 곳에서 비둘기처럼 속삭이다가
> 높은 곳에서 매처럼 나는 바람이라오

그러자 조슈아가 즉석에서 뒤를 이어 붙였다.

> 달 이울고 별 저물어 흐린 밤에도
> 발아래 수천 겹 바람 밟고 간다오
> 하늘 땅 맞닿은, 세상 끝 이르도록
> 하늘 뱃길 가는 하늘 뱃사람이라오

"좋군. 역시 훌륭해."

어조는 진심인데 묘하게 싸늘한 목소리라 문 밖에 선 채로 듣고 있던 막시민은 미간에 한층 힘을 주었다.

"당신의 곡도 괜찮더군요. 좀 밋밋한 감이 없지 않았지만, 그래도 보통은 넘겠던데."

없는 소리는 할 줄 모르는 조슈아의 평가에 가면 쓴 남자는 웃었다.

"그렇겠지. 내게 그런 쪽의 천분은 없으니 말이야. 난 예술을 사랑하지만 당신하고는 좀 방향이 다르거든. 비슷한 점이 없는 건 아니고, 뭐 어쩌면 그것도 일종의 예술이랄 수 있겠지."

"당신의 예술은 어떤 건가요?"

남자는 얼른 대답하지 않고 가면 끄트머리를 매만졌다. 조슈아는 그 모습을 보며 '저 사람은 정말로 화상이 있을지도 모르지'라고 생각했다.

"아깝군. 난 당신처럼 재능 많은 친구를 좋아하거든. 내가 못하는 걸 해내는 사람은 더더욱. 난 시기 같은 걸 해본 적은 한 번도 없어. 똑똑한 사람을 보면 기분도 좋아지지. 하지만 어쩔 수 없군. 그래도 아깝군."

막시민이 저도 모르게 입술을 꽉 깨물 정도로 직접적 위협을 듣고도 조슈아는 다른 생각에 빠진 사람처럼 무심하게 대꾸했다.

"아깝다니, 뭐가요?"

막시민은 주위를 두리번거렸다. 도움을 청하러 가기엔 상황이 너무 급박했다. 대책 없이 뛰어드는 건 더더욱 안 된다. 그러던 그의 눈에 벽에 걸린 은거울이 들어왔다. 은거울처럼 값비싼 것이 어째서 이런 사람의 집에 있는지 몰랐지만 일단 떼어들었다.

"예전에 내가 아는 사람 중에 배우가 있었거든. 미인이고, 노래도 연기도 그럭저럭 했어. 그런데 성격은 나쁘더란 말이야. 모든 게 다 주어지는 법은 없나 봐."

조슈아가 작게 미소 지으며 말했다.

"나도 그런 배우를 한 명 알고 있는데. 그렇지만 악당은 아니고 다만 신경질이 심한 정도였죠."

"글쎄, 신경질이 심한 것도 사람에 따라 참아줄 수 없을 때도 있지. 내가 말한 여자는 자기가 일생에 죄라고는 짓지 않은 줄 알더란 말이야. 사람이라면 누구나 어느 정도의 죄는 짓고 살기 마련인데."

그 말을 듣는 순간 줄곧 빼어난 연기력을 발휘하고 있던 조슈아도 일순 평정이 흐트러졌다. 그러나 곧 일상적인 어투를 가장하며 말했다.

"그런 거야 그리 큰 죄는 아니기 마련이잖아요."

"아까 말했잖아. 사람에 따라 다르다고. 누군가한테는 작은 죄라도, 누군가에겐 죽어야 할 죄일 수도 있는 거지."

거울이 느리게 돌려졌다. 각도를 조심스레 맞추자 드디어 낯선 남자의 뒷모습이 비쳤다. 건장한 체격과 검은 옷, 연한 금발. 그리고 얼굴을 조금 돌렸을 때 조슈아가 쓰던 것과 똑같은 가면이 비쳤다.

"남의 죄를 자기 기준으로 판단해도 되는 사람은 없다고 생각해요."

"사람에겐 모두 개인의 기준에 따른 죄와, 결백이 있는 거야. 자신의 기준을 따르지 못한다면 남의 기준을 따르겠나?"

"자기 기준으로 단죄해도 되는 사람은 자신 한 명뿐일 텐데요."

"자신 한 명조차 어찌지 못하는 자들이 많지. 그렇게 스스로 결정하지 못하는 자들을 위해 심판관이 필요해."

"당신이 심판관이란 말인가요. 그러면 당신의 죄는 누가 묻죠?"

거울 속에서, 남자가 테이블 아래 숨겨져 있던 손을 들어 올리는 것이 비쳤다. 보기만 해도 오싹해지는 거대한 손을 한 번 쓰다듬은 남자는 손에 맞춘 듯한 장갑을 꺼내 천천히 끼었다. 그러더니 다시 한번 입꼬리를 올리며 미소를 지어 보였다. 그 모습을 보면서 조슈아는 이 남자가 지금까지 가면으로 가렸기 때문이 아니라, 정말로 입만 움직여 웃었다는 것을 깨달았다.

"당신하고의 이야기, 무척 즐거웠어."

조슈아는 검지로 한때 자기 얼굴에 씌워졌던 가면의 윤곽선을 그려보더니 대담하게 말했다.

"그 사과처럼 다룰 참인가요?"

"당신도 죄가 없다고 할 참인가? 그 배우처럼?"

약 오 초간, 팽팽한 긴장감이 흘렀다.

열린 입구를 통해 막시민이 걸어 들어온 것은 그때였다. 막시민은 조슈아에게 손짓으로 인사하며 가면 쓴 남자를 보더니 놀란 것처럼 말했다.

"오, 이런. 가면 사나이로군요."

"……."

더이상 대답은 없었다. 그림자처럼 스르르 일어난 남자는 어느새 테이블 맞은편에 가 있었다. 장갑 낀 오른손으로 조슈아의 목을 움켜쥐기까지 저항은 전혀 받지 않았다. 잠깐 만에 의식을 잃은 조슈아의 목이 푹 꺾였다. 이제 사과를 부수던 그 손으로, 조금만 잡아 꺾으면 끝장나는 순간이었다.

놀랍게도 막시민은 당황한 기색 없이 말했다.

"인질 따위를 잡을 정도로 소악당일 줄은 몰랐는데."

남자의 눈썹이 미묘하게 움직였다.

"인질이라니? 내가 목적한 건 처음부터 이자야."

"거짓말이거나 뭘 모르거나 둘 중 하나로군. 조슈아를 죽

250
—
데모닉 2

이는 것만이 전부일까? 그렇다면 배우는 왜 죽였지?"

막시민은 대담하게 말하며 한 발짝 더 들어왔다. 확실한 근거는 없었지만, 그의 추리에 의하면 뮤치아 베네벤토가 아직 살아 있을 가능성은 없었다. 또한 조슈아를 없애러 온 이자가 그녀를 처치한 당사자일 가능성은 매우 높았다. 그러나 진짜 도박은 그 이상의 것이었다. 막시민은 지금 조슈아뿐 아니라 자신을 비롯한 목격자들도 죽이고 가야 되지 않느냐고 물은 것이었다. 남자가 태연하게 대꾸했다.

"물론 아르님 소공작을 흡족하게 없앤 뒤에 너도 처리할 예정이었어. 네가 막시민 리프크네겠지?"

짐작한 바대로 이름도 알고 있었다. 그러나 막시민은 안경다리를 매만지며 냉소를 지었다.

"나처럼 시시한 희생자의 이름까지 알아봐주시니 대단한 영광이군. 난 말이야, 혹시나 내가 죽더라도 다룰 줄도 모르는 검이나 마구 휘두르는 애송이의 손에 걸릴 줄 알았지, 당신처럼 대륙의 강자들 사이에 이름 한자리 올릴 만한 전문가와 맞닥뜨릴 줄은 꿈에도 몰랐다고. 조금 감동했다고 해야 하나?"

남자가 갑자기 짧은 웃음을 터뜨렸다.

말하는 동안 막시민은 상대방을 면밀히 관찰했다. 사냥감을 문 맹수처럼 도사린 느낌은 없다. 장난삼아 친구의 목을 쥔 것처럼 편안해 보여도, 심지어 빈틈투성이로 보여도 함부로 행동했다간 바로 끝장이란 느낌이 드는 건 모든 초식동물들이 갖는 위험에 대한 감각일까. 막시민을 향해 경계심조차보이지 않는 이유는, 상대도 되지 않는다는 것을 잘 알기 때문일까.

그런 자일수록 더더욱 당당한 태도를 보여야 한다. 그래야저자의 행동을 늦춰 조금이라도 시간을 벌 수 있다.

웃음을 그친 남자가 말했다.

"그런 말을 늘어놓는다고 살아나갈 수 있다고 생각하는 건아니겠지?"

"살리고 죽이고는 당신 영역이고. 난 내가 하고 싶은 말이나 할 뿐이야."

"무슨 근거로 내가 전문가라고 추측했나?"

막시민은 꽤 여유 있는 미소까지 입에 올렸다.

"한눈에 알아봤다고나 할까. 뭐, 이름 날리는 대륙의 강자들에 비하면 한 수 떨어질지도 모르지만, 그래도 일반인들이상상 못 할 경지란 것만은 확실하지."

조심스레 미끼를 던졌다. 그러나 남자는 바로 물지 않고 빙글빙글 웃었다.

"너도 꽤 교활한 말을 하는군. 하지만 그다지 감동적일 건없었어. 대륙의 강자들? 그 항간에 떠도는 이야기를 말하는 건가? 그런 건 저 밖에서 목검 휘두르는 아이들이나 좋아하는 얘깃거리지. 정말로 강한 자들의 이름이 꼬마들 입에 오르내리고 있을 것 같나? 그런 자들은 이름이 드러나지 않아도 스스로 만족하고 있어."

막시민은 미심쩍어하는 표정을 지었다.

"아노마라드의 강피르 자작, 렘므의 지나파 공주, '청동 번개'의 용병대장 두르가나. 이름이 오르내린다는 건 돌려 말해 그들의 실력이 아이들조차도 알 정도로 공인됐단 뜻이잖아? 이런 사람들보다 더한 실력자가 있다는 얘기야말로 그냥 적당한 수준들끼리 서로 듣기 좋자고 하는 말이 아닐까 싶은데."

"나도 당신처럼 생각한 때가 있었지."

그렇게 말한 남자는 축 늘어진 조슈아를 껴안다시피 하며 다시 테이블 앞의 의자에 앉았다. 다시 말해, 대화를 나눌 태도를 취했다. 막시민도 기대하지 못했던 변화였다.

"강한 전사로 이름난다는 건 수없이 많은 도전을 견뎌냈다는 의미도 되지. 그런데 보라고. 당신이 언급한 세 사람은 평민이 감히 범접하기도 힘든 막강한 권력의 실세들이잖아. 그들에게 가서 한번 겨뤄보자고 할 만한 사람이 얼마나 될까? 점잔 빼는 귀족들끼리 그런 짓을 할까? 지나파 공주는 그래도 저들끼리 끊임없이 겨루는 렘므 왕궁의 기풍으로 볼 때 보통 이상의 실력을 가진 건 틀림없다. 엘베 전투에서의 전공으로 봐도 그렇고. 그렇더라도 왕의 누이라는 막강한 배경이 작용하지 않았다곤 말 못 할걸. 그리고 '청동 번개'의 두르가나, 이자가 문제인데 말이지, 난 이자와 몸소 한차례 겨뤄본 일이 있거든."

남자의 얼굴에 자신만만한 표정이 떠오르는 것을 본 막시민은 기다렸다. 그가 무슨 말이든 하도록.

"젊었을 땐 어땠는지 모르겠지만, 이젠 정말로 늙었더군. 체면을 차려줘야 하는 자리가 아니었다면 몇 분으로 끝장냈을 텐데."

"그 말은 당신이 그들보다 더 강하다는 의미인가?"

"왜, 믿어지지 않나? 증명할 방법은 아주 많지만 내 품에 소중한 전리품이 있다 보니 지금은 번거롭고…… 강피르 자작 얘기를 마저 해야겠군. 그자야말로 헛물이야. 이 정도는 겨뤄보지 않아도 알아. 그래, 그 얘길 해야겠군. 지난번 실버스컬 말이야."

막시민도 실버스컬이 루그란 왕국에서 시작된 전 대륙적 검술 대회이며, 열다섯 살부터 스무 살이 넘지 않은 남녀만 참가할 수 있다는 정도는 알고 있었다. 물론 검을 배워본 적도 없는 그로선 관심 밖이었기에 아는 거라곤 그게 전부였다.

"강피르 자작의 아들이 작년까지 실버스컬에 나갔지. 4회 연속 우승이라 그해 드디어 5연패를 달성하리라고 호사가들이 지겹도록 떠들어대서 나까지 그걸 구경하러 갔지 뭐겠어. 뭐, 결론적으로 얻은 게 전혀 없지는 않았지만. 아, 혹시 소문 들었나?"

"무슨 소문 말이지?"

"작년 실버스컬 우승자에 대한 소문 말이야."

남자는 자기 이야기에 도취되어 어느새 느긋하게 말을 이어갔다. 급할 것이 하나도 없다는 투였다. 막시민은 아무것도 몰랐지만 대강 넘겨짚으며 말했다.

"강피르 자작의 아들이 우승하지 못했다는 정도는 알아."

"그래. 우승하지 못했지. 결승전에서 말이야, 정체 모를 무명의 소년에게 형편없이 당했다고. 내 평생 실버스컬 결승에서 그렇게 한심한 경기는 처음 보았어. 슬슬 봐주다가, 일방적으로 몰아치니 그냥 끝나버리더군. 지난 네 번의 경기에서 녀석이 어떻게 우승을 했는지 불가사의할 정도였단 말이야. 반면 우승한 녀석은 아주 괴이쩍은 검술을 쓰던데. 아직도 그 녀석의 정체가 좀 궁금해."

이쯤에서 반론을 제기해주는 게 좋을 것 같았다.

"아들의 실력이 아버지의 실력을 가늠하는 잣대가 될 순 없잖아."

"무슨 소리. 그 녀석은 단순한 아들이 아니라 강피르 자작이 당당하게 자랑하며 키우는 제자야. 그 나이를 먹도록 그 정도밖에 전수하지 못하고서 무슨 놈의 대륙의 강자야? 게다가 강피르 자작 그자가 사람들 앞에서 실력을 보인 지도 벌써 몇 년이 흘렀단 말이야. 궁정 자작이 되더니 겉멋에 들떠서 뱃살만 찌운 게 틀림없지. 아니라면 검술로 오른 자기 위치를 확고히 하기 위해서라도 사람들 앞에서 자주 실력을 보였을걸."

"그럼 도대체 당신이 알아주는 강자들이란 누구지? 있긴한 건가?"

"아, 있고말고."

남자가 얼굴에 흡족한 미소를 띠웠다.

"앞서 말한 셋하고 같이 말해지곤 하지만 야만인 시고누는 수준이 다르지. 직접 보지 못했으니 판단은 미루겠지만, 야만족에 대한 사람들의 공포심이 후광을 줬을 가능성을 배제할 순 없을 거야. 그래도 엘베 전투에서의 전적은 신기에 가까운 거니까 일단 인정해주자고."

"그뿐이야?"

"글쎄, 그다음부터는 내가 말해도 넌 누군지 알지도 못할걸?"

그래봤자 조금 기다리면 남자가 술술 말을 풀어놓을 걸 알고 있었다.

"뛰어난 전사라고 하면 렘프 군인이나 레코르다블 용병을 떠올리는 사람이 많지만, 내가 속한 암살자들의 세계에서 단연 최고로 쳐주는 건 트라바체스 출신들이다. 워낙 세력 다툼과 음모가 발달한 나라라서 그런지 아니면 타고난 성격들이 그런 건지, 그자들은 하나같이 치밀하고, 잔인하고, 빠르지. 다시 말해 최고인데, 그중에서도 '재단사'라고 하면 다들 이름만으로도 한 수 접어준다. 내가 이 분야에서 유일하게 인정하는 사내라고나 할까. 다만 그자는 트라바체스 사람답게 절대 복종하며 섬기는 주군이 있어서 사사로운 의뢰는 받지 않거든. 그래서 나와 부딪힐 일은 없었지. 그리고 어디 보자⋯⋯ 그래, 그자가 있군."

남자는 즐거운 추억을 생각하는 것처럼 가면 아래 입술을 한껏 좌우로 올렸다.

"그자는 진짜로 무명 검사인데, 벨크루즈 지방에서 단 한번 우연히 마주쳤을 뿐이야. 그자도, 나도, 싸울 이유 같은 게 있을 리 없었고 실력도 숨긴 채 재미 삼아 시골 잔치에 어울렸던 거라 검을 맞댄 이유도 가벼운 술내기 같은 거였지. 하지만 한번 겨뤄보고 그와 나 둘 다 더이상 상대를 건드리고 싶어 하지 않았어. 솔직히 말하자면⋯⋯ 정면 승부에서 필승의 자신감이 없었다고나 할까. 이 내가 말이야. 그때 세상에는 숨어 있는 강자들이 많다는 걸 확실히 느꼈거든. 그래서 지금 이런 말도 하고 있는 거고."

설명이 끝나가고 있는 까닭에 막시민은 머리를 굴려 할말을 짜냈다.

"그러면 그들 중 당신의 위치는 어느 정도지?"

남자는 얼른 대답하지 않고 미소를 지으며 빈 찻잔을 만지작거렸다. 예상대로 이런 대화야말로 그의 구미에 딱 맞는 놀이였다.

"강하다는 것은 진지한 문제야. 내가 하는 이야기가 호사가들의 입담으로 들릴지 모르지만 난 이 문제를 한 번도 가볍게 여긴 일이 없어. 그래, 나는 어디에 있느냐고 했던가? 그건 확언할 수 있지. 나는 누구보다도 강해."

"아니, 무슨 수로 그런 걸 확신하지?"

그때였다.

컹!

개 짖는 소리가 들리는가 싶더니 세자르가 키우는 커다란 개가 식당으로 돌진해 들어왔다. 그동안 너무 순해 보여서 사냥개가 맞나 의심했는데, 그런 생각이 무색하도록 전광석화처럼 빠른 공격이었다. 한달음에 목표를 향해 달려든 개는 펄쩍 뛰어오르며 앉아 있는 남자의 목을 물어뜯으려 했다. 그 뒤로 벌어진 일도 한순간이었다.

남자는 오른손을 내밀어 개의 목을 움켜쥐었다. 다른 손으로 균형을 잡는가 싶더니, 선명한 파열음이 식당을 울렸다.

우두둑.

불필요한 동작 같은 건 없었다. 최소한의 움직임으로 어른의 몸집만 한 개를 제압하고, 손을 놓았다. 목뼈가 부러진 개가 바닥에서 얼마간 버르적거렸다.

"……."

막시민이 입을 열지 못하는 사이 남자는 장갑을 고쳐 끼며 중얼거렸다.

"내 손은 목을 조르기 위해 만들어졌어. 가장 어울리고, 가장 자연스럽지. 다만 예외가 있다면 저 네발 달린 짐승들이야. 놈들은 숨이 끊어지는 동안 앞발로 옷을 다 할퀴어놓거든. 켈티카에서 주문한 슈트 같은 걸 입고 있을 땐 정말 낭패지. 아참, 우리가 무슨 얘길 하고 있었더라. 그렇지, 어째서 내가 가장 강하냐고 물었던가? 너무 당연한 얘기라서 좀 지루하지만 설명을 못 할 문젠 아니야."

개의 움직임이 멎었다. 벌어진 입에서 흐른 침만이 마룻바닥을 서서히 적셨다. 막시민은 어금니를 꽉 깨물며 애써 눈길을 주지 않고 남자를 주시했다.

"간발의 차이로 생사가 갈리는 세계에서 필승을 단언하다니 이상하게 보일지도 몰라. 하긴 그래. 만일 그들 모두와 내가 실버스컬 같은 경기에 나아가 싸운다면 내가 우승한다는 확신은 못 해. 하지만 경기장이 아니라 거리에서 마주쳤을 때

나를 어찌할 자는 아무도 없어. 귀족 나부랭이들은 찾아내지도 못할 뒷골목을 실재하는 무한 경쟁의 검투장이라고 한다면, 난 틀림없이 그곳의 승자야. 왜인지 궁금하겠지? 왜일 것 같나?"

막시민은 대답을 짐작했지만 일부러 말하지 않았다. 그런 말은 본인의 입에서 나오게 하는 편이 가장 좋았다. 예상대로 남자는 대답하지 않는 막시민을 보고 가면 전체를 움직이며 소리만 없는 홍소哄笑를 터뜨렸다.

"내가 그 누구보다도 비열하고, 수단 방법 가리지 않고, 명예를 모르기 때문이야. 정정당당한 결투 따위가 현실의 아레나에 있을 것 같나? 난 필요하다면 그의 갑옷에 은밀히 흠집을 내고, 무기를 감추고, 말의 배에 단도를 찔러 넣고, 가장 고통스러운 과거를 들추고, 놈이 사랑하는 여자의 목을 잘라 내보여서라도 상대를 무너뜨리고, 이길 거다. 내가 따르는 유일한 기준은 나의 만족, 그리고 잘 만들어진 것에 대한 감동이야. 훌륭한 암살과, 그에 어울리는 훌륭한 희생자."

그렇게 말하며 남자는 눈을 감고 있는 조슈아를 흘끗 보았다.

"인재는 드물고 천재는 귀하지. 데모닉, 데모닉, 그러기에 도대체 뭔가 궁금했는데 과연 흥미 있었어. 이 정도의 보석이라면 내 손으로 한 번쯤 바스러뜨려보고 싶은 것이 당연하지 않아? 내 손을 쓸까, 다른 손을 쓸까, 그걸 알고 싶어서 아까부터 죽 대화해봤는데 생각 이상으로 즐겁기까지 하더라고."

막시민은 말없이 죽은 개를 흘끗 보았다. 저런 목을 부러뜨린 손이라면 조슈아 같은 녀석은 정말 이쑤시개 꺾듯 손쉽게 죽일 것이다.

"대답이 없군그래. 안 좋은 상상을 하나? 이만큼 들었으니 충분히 짐작하겠지만 내가 만일 당신을 놓친다면 당신 가족은 내 손에 남아나지 않을걸. 말 탄 자를 잡으려면 말을 쏘아야 한다는 건 당연한 이치지."

거기까지 말한 남자는 말을 끊고 잠시 가만히 있다가 다시 입을 열었다.

"창밖으로 누군가 다가오고 있군그래. 아마도 이 집 주인이겠지. 왜 문으로 들어오지 않고 창 쪽으로 올까? 뭔가 낌새를 챘기 때문이겠지?"

그 순간 막시민이 갑자기 큰 소리로 말했다.

"당신, 유령의 존재를 믿나?"

그와 동시에 기절한 줄 알았던 조슈아가 손을 뻗어 남자의 오른손을 움켜잡았다. 기대했던 막시민은 얼빠진 표정이 됐고, 남자는 그야말로 가소롭다는 듯 내려다보았을 때였다. 다시 한번, 뼈가 꺾이는 파찰음이 울렸다. 우둑, 하고.

"조슈아, 너……."

쇠로 만든 게 아닌가 싶을 정도로 무시무시해 보이던 그 손이, 손목 관절이 꺾여 볼썽사납게 축 늘어졌다. 조슈아는 기절했던 것이 아니었다. 막시민에겐 들리지도 않는 창밖의 기척까지 알아내는 사내를, 오직 연기력만으로 속였던 것이다. 기회를 노리면서.

거기까지는 막시민도 알고 있었다. 마지막 순간 조슈아가 눈을 뜨고 가만히 눈짓하는 것을 보았던 것이다. 물론 무슨 계획을 갖고 있는지는 전혀 몰랐다. 다만 눈길을 끌어줘야 한다는 것만은 눈치챘기에 소리를 쳤다.

테이블이 와락 벽 쪽으로 밀려났다. 이어 조슈아가 남자의 무릎에서 천천히 몸을 일으키더니 벽 쪽으로 물러났다. 그런데 뜻밖으로 남자는 조슈아를 제지하려 하지 않았다. 오히려 자신의 손을 내려다보더니 기묘한 비웃음을 머금었다. 자기가 너무 말을 많이 해서 일을 그르쳤다고 생각하는 것일까.

그렇지 않았다.

"응, 이젠 믿겠는데."

남자가 한 대답이 무슨 질문에 대한 것인지 처음엔 깨닫지도 못했다. 막시민이 외친 '유령의 존재를 믿느냐'라는 말은 그야말로 생각나는 대로 내뱉은 말에 불과했다. 아마도 이자와 맞닥뜨리기 전까지는 막시민의 머릿속을 가장 어지럽히던 문제였기 때문에.

"소공작, 당신의 몸 어디를 봐도 지금 내 손목을 부러뜨릴 만한 힘이 나올 구석은 없거든. 유령이라도 쓴 건가."

그런 상태로도 조금 전 자족적으로 떠들어대던 말투와 달라지지 않았다는 것이 놀라웠다. 마치 오른손의 존재 유무 정도는 너희를 처리하는 데 아무런 장애가 되지 못한다는 것처럼.

그때 조슈아가 말했다.

"이로써 오늘 당신의 시도는 조화의 우미優美를 잃게 됐군요. 이건 후렴구가 길어지다 못해 압운이 흐트러진 시와 마찬가지죠. 다시 말해 피날레가 없는 악극이랄까요. 내가 당신이라면 여기저기 기운 누더기에 만족하느니 새 무대를 마련해 다시 시도할 겁니다."

상식적으로는 전혀 귀를 기울이지 않을 것 같은 말을 들으며 막시민이 눈살을 찌푸리는 가운데 뜻밖의 결과가 벌어졌다. 남자가 구체적인 설명을 요구했던 것이다.

"그럴지도 모르지. 그럼 당신은 이 시점에서 내가 놓친 압운이 뭐라고 생각하지?"

조슈아는 손을 들어 자기 목을 천천히 매만지며 대답했다.

"당신의 특별한 오른손으로 내 목을 부러뜨려 죽였어야 했죠. 남들과 다를 바 없는 지루한 왼손이 아니라."

보통 사람으로선 납득할 수 없을 대화였으나 남자는 고개를 끄덕이며 다시 물었다.

"그다음엔?"

조슈아는 주변을 두리번거리더니 손을 들어 식당 창밖의 처마를 가리키며 말했다.

"저기쯤 매달면 어떨까요."

막시민은 '무엇을?'이라고 물으려다가 꾹 눌러 참았다. 몰라서 물으려 한 것이 아니었다. 그런 정신 나간 대화를 참기 힘들었던 것이다.

"나쁘지 않아. 아니, 좋군. 당신은 과연 예술가다워."

그렇게 말하며 남자는 아쉬운 듯 자기 손을 내려다봤다. 그가 무슨 생각을 하고 있을지 느껴져서 막시민은 다시 한번 안경을 밀어 올리며 입술을 조금 떨었다.

"당신이 말한 압운은 강하고 멋이 있군. 그런데 끝 소절 변형은 없는 건가? 정통 루그란식은 아니지만, 훨씬 역동적인 느낌을 주기 때문에 좋아하는데."

조슈아는 거침없이 대답했다.

"그쯤에서 변조도 나쁠 것 없죠. 대단원을 밀어 올리는 느낌을 주려면 이 방에 불을 지르거나, 당신 자신을 살해하는 것은 어떨지. 아니면 밖의 풀밭을 피로 적셔서 까마귀들을 부르는 것도 한 방법이겠죠. 피가 좀 많이 필요하겠지만."

농담의 선은 이미 넘었다. 일부러 무시무시한 이야기를 하

264

데모닉 2

며 즐기는 사람들은 종종 있다. 그러나 명백한 살의를 가진 자 앞에서 자신을 죽이는 방법, 그리고 죽인 뒤의 연출에 대해 논하고 있는 인간의 정신은 무엇으로 만들어져 있는지 궁금했다.

"한 명으로 부족하면 여러 명을 쓰면 되지."

"글쎄, 무차별적인 학살자가 되어서는 고상함을 잃는다고 보는 게 내 의견입니다. 내가 제대로 이해했다면 좀더 중요로운 선별이 필요한 분야가 아닐까요, 당신의 예술이란 건. 피를 많이 뿌리려면 내 시체를 여러 조각으로 잘라요. 단, 밖에 나가서. 이곳을 더럽히는 건 이른바 잡음일 뿐."

말을 맺는 조슈아의 뺨이 눈에 띄게 창백해져 있었다. 다가서면 실핏줄이 들여다 보일 지경이었다. 그런 상태로도 그는 하려던 말의 끝을 맺었다.

"당신은 직업적 자신감을 갖고 효율적으로 일하는 사람이지, 압생트에 취한 예술가 같은 부류는 아니니까."

남자가 천천히 테이블에서 일어섰다. 막시민은 그가 돌발 행동을 취할 경우 대처할 방법이 있을까 재빨리 계산해보았다. 가능성이 적긴 해도 처음보다는 승산이 있었다. 커튼 뒤에서 지켜보고 있는 사람도 그 정도라면 뛰어나와줄 테니까…….

조슈아의 낭랑한 목소리가 들려왔다.

"그럼, 안녕히 가세요. 사흘쯤 뒤에 다시 뵐까요?"

"나흘로 하지."

테이블 옆으로 빠져나오며 남자가 문득 생각난 듯 말했다.

"조언 하나 하자면, 소공작이라면 지금의 내 목소리를 정확히 기억할 텐데 소용없는 일이야. 난 다섯 가지 이상의 전혀 다른 목소리를 갖고 있거든."

막시민이 여전히 긴장을 풀지 않고 노려보는 가운데 남자는 천천히 식당을 가로질러 입구로 나갔다. 안도해도 되는 걸까, 정말로 간 것일까, 이 상황은 도대체 뭔가…….

"아, 잠깐만."

조슈아가 갑자기 남자를 불러 세웠다. 살인자가 자기 스스로 가고 있는데!

"당신을 뭐라고 부르면 될지. 이름이 안 된다면 별명이라도 가르쳐줬으면 좋겠군요."

남자는 돌아보더니 이젠 가면의 일부처럼 움직이는 미소를 지어 보였다.

"샐러리맨Salary man."

남자의 모습이 복도 너머로 사라지고 입구의 문을 여닫는 소리가 들렸다.

"……."

침묵이 흘렀다. 조슈아도, 막시민도, 그 자리에서 꼼짝도 하지 않았다.

잠시 후 조슈아가 막시민에게 시선을 돌렸다. 눈이 마주쳤을 때 막시민은 친구가 맥이 탁 풀린 미소를 짓는 걸 보았다. 그 얼굴 그대로 녹아내려 잠에 빠져버릴 것처럼.

"네가 무사해서 다행이다."

마지막까지 가장한 태연자약함은 조슈아의 생기를 바닥까지 긁어낸 결과였다. 웃으며 농담하다가도 사람을 죽여버릴 수 있는 자를 상대로 버텨낸 힘은 오직 연기력뿐이었다. 지금껏 해온 어떤 연기보다도 힘든, 현실의 연기였다.

연기의 가면을 걷어낸 곳에는 자신을 구하겠다고 죽을 자리에 뛰어든 친구 때문에 떨었던, 그를 살리려면 한끗도 흔들려선 안 되었던 연약한 사람이 있었다. 그런 채로 넋 나간 얼굴을 하고 있었다. 이제는 그래도 되기 때문에.

인상을 찌푸린 막시민은 다가가 휘청거리는 조슈아를 붙잡았다. 그리고 화를 참지 못해 소리질렀다.

"넌! 정말로…… 널 죽이겠다고 찾아온 암살자하고 천연덕스럽게 시 짓는 얘기나 하고 앉았냐! 물가에 내놓은 애처럼 하는 짓이 그게 뭐야!"

본심은 그렇지 않은데도 그런 말밖엔 나오지 않았다. 막시민도 같은 상황에서 살인자를 상대로 목숨 걸고 시간을 끌었던 것이다.

팔을 잡은 손으로 떨림이 전해져왔다. 어쨌든 부축하여 일으키는 참인데 테이블을 짚은 손등에 물방울이 툭 떨어졌다. 막시민이 조슈아의 턱을 들어올렸다.

"병신같이 울긴."

말은 그렇게 했지만 정말로 화가 난 것은 아니었다. 조슈아도 턱을 꽉 물며 참으려고 했지만 도리 없었다.

"……죽어버렸어. 뮤치아는 상관없는데, 누나처럼, 나란 놈은……."

거기까지 말한 조슈아가 한 손 주먹을 부러지도록 쥐며 손목을 비틀었다. 더 많은 눈물이 쏟아져 뺨과 테이블 모서리를 적셨다. 스스로에 대한 분노가 죄책감만큼이나 컸다.

막시민이 쓰게 중얼거렸다.

"젠장. 내가 충분히 경고했는데도 가버렸단 말이다, 그 여자는."

막시민은 조슈아의 어깨를 놓아주었다. 테이블을 짚고 서서 고개를 숙인 채로, 견뎌온 것이 한꺼번에 터져 한참 동안 끊겼다 이어졌다 하는 숨소리만 들렸다. 막시민은 달래지도 다그치지도 않았다. 그냥 실컷 울도록 내버려두었다.

한참 시간이 흐르고 숨을 고른 조슈아의 목소리가 들려왔다.

"여길 떠나야 돼. 빨리…… 리체는 어디 있지? 몽플레이네 씨도…… 나흘 동안 최대한 멀리 가야 돼."

긴 속눈썹에는 여전히 눈물이 맺혀 있었지만 오랫동안 이
러고 있을 수 없다는 걸 조슈아도 알고 있었다.

광기와 이성의 경계

날 미친 사람이라 불러도 좋지만
날 두고 가는 것은 용서 못 해.
내가 미쳤다면
당신은 악하지.

〰

　숲길은 끈적거렸다. 숲속에만 비가 내린 듯했다.

　물웅덩이를 피해 밟으며 나아가는데도 신발 속에 스며든
진흙이 질척거렸다. 밑창이 얇은 신발을 신은 리체가 특히 심
했다. 하지만 그녀는 아무 말 없이 성큼성큼 걸어갔다. 허리

에는 세자르가 준 목검 한 자루, 그리고 질긴 천으로 만든 가방을 어깨에 멨다. 가방 안에는 내용물을 끝까지 밝히지 않은 보따리 하나와 둥근 빵, 두툼한 치즈, 다진 고기를 구운 것 등이 차곡차곡 챙겨 넣어져 있었다.

걷어올리지도 않은 바짓가랑이가 물과 진흙으로 범벅이었지만 막시민이 닦는 것은 유일하게 안경뿐이었다. 지금도 안경을 벗어 한차례 닦은 뒤, 주의깊게 사방을 둘러보고는 걸음을 재촉해 갔다.

반장화에 허리길이의 망토 차림인 조수아는 숲에 들어서기 전에 각반을 쳐서 비교적 걷기가 쉬웠다. 그러나 젖어 늘어진 머리가 눈가를 찔러대어서 자꾸만 이마를 쓸어 올려야 했다. 생각에 잠겨 걸음걸이도 어딘가 불안정했다.

나뭇가지 틈에서 흐릿하게 반짝이던 해가 이윽고 불에 단 석쇠처럼 발갛게 달아오르기 시작했다. 등짐을 지고 앞장서서 걷던 세자르가 멈춰 서더니 돌아보았다.

"여기서 요기를 하고 갑시다."

마땅히 앉을 곳이 없어서 남자들은 근처에 있는 나무에 기대섰다. 리체가 가방을 열어 빵을 하나씩 나눠주고 고기와 치즈도 조금씩 잘라주었다. 그런 다음 자신은 약간 발돋움해 낮게 뻗은 가지 하나에 걸터앉았다. 세자르는 젖는 것도 개의치 않고 바위 하나를 골라잡아 앉더니 눈 깜짝할 사이에 모두 먹어치웠다.

다른 사람들도 말없이 먹어치우는 데 고작 오 분여가 걸렸을 뿐이었다. 그나마 조슈아는 잘 먹지도 않았다. 얼마간 먹다가 빵을 절반 쪼개어 막시민에게 건네주었다. 말하진 않지만 틀림없이 입맛에 맞지 않는 것이다. 잔소리해봤자 소용없다는 걸 알기에 받아서 두 입 만에 끝장내버린 막시민은 선 채로 다리를 풀었다. 조슈아가 망토 자락을 여미며 말했다.

"여름밤치고는 싸늘한데."

"먹어서 살을 찌우면 안 추워져."

그렇게 대꾸하는 막시민도 조슈아에 비해 낮다뿐이지 깡마른 건 마찬가지였다. 조슈아는 쓴웃음을 지었다.

"나한테 그런 투자론 본전도 안 나오더라고."

두 소년은 나무에 기대어 하나는 나뭇잎 쌓인 바닥을, 다른 하나는 하늘을 올려다보았다. 이제 반시간도 안 돼 해가 지겠지, 그렇게 생각하며 막시민은 하늘을 관찰해봤다. 나뭇가지들로 빽빽해 잘 보이지 않았지만 다시 비가 올 것 같다는 느낌만은 확실했다. 조슈아는 젖은 장화코를 내려다보며 지금껏 걸어온 길에 대해 생각했다.

리체가 아버지를 불렀다.

"우리, 얼마나 왔지?"

"아직 멀었지."

세자르는 연신 하품을 했지만 본래 건장한 사람이라 체력은 끄떡없었다. 오늘만 해도 섬을 떠나 소드-라-샤펠로 건너온 시간을 합하면 거의 일곱 시간을 쉬지 않고 왔지만 막시민도, 그리고 리체도 무리 없이 버티어냈다. 제일 걱정되는 사람은 조슈아였는데 아직까지는 괜찮아 보였다. 하긴, 하고 막시민은 생각했다. 겉보기보다 잘 버티는 편이긴 하지.

"이런 속도로 나흘 안에 도착할 수 있을까요?"

조슈아가 묻자 세자르는 생각하는 표정으로 대답했다.

"밤을 새워가며 걸어야겠죠. 사실 도착하는 것보다 그다음이 걱정입니다."

"무슨 걱정요?"

그들은 세자르가 낮에 말한 '좀 어설프고 실패할 가능성도 높지만, 성공만 한다면 매우 편해지는 방법'을 찾으러 가는 중이었다. 그 방법을 알려줄 사람은 세자르의 옛친구라고 했는데, 말을 할 때 세자르의 표정이 계면쩍던 것으로 보아 진짜로 친구인지 조금 미심쩍었다.

어쨌든 그 사람은 루그란과 하이아칸이 맞닿은 국경 어딘가에 살고 있다고 했다. 막시민이 "루그란에 사는 겁니까, 하이아칸에 사는 겁니까?"라고 묻자 세자르는 고개를 갸웃거리며 이렇게 말했다.

"글쎄, 잘 모르겠어. 둘 다일지도 모르고."

비록 루그란과 하이아칸이 루그두넨스 연방으로 묶여 있다고 해도 최근엔 연방의 결속력도 약해진데다 엄연히 다른 왕이 다스리는 나라였다. 국경을 넘을 때 문제는 없을지 캐물어봤지만, 세자르는 고개를 저으며 문제는 그런 게 아니라고 했다. 급히 출발하느라 끊겼던 그 대화를 생각해내고 막시민이 물었다.

"그때도 국경 넘는 것은 어렵지 않지만 그다음이 문제라고 했죠? 도대체 '그다음'이란 건 뭡니까? 뭔지 알아야 좀 덜 불안하죠."

세자르가 선뜻 대답하지 않는 가운데 리체가 입을 열었다.

"난 말이야, 좀 알 것도 같은데……."

"뭘?"

리체가 세자르를 봤다.

"아빠, 그 머리 이상한 아저씨한테 가는 거 맞지?"

"아, 하하, 글쎄다……."

세자르가 불안하게 웃는 가운데 막시민이 중얼거렸다.

"머리 모양이 이상하단 말은 아닐 거고."

"안타깝지만 절대 아니야. 그 아저씨는, 음……."

리체가 말을 고르는 걸 보니 더 불안해졌다. 조슈아도 궁금한 눈으로 리체를 봤다. 리체는 조슈아의 시선을 느낀 듯했고, 그 사실이 그녀에게 영감을 준 것 같았다.

"조슈아 같아."

그 발언은 두 소년을 똑같이 놀라게 만들었다.

"뭐?"

"뭐라고?"

조슈아는 당황해서 설명을 기대하며 세자르를 쳐다봤고, 막시민은 충격받은 얼굴로 조슈아를 흘끔 보며 선언했다.

"저런 놈은 절대, 한 명으로 충분해!"

조슈아도 맥없이 덧붙였다.

"나도…… 나로 충분해."

막시민은 그동안 자신이 조슈아를 잘 안다고 믿어왔지만, 오늘 낮의 일로 그 생각을 철회했다. 오 년이나 못 만난 사이였다. 그 정도면 수천 개의 달걀이 어미 닭이 됐다가 허방다리에 빠져 죽고 남은 병아리가 꿋꿋하게 자라 다시 달걀을 낳고도 남을 시간……이라고 생각하다가 자신이 달걀을 먹고 싶다는 걸 깨닫고 한심한 기분이 들어 생각하기를 관두었다.

어쨌든 녀석은 예전의 무시무시하면서도 상냥한 꼬마가 아니었고, 오래전엔 씨앗에 불과했던 뭔가가 방치해놓은 덩굴처럼 자라난 느낌이었다. 그러니까 방치한 장본인이 누구인가 하면…… 왠지 모르게 자신이라는 기분이 들었다.

어쩌면 그런 변화를 가장 잘 아는 사람은 조슈아 본인일지도 모른다.

"내가 그 아저씨를 열 살 땐가 보고 그후론 못 봤다는 걸 전제해두겠는데, 어쨌든 세상의 마법사들이 다 그렇다면 마법이란 종류 불문하고 무척 위험한 게 틀림없을걸. 그 아저씨가 방구석에서 기르던 버섯한테 햇빛이 필요하다고 자기집 지붕을 날려버리던 기억이 아직도 선하네."

막시민은 세자르를 돌아봤다.

"폭파 전문가입니까?"

"……."

"젠장, 이거 가도 되는 거야?"

반면 조슈아는 키득거리면서 고개를 끄덕였다.

"그 지붕을 실수로 날린 게 아니라 일부러 그런 거라면 일단 보통 실력의 마법사는 아니겠네."

막시민이 눈을 가늘게 떴다.

"너 닮았다고 편드냐?"

"그런 건 아니고……. 어쨌든 여기까지 왔는데 계속 가는 것 말고 달리 대책도 없잖아?"

조슈아의 말을 기회로 여긴 세자르가 바위에서 일어나며 휘휘 손짓했다.

"자아, 그러니까 서두르자고. 나흘뿐이잖아. 난 지금도 그놈 생각만 하면 등골이 시큰거린다."

막시민도 조슈아도 기댄 나무에서 몸을 일으켰다. 세자르의 '그놈' 운운은 확실한 효과가 있었던 것이다.

사흘째, 그들은 결국 말을 구해야 했다. 두 번의 밤을 꼬박 새우며 걸어갔으니 낮에 잠깐씩 쉰 것을 감안하더라도 모두 초죽음이 될 수밖에 없었다. 그리고 예상대로 육체적 고생을 모르고 자란 아르님 소공작은 빈사 상태에 돌입하여 일행에게 숙제를 던진 상태였다.

그런데 당연한 일이지만 말처럼 비싼 것을 살 만한 돈이 그들에게 있을 리 없었다. 막시민은 마을 어귀의 나무에 기대어 앉아 눈을 감고 있는 조슈아를 향해 들리든 말든 볼멘소리를 퍼부어댔다.

"아니, 이 자식은 아노마라드에서 둘째가라면 서러운 가문의 아들이란 녀석이 어떻게 집 나올 때 값나가는 것 하나 들고 나온 게 없냐? 하여간 정신 상태가 글렀어. 이런 도움 안 되는 놈을 데리고 다니는 내 정신 상태도 정상은 아냐."

옆에 앉아 다리를 주무르고 있던 리체가 눈만 치떠 쳐다보더니 말했다.

"그런 너희를 데리고 다니는 우리 부녀는 뭐니?"

막시민은 얼른 어조를 바꿨다.

"물론 세상에서 가장 고상한 정신을 가진 부녀지."

리체는 여전히 빈정거렸다.

"그렇지. 고상하게 돌았어. 다들."

조금 후, 잠든 건지 기절한 건지 모르게 돼버린 조슈아를 본 리체가 말했다.

"말이 아니라 수레를 구해야 되는 것 아냐?"

"그 수레는 네가 끄냐?"

"아니, 물론 말이지."

"수레를 살 때 말을 끼워준다면 참 좋겠지만 말이야."

밤잠도 자지 않고 계속 걷는 건 누구에게나 무리한 일이었다. 나흘로 끝날 예정이 아니었다면 이런 멍청한 계획을 세우지는 않았을 것이다. 그러나 놀랍게도 이의를 제기한 사람은 없었다. 잠깐 쉬려다가도, 가다가 쓰러질지언정 한 발짝이라도 더 멀어지고 싶은 충동이 들어 벌떡 일어나곤 했다. 그 정도로 강한 압박감이 그들을 몰아대고 있었다.

결국 막시민이 결론을 내렸다.

"저 자식의 겉옷을 벗겨 팔자."

그 말을 들은 리체가 한숨을 푹 내쉬며 일어나 다가왔다. 막시민이 뭔가 싶어 쳐다보는데 돈주머니 하나가 툭 떨어졌다.

"오, 이거 금화잖아? 이런 돈이 있었으면 진작 말할 일이지."

주머니를 열어본 막시민이 반색을 했다. 리체가 맥없이 대꾸했다.

"조슈아가 준 돈이나 다름없다 보니 내놓는 거야. 쟤 옷을 파느니 이것부터 내놓는 게 순서겠지."

막시민은 무슨 말인지 이해하지 못했지만 리체는 여간 속
쓰린 표정이 아니었다. 그건 리체가 조슈아로부터 얻은 〈아
쿠아리안〉 입장권 두 장을 웃돈 붙여 팔아 마련한 비상금이
었던 것이다.

하지만 안타깝게도 그 돈으로도 모자랐다. 그래서 막시민
의 계획도 실행에 들어가고 말았다. 조슈아가 깨기 전에 모든
일이 진행됐다. 녹색 키드 가죽으로 만든 짧은 망토와 실크
블라우스, 토파즈가 박힌 벨트 따위 돈이 될 만한 것들을 차
례차례 벗겨냈다. 벨트에 박힌 게 진짜 보석임을 리체가 확인
해줬을 때 막시민의 표정도 볼만했다.

흥정은 막시민이 맡았다. 리체와 세자르가 조슈아를 지키
고 있는 동안 마을로 간 막시민은 옷가지를 말 한 필과 무명
웃옷, 자루 같은 회색 망토, 그리고 얼마간의 여비로 바꾸어
왔다.

자는 사이 옷차림이 바뀐 조슈아와 발이 다 부르튼 리체를
말에 태워 출발하려 하는데 영문 모르는 세자르가 리체의 얼
굴을 보고 물었다.

"왜 그래? 슬퍼 보이네."

리체가 대꾸 없이 고개를 돌려버리자 막시민이 돌아보며
어깨를 움츠려 보였다.

"금화란 추억을 남기는 존재라잖습니까?"

"저 정도면 상상 이상으로 잘 버틴 거야."

말에서 내려놓아도 여전히 깨지 않는 조슈아를 보며 막시민이 중얼거렸다. 그들은 다시 들어선 숲길에서 작은 호숫가에 이르러 식수를 마련하는 중이었다.

"배우도 꽤 체력이 필요한 일이잖니."

하염없이 열 번 정도 세수를 하던 리체가 고개도 들지 않고 대꾸했다. 그러더니 다시 막시민을 돌아보며 말했다.

"너도 잘 버티네. 겉보기엔 조슈아나 별다를 것 없어 보이는데."

"내가 저 녀석이랑 같아 보인다니, 그런 눈으로 옷 치수는 어떻게 맞추냐."

"줄자는 됐다 뭐하니."

말이 끊어졌다. 막시민은 자기도 세수나 해볼까 하는 생각에 호숫가로 갔다. 대강 씻고 물기를 말리고 있자니 세자르가 다가와 앉은 김에 점심이나 먹자고 말했다. 막시민은 고개를 끄덕이다 말고 어색한 미소를 지으며 말했다.

"리체도 아저씨도 참, 엉뚱한 일로 고생 많습니다."

막시민도 리체에게는 얼굴 간지러워서 대놓고 이런 말을 못 했다. 세자르는 리체가 건네준 빵을 무심코 찌그러뜨리더니 생각에 잠긴 표정으로 하늘을 올려다보며 말했다.

"이건 비밀인데……."

그는 리체가 멀찍이 떨어진 곳에 앉도록 잠시 기다렸다.

"황당하게 들리겠지만, 이런 일로라도 딸애한테 도움이 되고 있다는 게 약간은 보람 있어."

"……."

세자르는 그 나이에도 아직 소년 같은, 나쁘게 말하면 철이 없는 사람이었다. 그가 자기에게 배우는 아이들을 엉터리로 훈육하고 있는 건 무슨 방침이 있어서가 아니라 일하기가 귀찮은데다 시간만 흐르면 돈을 받기 때문이었다. 억지로 이유를 만들어 붙인다면 꼬마들에게는 검술 연습보다 신나게 노는 시간이 더 필요하다는 정도일까.

"평생 저 애와 저 애 어머니한테 폐만 끼치다 보니 어느새 도움 따윈 기대할 수 없는 인간으로 낙인찍혀버렸단 말이야. 그런데 실은 나도 그 생각에 찬성이야. 내가 생각해도 꾸준한 책임감 같은 건 없는 사람이 나라서. 뭐 사실을 말하자면 처음부터 이럴 계획이었던 것은 아니었어."

"그럼 처음 계획은 뭐였는데요?"

"그냥…… 여비나 마련해주고 말았을지도 모르지. 아참, 여비로 줄 돈도 없었구나. 깜빡 잊었다. 어쨌거나 난 본래 계획성 있는 사람이 아냐. 결국 순간적인 기분 때문에……."

"순간적인 기분요? 무슨 계기라도?"

"딸애가 그 원피스를 입어줬잖아."

"……."

뭐 이런 사람이 다 있나 생각하는 중인데 리체가 다가와서 세자르는 얼른 입을 다물었다.

"나 말이야, 묻고 싶은 게 있는데."

막시민에게만 물으려는 건 아닌 듯 리체는 세자르 쪽으로도 시선을 두었다.

"'그 남자' 말이야. 나도 상황을 납득해서 이렇게 따라오긴 했지만 솔직히 말해 아직 구체적인 두려움은 없거든. 직접 보지 못한 탓이 크겠지. 그래서 말인데……."

리체는 조슈아 쪽을 한번 돌아보고 말을 이었다.

"세 사람이 공유하고 있는 '그 남자'에 대한 느낌을 설명해줬으면 좋겠어."

두 사람이 얼른 대답하지 않자 리체가 다시 힘주어 말했다.

"저렇게 될 때까지 밤새워 걷게 하는 두려움…… 말이야."

"알아봤자 좋을 거 있을까. 강행군을 납득할 수만 있으면 그냥 가는 편이 이로워."

일방적으로 말해버린 막시민이 자리를 뜨려 했지만 리체가 막아서며 장밋빛 눈썹을 치켜 올렸다.

"왜? 내가 공포에 질려 주저앉아 못 가겠다고 그럴까 봐?"

"리체, 그만둬라."

세자르가 말했지만 어차피 그의 말은 리체에게 별 영향력이 없었다.

"원해서 그렇게 된 건 아니었지만, 너와 한배를 탔다고 생각한 지도 벌써 엿새나 돼. 그동안 네가 나한테 말해준 게 뭐였니? 조슈아네 별장에 숨어 들어갔을 때도, 바이예 경이란 귀족의 집에 갈 때도, 네가 나한테 뭘 설명했니? 조금이라도 상황을 이해하게 된 건 네가 조슈아를 만나서 하는 얘기를 듣고 나서였어. 그전까지 네가 나한테 해준 말이라고는 모조리 위험하다, 죽을지도 모른다, 그것뿐이었잖아? 네가 날 죽을 위기에서 보호하고 있는 것 같니? 돌봐주셔서 정말 감사합니다, 그럴 줄 알았니?"

말의 내용과 달리 예전만큼 발끈한 어조는 아니었다. 그보다는 실망스러움에 가까웠다.

"난 네가 왜 그런지 알고 있어. 한두 번 겪은 일도 아니지. 하지만 그렇다고 기분이 나아지는 건 아니야. 더구나 지금처럼 어쩔 수 없이 같은 운명에 처한 처지끼리 그럴 땐 화가 나기보단 우울해. 아니었으면 이런 말, 꺼내지도 않았어."

그제야 막시민이 입을 열었다.

"왜라고 생각하지?"

"여자애를 사람 구실하는 존재로 보지 않으니까."

광기와 이성의 경계

"……."

아랫입술을 짓씹으며 말이 없는 막시민을 보는 리체의 표정에 기대감 같은 건 없었다. 어차피 인정 안 할 게 뻔하지, 하는 눈빛이었다.

"네 말이 오해란 걸 설명할 방법이 없군. 그렇게 원한다면 그 남자, '샐러리맨'에 대해서 설명해주지."

곁에 서 있던 세자르는 더이상 끼어들지 않고 떠날 채비를 했다. 조슈아를 말에 태웠을 무렵, 막시민이 고삐를 잡으며 짧게 말했다.

"뮤치아란 여자, 죽었어."

리체는 순간 뮤치아가 누구인지 잊기라도 한 것처럼 무표정하게 우뚝 멈췄다. 막시민이 말을 이었다.

"그자가 한 짓이지."

"죽었……어?"

막시민은 침착한 얼굴이었다.

"너도 내 말이 곧이들리지 않았던 거냐? 난 극장에 화재가 났던 날, 그 여자에게 분명히 경고했어. 떠나면 목숨은 장담 못 한다고."

그들은 곧 출발했다. 한동안 말이 없었으나 막시민이 다시 나직이 말하기 시작했다.

"그자, 처음엔 조슈아와 시와 음악에 대한 이야기를 나누고 있더군. 아주 평범한 목소리로. 뭐랄까, 도서관지기 같은 목소리랄까."

리체는 대답 없이 귀를 기울였다.

"그런 목소리로 자신이 대륙에서 가장 강한 자이고, 죄 있는 자들을 위한 심판자라고 말하더군. '책 찾아드릴까요?'라고 할 법한 그런 목소리로 말이야."

"왜 목소리에 대해서만 말하는 거야?"

"처음엔 밖에서 엿들었으니까."

묵묵히 앞서가고 있는 세자르도 귀를 기울이고 있음이 느껴졌다.

"게다가 무척 말이 많았어. 내가 시간을 끌려고 억지로 끄집어낸 화제들에 하나하나 다 답하고, 자기 의견을 덧붙이고, 내가 납득할 때까지 설명할 작정인 것 같았지. 옆에서 변죽만 좀 울려주면 혼자 열 시간은 떠들 것 같은 인간이었단 말이야. 그런데도……."

"얘기만으론 전혀 사나울 것 같지 않은데?"

막시민은 한참 동안 말을 잇지 않고 걷기만 했다. 영문을 모르던 리체도 침묵이 길어지는 동안 이유를 알아챘다. 그리고 아마도 말을 돌릴 거라고 짐작했다.

짐작은 어긋났다.

"그런데도 좀…… 무서웠어."

'다른 남자가 무섭다'고 하는 것은 남자들이 어머니도, 누이도, 아내도 아닌 여자 앞에서 가장 하기 싫어하는 이야기 중 하나일 것이다. 리체의 표정이 진지해진 건 그즈음이었다.

"그자는 무기를 갖고 있지 않았어. 아니, 숨기고 있었는지도 모르지만 어쨌든 꺼내서 겁을 주진 않았어. 다른 패거리를 데려온 것 같지도 않았고, 그다지 위협적인 말도 안 했지. 가면을 썼으니 얼굴이 무섭게 생겼는지, 그런 것도 몰랐어. 그런데 그자가 왜 두려웠을까. 이유를 안 건 조슈아가 그자에게 자길 죽이는 방식에 대해 얘기하기 시작했을 때였어."

"죽이는 방식이라니?"

막시민의 목소리에서 피로가 확 몰려오는 느낌이 들었다.

"말 그대로 자기를 어떤 식으로 죽이면 좋을지, 죽인 뒤에 시체를 어떻게 할지에 대해 조언하더군. 목을 부러뜨리고, 시체를 매달고, 어떻게 하면 많은 피를 흘릴지……. 자길 죽이러 온 암살자 앞에서 그게 할 수 있는 농담일까?"

리체는 여전히 말잔등에서 엎드려 자고 있는 조슈아의 뒷머리를 바라보았다. 지금은 그냥 잠든 소년일 뿐이었다. 그러나 바라보고 있는 동안 오한이, 아니 그보다는 발열 같은 것이 느껴졌다.

"두 사람은 정말 말이 잘 통하더군. 서로의 세계를 척척 이해하더라고. 그때 내 정신이 저런 미친 자들의 존재를 납득하기엔 지나치게 현실적이란 걸 깨달았단 말이야. 이해할 수 없는 존재가 가장 무서워. 난 아무리 간악하고 잔인한 인간도, 말이 통하지 않는 괴물과 맞닥뜨리는 것보다 낫다고 생각한다. 말이 통하지 않는 놈은 그놈이 왜 나를 죽이는지 죽는 순간까지 모르잖아. 왜 내가 죽으면 안 되는지 설명할 수도 없잖아. 심지어 살려달라고 빌 수도 없다. 제기랄, 난 그런 놈들의 손에 결코 걸리고 싶지 않아. 차라리 악당의 음모에 빠져 죽는 편이 낫지. 그리고 대화가 가능한 인간 중에서는."

앞서가던 세자르가 걸음을 멈추었다. 리체와 막시민도 멈췄지만, 막시민의 말에 담긴 감정은 오히려 격해졌다.

"납늑 못 할 정신 상태를 가진 놈들의 존재가 가장 두렵단 말이다. 괴물이라면 저들의 소굴에서 살면서 나오지 말아야지, 왜 인간 중에 그런 괴물이 있느냐 말이야!"

그때 뜻밖의 일이 벌어졌다. 죽은 것처럼 쓰러져 있던 조슈아가 천천히 몸을 일으켰던 것이다.

"아……."

리체는 당황해서 막시민을 흘끗 보았다. 막시민은 조슈아를 위해 먼 아노마라드에서 이곳까지 달려올 정도이니 둘은 보통 친구가 아닐 텐데, 조금 전의 말은 친구에게 결코 들려줘선 안 될 듯한 말이었던 것이다. 막시민의 표정은 굳어져 있었다. 그것이 조슈아 때문인지, 아니면 자신이 한 말의 여운 탓인지는 분명치 않았다.

그런데 조슈아의 얼굴에 약한 미소가 떠올랐다.

"잘 봤어. 막군은 역시 사람 보는 눈이 탁월해."

"……."

막시민은 대답하지 않았다. 옆에서 세자르의 목소리가 들렸다.

"이제 한숨 눈 붙이지 않고는 도저히 더 못 가겠다. 너희도 동의할 거라고 생각하니까, 야영 준비를 해야겠다."

일방적 통고였지만 아무도 반론하지 않았다. 그들도 이미 절반은 제정신이 아니었던 것이다.

자고 깨어났을 때는 한밤중이었다.

담요 속에서 뒤척이던 리체는 옆에서 말소리가 들려와 서서히 정신을 차렸다. 눈을 반쯤 뜨고 보니 누가 언제 피웠는지 몰라도 모닥불이 타고 있었고, 그 옆에 담요에 푹 싸인 조슈아와 무릎을 세워 턱을 괴고 앉은 막시민이 보였다.

"……네 생각도 나하고 같냐."

막시민의 목소리가 들리고, 조금 후 조슈아의 목소리가 들려왔다.

"그자는 분노나 격정에 사로잡히지 않아. 자기 말대로 자신을 '샐러리맨'으로 보기 때문이지. 다만 작업에 예술적인 완벽함을 추구하는 샐러리맨이야. 왕궁 세무관 같은 합리성에, 미친 예술가가 결합된 듯한 인물이지."

"아까도 말했지만 넌 그자를 무척 잘 이해하는군."

사이를 두고 조슈아가 말했다.

"그런 미친놈의 생각은 나 같은 사람이나 들여다볼 수 있는 거겠지."

"너 같은 게 뭔데?"

"미친 거지, 똑같이."

다시 얼마간 침묵이 흘렀다. 리체는 천천히 몸을 일으켰다. 리체를 등지고 앉은 터라 소년들은 눈치채지 못한 듯했다.

"너…… 그 얘기 할 때 말이야."

줄곧 참고 있던 이야기를 꺼낸 듯, 막시민은 말꼬리를 끌다가 모닥불을 보던 얼굴을 돌려 조슈아를 마주봤다.

"정말로 너 자신이 시체가 되어 까마귀들한테 뜯기는 장면을 상상해보고 말한 거냐."

조슈아의 목소리는 알아듣기 힘들 정도로 낮았다.

"내 눈엔 실재하는 것처럼 선명하게 보여서…… 그렇게 말했어. 솔직하게…… 그래, 그 말 할 때 대상이 나란 건 느껴지지도 않더라고. 그냥 객체로 보려 한 거야. 저쪽의 시선대로. 그 사람은 자기 일을 예술처럼 생각하니까…… 그 사람의 입장에 서서 최대한 조화점을 찾으려고 했어."

"넌 그게 제정신으로 할 수 있는 일이라고 보냐? 스스로 생각해봐. 지금 너 자신이 어떤 상태인지. 난 어린시절의 너를 알고 있어. 그때의 너도 그랬다고 말할 셈이냐?"

리체가 일어나 모닥불 근처까지 갔을 때 조슈아의 대답이 들렸다.

"나도 살인자가 될 수 있는 소질을 타고난 건가, 그런 생각이 들기도 하고."

"……."

막시민이 대꾸하지 못하는 동안, 그들 곁에 앉은 리체가 입을 열었다.

"바느질을 할 때, 문득 정신을 차리고 보면 손끝에 피가 나도록 해버렸다는 걸 깨달을 때가 있어. 보다시피 내 손가락 끝은 일찌감치 바느질에 단련되어서 웬만해서는 상처도 나지 않지. 내가 왜 그랬을까 생각해보면 잠시 정신이 나갔었다는 결론밖에 나지 않아. 그리고 그건 나한테만 일어나는 일은 아닐 거야."

"문제는, 사람이 죽고 사는 문제일 때도 그런 정신적 일탈이 용서되느냐 거지."

막시민은 리체를 보더니 턱짓으로 다시 조슈아를 가리켰다.

"자신을 그런 대상으로 볼 수 있다면, 남도 볼 수 있지. 가벼운 미친 짓쯤이야 누구인들 하지 않겠냐? 나도 술 마시고 해괴한 일도 몇 번이나 저질러봤지. 하지만 주워 담지 못할 물을 엎어버린 적은 없어. 그러려 한 적도 없고."

"그렇지만 이번의 경우 결과는 반대였어. 조슈아가 그렇게 했기 때문에 그자가 납득하고 가준 것 아니야?"

"그자가 가고 안 가고는 문제가 안 돼. 문제는 자신의 죽음을 쉽사리 상정하는 미친 정신이라고! 난 그런 상태로 널 내버려둘 수가 없단 말이다!"

"막시민."

한참 만에 조슈아가 말했다.

"난 널 처음 만났을 때도 정상은 아니었어. 하지만 그때의 넌 날 메모장이니 주판이니 그렇게 불렀을 뿐이지. 아니 그래, 사람이 죽고 사는 문제이기 때문이라고는 말하지 마. 내가 변했다면 너도 변했어. 네가 어떻게 살아왔을지 어렴풋하게 밖에 짐작하지 못하겠지만, 한 가지만은 알겠어. 지금의 넌 그때만큼 너그럽지 않아."

"네겐…… 이게 그런 문제로 보이냐?"

너그럽지 못하다는 말에 막시민의 눈썹이 치켜 올라갔다.

"오히려 그땐 아무 생각이 없었다고 말하지그래? 차라리 그땐 널 걱정하지 않아서 상관 안 했던 거라고 말하라고. 네 상태가 어떤지 난 잘 알아. 이렇게 된 건 너 자신이 혼자 지내면서 스스로를 추스르지 못해서야."

"아니, 넌 내 상태가 어떤지 몰라."

드디어 조슈아의 얼굴에도 분개한 표정이 서렸다.

"데모닉이란 게 어느 정도로 끔찍한 상태인지 다른 사람이 이해한다고? 누워 잠을 청하는 동안 낮 동안 했던 모든 대화가 저절로 재생되는 기분을 알아? 펜을 들고 낙서하다 보면 어느새 예전에 본 중 가장 복잡한 아라베스크를 똑같이 그리고 있는 상태가 이해돼? 숫자 몇 개를 떠올렸는데 무심코 그걸 곱하고 더해서 수십 자리의 괴물 같은 숫자를 만들고도 멈춰지지 않아 머리를 벽에 부딪쳐가며 다른 생각을 떠올리려 애쓰는 기분을 아느냐고! 마지막으로 본 지 몇 년이 지났지만, 난 아직도 비취반지 성의 계단 난간에 새겨진 무늬를 전부 정확히 기억할 수 있어. 그와 마찬가지로, 내게 일어났던 수만 가지의 일들이 항상 엊그제 겪은 듯 머릿속을 어지럽히지. 고통도, 절망도, 부끄러움도 모조리 방금 당한 것처럼 또렷하게. 너라면 어떨 것 같아? 이런 상태로 말끔한 제정신일 수가 있겠는지 말해보란 말이야!"

그 말에 입을 연 사람은 막시민이 아닌 리체였다. 그것도 몹시 당황한 말투였다.

"네가 한 말이…… 무슨 뜻인지 모르겠네. 그게 전부 사실이야? 천재란…… 본래 그런 건가?"

리체는 그동안 조슈아가 천재, 또는 데모닉이라는 말을 몇 번인가 주워듣긴 했지만 단지 수사적인 표현이라고 여기고 말았기에 그 말이 이런 뜻일 거라곤 상상도 못 했다. 그러나 그와 동시에 사람들이 '막스 카르디'에 대해 하던 말들이 생각났다. 노래와, 작곡과, 작사와, 극작과, 악기 연주와, 연기와, 춤. 그 모두를 완벽하게 하기 위해 걸리는 시간을 생각하면 막스 카르디의 나이는 마흔이라 해도 모자란다고. 사람들은 그렇게 말했다. 천재, 기적, 괴물, 모두 카르디의 뒤를 따라다니던 말들이다.

생각을 뚫고 조슈아의 조소 어린 목소리가 들려왔다. 조소는 리체가 아닌 자기 자신을 향한 것이었다.

"너도 이런 내가 끔찍한가 보지?"

"이것 봐, 조슈아."

리체가 대답하지 못하는 사이 막시민이 화를 억누르며 말했다.

"관계도 없는 사람에게까지 응석 부리는 건 그만둬라. 흉터 자랑하는 어린애 같은 꼴이야. 너에게 데모닉으로서의 고통이 있다 치자. 그러면 난 아무 어려움 없이 편안한 인생을 산 것 같으냐?"

막시민의 목소리도 미세한 열에 들뜬 듯했다.

"어머니는 기억조차 희미하고, 아버지는 집을 떠난 뒤 동전 한푼 갖다준 일이 없지. 동생은 여섯 명에, 동냥젖이 필요한 어린 아기도 키워봤어. 내가 우리집 생계를 책임지기 시작한 나이는 여덟 살이다. 난 그나마 여덟 살이기라도 했지만 너무 어렸던 내 동생들은 그후로 몇 번이나 죽을 뻔했다. 여덟 살 짜리가 돌보는데 오죽하겠냐? 바람처럼 돌아다니는 네 작은할아버지가 도와준 시기는 그런 내 인생 가운데 특집편 같은 거였어. 내가 지금까지 어떻게 살아왔을 것 같아? 난 코츠볼트에서 자라는 모든 잡초와 나무껍질의 맛을 알고 있어."

조슈아가 말없이 입술을 깨무는 것이 보였다. 그러나 막시민은 그치지 않았다.

"그래, 데모닉, 고통스럽겠지. 네게도 힘든 일은 많았지. 하지만 넌 저 여행 식량이 입에 맞지 않아 먹기 힘들 정도의 생활을 유지해왔어. 네겐 당연한 것이겠지만, 당연하지 않은 사람에겐 무엇과도 비교할 수 없는 혜택이란 말이다. 또, 만일 노래를 잘하고 싶어서 혼신의 힘을 다했지만 실패한 사람이 있다면 네 재능은 혼을 팔아서라도 갖고 싶은 것일 거다. 이래도 네가 저주받은 것 같냐? 미쳐도 용서될 정도로 운이 없는 것 같아?"

"그만."

조슈아가 손을 들어 머리를 감쌌다. 막시민은 홱 고개를 돌려 모닥불을 바라봤다.

잠시 후 리체가 말했다.

"난…… 오늘은 이걸로 충분한 것 같다. 내가 너희를 이해하려면 알아야 할 이야기가 아주 많다는 것만은 알겠어. 지금의 난 단지 신기한 이야기책을 읽은 것처럼 당혹스러울 뿐이야. 그건 너희의 이야기가 내 문제로 느껴지지 않아서겠지. 내게 더 많은 이야기를 해줄 마음이 있는지 모르겠지만, 이것만으로는 모르겠다는 것만은 말해둘게. 난 너희를 이해하지 못했어. 이 말은 우리가 아직 친구가 아니란 뜻일 거야."

리체는 그들 사이로 걸어가 모닥불을 완전히 밟아 껐다. 그리고 그 자리에 선 채로 돌아보며 말했다.

"하지만 하나 묻고 싶은 게 있어."

리체의 시선이 막시민을 향했기에 막시민도 고개를 들었다.

"이제 그 남자와 식당에서 무슨 얘기가 오갔는지 대강 알 것 같아. 그래, 난 그런 얘기가 미친 짓이라는 데도 동의해. 그런데 말이야, 그때 조슈아가 너나 나에 대해서도 얘기했니?"

막시민이 인상을 찌푸리며 되물었다.

"뭐라고?"

"조슈아가, 너나 나를 죽이는 것에 대해서도 아무렇지도 않게 말했느냐고. 그자가 그날 마음을 먹었더라면 조슈아뿐 아니라 너나 나, 심지어 몽플레이네 씨도 죽였을 게 뻔하잖아. 조슈아가 그런 죽음까지도 자신의 죽음을 말하듯 당연하게 얘기했니?"

막시민의 얼굴에 표정이 떠오르기까지는 얼마간 시간이 걸렸다. '여러 명을 죽이면 된다'고 말하는 그 남자에게 '학살자가 되지 말라'고 말하던 조슈아를 기억해냈을 때, 그제야 맺힌 매듭 하나가 풀어지는 느낌이 들었다.

"아니, 아니었어."

"나라면 지금은 그걸로 충분하다고 생각할 거야. 그래, 미친 짓은 맞지만, 솔직하게 생각해봐. 그런 상태로는 미칠 수밖에 없다는 말도 일리가 없진 않잖아? 난 그 데모닉……이라는 것이 뭔지는 잘 모르지만, 조금 전 얘기는 믿어지지가 않을 정도였어. 넌 친구라면서. 그럴 수밖에 없다고 말하는 조슈아의 얘기가 납득 가능한지 아닌지에 대해선 네가 더 잘 알지 않아?"

그들은 말없이 새벽이 밝는 것을 지켜봤다. 푹 잔 덕택에 몸은 어느 정도 회복세였다. 드디어 목적지도 멀지 않았다. 꺼진 모닥불에서 엷은 연기가 올랐다. 오해인지 이해인지 모를 이야기가 한바탕 오가고, 남은 것이 재일지 불씨일지는 아직 몰랐다.

리체가 말했다.

"난 몽플레이네 씨나 깨우러 가야겠다."

조슈아는 세자르가 있는 쪽으로 가는 리체의 뒷모습을 아주 오랫동안 바라보았다. 그곳에도, 자기한테 없는 것이 있다고 느끼는 것처럼.

막시민이 조슈아에게만 들릴 만한 목소리로 말했다.

"내가 지금까지 이런 얘기 너한테 한 적 있냐."

'이런 얘기'가 뭔지 대강 짐작이 가서 조슈아는 말없이 미소만 지었다.

"젠장, 밤에는 왜 제정신이 아닌 건지. 해 뜨는 걸 보니 우는소리나 늘어놓은 내가 유치해 미치겠다."

조슈아는 담요를 걷어내며 자리에서 일어났다. 모닥불 맞은편으로 가서 긴 막대를 집어 재를 흩어놓았다. 불티가 오르던 하늘은 서서히 푸르러지고 있었다. 그 빛 때문인지 잿빛 머리도 푸르스름한 광채를 띠었다.

"열일곱 해 동안, 가장 관찰할 만한 대상은 나 자신이었어. 내가 누군지 알고 싶었으니까. 하지만 생각할수록 데모닉의 정체는 물론이고 나 자신이 과연 인간인지조차 의심스러워질 뿐이었어. 미쳐서 이 모든 걸 모르게 되고 싶다는 생각도 솔직히 자주 했어. 또는 누나처럼……."

말이 잠깐 끊겼다.

"누나를 생각하면, 내게도 있는 것이 아닐까, 그런 어둠……. 발을 헛디디면 누나처럼 되어버리는 게 아닐까 하는 공포……. 정말로 있었어. 그걸 보면 역시 아무것도 모르는 백치가 되긴 싫은 모양이지? 하지만 누나는 단순한 바보가 아니었어. 그래서 더 누나가 나처럼 될 수 있었고, 나는 누나처럼 될 수 있었던 게 아닐까 생각하게 돼. 누나는 내가 아니어서인지 살아 있는 동안 천사처럼 선했어. 행복해했어. 난 한 번도 느껴보지 못한 그런 행복감 속에서 살다가 갔단 말이야. 그건 보상일까? 그러니까…… 데모닉이 아니게 되면 그렇게 행복해지는 것은 아닐까?"

막시민은 고개를 저었다.

"망상일 뿐이야. 네 누나는 데모닉도 아니었고, 다섯 살짜리의 정신을 갖고 있다면 그렇게 천진난만한 게 당연하지. 네 누나가 제일 아름다운 나이에 죽었으니 그렇게 기억되는 거지, 노파가 되어 주책을 떨다가 죽었으면 지금과는 감상이 다를걸."

신랄한 말이긴 해도 공격적인 어조는 아니었다. 그럼에도 불구하고 막시민은 잠시 후 짧게 한숨을 쉬며 말했다.

"미안하다. 누나의 일을 내 마음대로 말해서."

조슈아는 도로 앉으며 씁쓸하게 웃었다.

"아니. 그게 네 방식인걸. 망상일지 몰라도 벗어나지 못하는 것이 나고."

"강렬한 대비라서 그럴 거야. 너와 네 누나. 한 사람은 천재보다 더하다는 데모닉이고, 한 사람은 어린아이나 다름없는 백치야. 하나는 살아남고, 하나는 죽었어. 네 누나는 아무

것도 몰랐으니 행복이 뭔지도 몰랐을 거야. 넌 너무 잘 알기 때문에 행복을 느낄 수가 없지. 하지만 이런 대비가 두 사람의 자리가 바뀔 수도 있었다는 증거가 되진 않아. 너와 히스파니에 할아버지가 동시대에 존재하는 것조차 너희 가문에서 처음 있는 일인데, 어떻게 너희 누나까지 데모닉일 수가 있겠냐? 대조된 운명에 마음을 뺏겨서 있을 수도 없는 일까지 가능성에 넣는 건 쓸데없이 자기 마음을 혹사하는 것에 불과해. 일종의 자해自害지."

"넌…… 너무나 명쾌하군."

조슈아의 눈은 우울하다 못해 비현실적인 빛을 띠었다.

"데모닉이 왜 데모닉인 줄 알아? 난, 데모닉이라는 별명을 제일 먼저 붙인 사람이 데모닉 이카본 본인이 아닐까 생각해. 너무나 진실에 가까운 이름이니까. 타인이 대신 꿰뚫어 볼 수 없는 본질이 거기 있어. 악마가 줬다는 능력 속에 뭐가 들어 있는지 알아? 아무도 사랑하지 않는 것. 관용도 너그러움도 없는 것."

마지막 목소리는 평소 알던 조슈아라고 생각되지 않을 정도로 서늘했다. 막시민은 대답 없이 그의 눈을 보고 있었다.

"어떤 사람이 사슴처럼 빨리 달린다면, 다른 사람이 모두 느릿느릿 기어다니는 것처럼 보이겠지. 죽도록 답답해도, 같은 세상에 살고 있으니 별수없이 발뒤꿈치에 덫을 단 것처럼 걸음을 맞춰야 해. 그러다가 종종 미칠 지경에 몰리는 게 이상한 일일까? 어떨 때는 최소한의 기능만 가진 나무 인형들로 둘러싸여 사는 것처럼 느껴져. 아, 죄받을 악한 생각……. 하지만 이 모든 걸 참는 것이 정말, 이렇게 태어난 내가 살아가는 목적일까? 의심스러워. 모든 것이 느린 이곳에서, 미쳐버리면 차라리 편안해질 것 같아. 내 죄를 대신 짊어진 것 같은 누나, 결국 삶을 그렇게 마친 누나, 그래서 난 누나를 생각하는 게 싫어. 나의 원죄原罪를 땅에, 무덤 속에 파묻어버린 것처럼. 난 나보다 느린 사람들을 사랑할 수가 없어. 너그러워질 수도 없어. 그냥 참을 뿐이야. 내가 누나를 사랑했을까? 영원히 알 수 없겠지."

거기까지 말했을 때, 조슈아는 갑자기 두 귀를 감싸며 고개를 흔들었다. 막시민은 조슈아가 누구인지 모를 존재를 향해 지친 듯 대답하는 소리를 들었다.

"됐으니 그만 날 내버려둬. 지금은 됐어……. 아니, 지겨워……."

"조슈아, 지금 누구에게 말하는 거야?"

"난……."

말이 끊겼다. 잠시 후 조슈아가 자리에서 벌떡 일어나며 소리질렀다.

"꺼져버려!"

세자르를 깨우고 짐을 챙기던 리체가 놀란 눈으로 돌아보았다. 막시민은 따라 일어나 조슈아의 손목을 낚아챘다.

"왜 그러는 거야!"

조슈아의 손목에선 한바탕 달리기라도 한 것처럼 빠른 맥박이 느껴졌다. 그 상태로 얼마간 지나고, 도로 주저앉은 조슈아가 맥없이 말했다.

"미안하다. 가끔 이상한 목소리가 들리는데…… 이렇게라도 하지 않으면 계속 떠들어대거든."

"켈스가 아니고?"

"켈스랑은 달라. 눈에 보이지 않고 목소리만 들리는데…… 일방적으로 횡설수설하는데다 웃어대는 소리가 아주 기분 나빠. 유령의 일종인 것 같긴 한데 정확한 정체는 모르겠어."

막시민은 '환청이 아니냐'라고 말하고 싶은 눈치였지만 켈스니티의 경우도 있어 그렇게 말하진 못했다. 그즈음 그도 조슈아에게 특별히 유령 같은 것들이 잘 달라붙지 않나 의심하고 있었다. 유령의 존재를 믿게 된 이상 그런 생각을 못 할 이유도 없었고, 의심 가는 정황도 있었다.

"그러고 보면 말이야. 너, 그날 그자의 손목을 꺾어놨을 때 너한테 갑자기 생겨났던 힘이 뭔지 모른다고 했잖아. 그거 혹시 진짜로 유령이 씌어서 그랬던 건 아니야?"

조슈아는 잠시 생각하다가 고개를 흔들었다.

"정확히는 모르겠어. 전에는 그런 적이 한 번도 없었으니까. 그리고 유령이 씌었다기에는 난 계속 제정신이었거든. 다만 말했다시피 꼭 그렇게 될 것 같은 느낌이 들더니, 정말로 됐던 거야. 마치 누가 능력만 빌려준 것처럼."

"유령이 손에만 씌울 수도 있단 말이냐? 아니 그보다 유령이 씌었는데 당사자가 모를 수도 있는 건가?"

그날 그 일은 분명 그들의 목숨을 구했지만 동시에 유령이 그렇듯 멋대로 들어와 몸을 조종할 수 있다면 무서운 일이 아닐 수 없었다. 이것을 능력으로 봐야 하는가, 위험으로 봐야 하는가? 막시민은 이맛살을 찌푸린 채 생각에 잠겼지만 결국 위험하다는 목소리 쪽이 이겼다.

"그래, 모르니까. 모르는 놈은 상대를 말아야겠지. 앞으로 그런 목소리가 들리거든 나한테 말해. 내가 그런 놈들을 쫓을 만한 말들을 잔뜩 가르쳐줄 테니까."

막시민은 잠시 생각하다가 다시 말을 이었다.

"널 혼자 뒀던 게 문제야. 켈티카처럼 등 따숩고 배부른 곳에 틀어박혀 머리 싸매고 있으니 쓸데없는 고민만 생기지. 네가 하루하루 빵을 벌어야 했다면, 오늘은 어느 풀뿌리를 씹으면 죽지 않을까 고민해야 했다면 지금 같은 얘기를 하고 있을까? 오히려 그런 재능을 내려줘서 빵을 벌어먹을 수 있으니 감사합니다, 라고 외치고 있지 않았겠느냔 말이야."

배가 고프다는 것이 형이상학적인 문제들을 얼마나 효과적으로 지워버리는지는 조슈아도 경험했다. 그러나 그 기억을 갖고 있더라도 이 순간 쉽사리 고개를 끄덕일 수는 없었다.

"네 말이 틀린 건 아니지만, 그게 전부는 아니야."

"그래, 나도 안다. 그게 전부가 아니란 걸."

막시민은 고개를 끄덕이며 안경을 벗고 나른한 눈을 비볐다.

"네게 광기가 있으면 가슴속에 가둬서 심장을 갉아대지 말고 밖으로 내보여. 그래, 막스 카르디, 그것도 네가 만든 가면이었지. 천재 배우이자 가수, 가면을 쓰고 사생활을 감추지만 사람들이 열광하는 존재, 차라리 그런 것이 되라고. 미치려면 현실에서 미쳐. 내가 옆에서 봐줄 테니까."

"봐준단 건……."

"미친 짓이 도를 넘으면 두들겨 패서 재운단 의미지."

안경을 도로 쓴 막시민은 조슈아의 얼굴을 정면으로 보며 전에 없이 진지한 어조로 말했다.

"앞으로도 그런 마음으로 산다면, 넌 정말로…… 나와 말이 통하지 않는 괴물이 되어버릴 거다. 인간 아닌 존재는 달리 만들어지는 줄 알아? 너 말이야, 너 자신은 사랑하고 있는 거야? 그것조차 못 하면 넌 진짜로 세상 밖에서 온 놈이지. 하지만 한 가지 말해보자. 데모닉 히스파니에는 어땠을까? 그분도 세상 사람들, 그리고 너와 나를 사랑하지 않으셨던 거냐? 그분도 데모닉이라고 알고 있는데, 네가 말한 너와 똑같은 상태일 거라고 생각해?"

조슈아의 눈동자가 일순 흔들렸다.

"그분은……."

"그런 말은 감히 못 하겠지. 모든 사람에겐 계속되는 진심을 느끼는 능력이 있어. 그렇기에 난 그분의 진심을 확신한다. 너와 차이가 있다면…… 그래, 나이일 거다. 데모닉이 보통 사람의 열 배, 백 배의 지능을 갖고 있다 해도 태어나자마자 현명한 어른은 아니란 걸 널 보니 알겠다. 넌 네가 누구보다도 뛰어나니까 다 자란 것 같겠지만, 네 주변의 사람들이 아니라 할아버지와 비교해봐라. 그래도 성장이 끝난 것 같은지. 나중에 그분을 만나 물어보라고. 미칠 것 같던 젊은 시절을 어떻게 보내셨느냐고 말이야."

이윽고 조슈아는 고개를 끄덕였다.

"그래. 그래야 할 것 같다. 할아버지도 나 같은 때가 있었겠지. 지금처럼, 내 머리를 잘라버리고 싶을 때 어떻게 하셨는지 물어보고 싶어. 너무나 많은 것이 들어 있는, 너무나 많은 것을 받아들이는 이 머리만 없으면."

팔짱을 끼며 일어선 조슈아의 몸은 선 하나로 보일 정도로 가늘고 불안정했다.

"그때는…… 너처럼 될 수 있지 않을까 해."

막시민은 앉은 채로 연기 오르는 잿더미 너머의 조슈아와 시선을 맞댔다.

"'나처럼'이란 게 무슨 뜻이지?"

조금 후 막시민은 냉소적으로 픽 웃었다.

"머리 없는 인간이란 뜻이냐."

"막시민."

조슈아는 미소 없이 친구를 내려다보며 말했다.

"내가 늘 너처럼 되고 싶어 했던 걸 모르니?"

마법사의 취미

성격 고약한 아가씨, 그만 고집부리고 돌아와요. 기다리느라 졸음이 올 지경이네. 내가 조금이라도 걱정할 것 같아요? 어림없지. 당신처럼 위대한 마법사를 걱정하다니 주제넘다고 소리칠 게 뻔한데. 절대로, 털끝만큼도 걱정 안 하니까 빨리 돌아오기만 해요. 어디 다치지 말고, 성급한 일 저지르지 말고, 제발 그냥 돌아와요.

～～～

국경이라 해서 무심코 거창한 것을 상상했던 아노마라드 출신들은 실망하여 한마디씩 내뱉었다.

"그냥 들판이잖아?"

"뭘 보고 알 수 있는 거야?"

"저 나무가 표진가?"

"이봐, 자기 맘대로 단정하지 말라고."

리체는 손차양을 하고 사방을 두리번거리다가 세자르를 돌아봤다.

"어디 있어?"

"이제부터 찾아야지."

강둑에서 뛰어내린 세자르는 활기를 가장하며 성큼성큼 걷기 시작했다. 막시민이 뒤따라갔다.

"텅 빈 들판에서 뭘 찾죠?"

"음…… 돌판 같은 거야."

"돌요?"

무릎을 넘도록 자란 긴 풀들이 바람에 몸을 맡기고 춤을 추었다. 이윽고 리체도 뛰어들었다.

"이번엔 돌이야?"

"돌일지도 모른단 거지."

"그런 무책임한 대답이 어딨어?"

"이번엔 돌일 것 같다니까. 아니, 돌이야."

혼자 강둑에 남은 조슈아는 태양이 하얗게 번쩍이는 하늘을 올려다봤다. 멀리 지평선 즈음에 구름 몇 점이 있을 뿐, 막

칠한 듯 파랗게 갠 날씨였다. 그렇게 얼마간 올려다보고 있다
가 고개를 갸웃거리며 말했다.

"결계라도 있는 건가."

이윽고 지평선의 구름이 번져 온 하늘에 가득해졌지만, 네
사람은 여전히 땀을 뻘뻘 흘리며 들판을 돌아다니고 있었다.

"어떻게 생긴 돌인지도 모르고 무작정 찾는다는 거, 너무
무책임하지 않아?"

리체의 불평에 세자르가 슬그머니 대꾸했다.

"네 말에 전적으로 동의한다."

"누가 동의가 필요하대!"

좀 떨어진 풀밭 속에서 막시민이 목을 빼고 외쳤다.

"돌 크기에 대해 다시 말해봐요!"

"글쎄, 책 두어 권을 합친…… 정도 될 거야."

"넓적해요?"

"그럴 수도 있고 아닐 수도 있고."

"글씨가 적혔습니까?"

그 말을 들은 세자르가 갑자기 방향을 바꿔 막시민이 있는
곳으로 갔다. 막시민은 넓적한 돌 위에 한쪽 발을 올린 채 서
서 기다리고 있었다. 리체가 말했다.

"어떻게 생겼는지 알고 있었잖아?"

돌 위엔 정말로 글씨가 새겨져 있었다. 부서져 많이 흐려졌

지만 날짜와 이름 같은 것들이었다. 그러니까 돌의 정체는 바닥에 쓰러진 비석이었다. 오래전에는 무덤이 있었던 모양이지만 비석이 낡아온 세월 속에서 이미 자취를 감춘 뒤였다. 막시민은 태연하게 흙 밑에 뼈도 남아 있지 않을 거라고 단언했다.

리체가 어깨를 움츠리며 말했다.

"그래도 발은 좀 내리시지."

곁에서 방관자처럼 쪼그리고 앉아 있던 조슈아가 비석을 유심히 보더니 문득 지적했다.

"날짜가 좀 이상한데. 하이아칸에선 다른 달력도 같이 쓰나?"

"뭐?"

그제야 연도를 자세히 뜯어본 막시민이 말했다.

"989년이면 고작 작년이잖아? 그런데 왜 삼십 년은 방치된 것처럼 낡았지?"

옆에서 세자르가 피식 웃었다.

"그거야 작년에 결계를 새로 쳤다는 뜻이지. 낡아빠진 비석 따위를 주워다가 써먹다니 로루도 참 취향이 괴상해."

"마법사의 이름이 로루인가요?"

세자르는 비석의 먼지를 털면서 고개를 흔들었다.

"꼬마 시절의 애칭인데 어린애 모습을 하고 있을 때 가끔 써.

그렇다고 가서 그 이름으로 부르지는 마라. 화낼지도 몰라."

"그럼 뭐라고 부릅니까?"

"그건 만났을 때 정중히 물어봐. 워낙 취향이 자주 바뀌니 매번 확인하는 도리밖에 없어. 지난번까진 '앨'이라고 불렀는데. 하여간 마법사들의 성질이란."

먼지를 다 털어냈다. 세자르는 고개를 끄덕이며 그 위에 엉덩이를 붙이고 앉아 다리까지 올렸다. 한마디로 비석 위에 쪼그려 앉은 모양이 되었다. 막시민이 물었다.

"뭘 하는 거죠?"

"자, 그다음은 누구냐. 내 어깨를 타고 앉아라. 내 생각엔 막시민 군이 먼저 앉고, 그 위에 소공작께서 올라가시고, 마지막이 리체일 거라고 생각하는데."

무슨 소린지 이해하지 못한 두 아노마라드 출신들이 눈을 깜빡이며 되물었다.

"뭐…… 뭘 하자는 겁니까?"

"무등타기 놀이?"

세자르가 빙그레 웃으며 리체를 보자 리체는 짜증을 냈다.

"왜 나한테 설명을 떠맡겨요! 쳇…… 하여간에 이 돌은, 물론 아빠가 정확히 고른 거라면, 마법사가 쳐놓은 결계 내부와 연결된 외부 표지인 거야. 일종의 경계석 같은 거지. 그러니까 그 안에 들어가려면 모두 이 돌 위에 올라가야 돼. 그러려면 한 가지 자세밖에 없어서."

막시민이 어이없어하며 말했다.

"그럼, 아저씬 맨 아래에서 저희 셋의 무게를 감당하겠단 말인가요?"

조슈아가 머리를 긁적거렸다.

"힘드실 것 같은데."

"그 자세가 어려울 것 같으면 아기 안을 때처럼 누워서 안길 수도 있고……."

막시민은 재빨리 사양하며 불안정하게 웃었다.

"하, 하하…… 그런 자세라니, 평생 생각날 거라고요. 그냥 무등으로 합시다."

이 결정을 내렸을 때까지만 해도 그들은 원하는 자세를 만들기 위해 얼마나 악전고투를 하게 될지 예상하지 못했다. 더 큰 문제는 그 모양을 완성하고도 응답이 올 때까지 기다려야 한다는 점이었다. 막시민의 다리가 긴 덕택에 무등을 타고도 적당히 돌 위를 디뎌줬지만 그래도 세 명의 무게, 또는 두 명의 무게를 오래 버티기란 쉬운 일이 아니었다.

"자, 좀더 균형을……."

"아직 멀었어요?"

"멀리까지 잘 보이네?"

"흔들지 마! 아찔해!"

본인들의 모습을 정확히 평해줄 사람이 곁에 없었으므로 작업은 그럭저럭 진지하게 되어갔다. 아니었다면 무안해서 모두 달아나버렸을지도 모른다. 무너질 때마다 다치거나 볼썽사납게 자빠진 사람이 없었다는 것도 행운이라면 행운이었다. 옆에서 멀뚱멀뚱 보고 있는 말만이 히힝거리며 물러날 뿐이었다.

"기울어진다!"

"한쪽만 누르지 말랬잖아!"

"어쩔 수가 없어."

"정말 싫은 상황이야."

할수록 요령이 늘어 버티는 시간은 길어졌지만, 그와 동시에 체력도 소진되었으므로 상황은 점차 고역이 되어갔다.

"휴우, 한계가 오는 것 같은데…….."

"우리 차라리 한 명씩 들어가면 안 될까?"

"리체도 꽤 무겁네."

"이 상황에서 잔소리가 하고 싶니?"

그런 식으로 모두 얼굴이 빨개질 때까지 버텼지만 여전히 아무 일도 일어나지 않았다. 동시에 비명을 지르며 넘어진 직후, 막시민이 불쾌한 어조로 지껄였다.

"만일 누가 이 모습을 본다면 난 결단코 그놈을 없애버릴 거야."

"나도 협조할게."

"나도다."

"내 협조도 제발 거절하지 말아줘."

이렇듯 한마음임에도 불구하고 그들은 끊임없이 무너졌다. 왼쪽으로 쏠리면서 중심을 잡아야 할 다리가 비껴나고 맨 위는 뛰어내리는 상황이 다시 재현되면서…… 리체가 바닥에 발을 딛자마자 불평을 터뜨렸다.

"이 짓을 언제까지 해야 되는 거야!"

그때 옆에서 낯선 목소리가 대꾸했다.

"이제 그만해."

"응?"

리체는 순간 놀라며 주위를 두리번거렸다. 다른 사람들도 마찬가지였다. 어느새 풍경이 바뀌어 그들이 내려선 곳은 널찍한 나무 마루 위였다. 나뭇결을 살려 만든 황갈색 바닥과 벽, 기둥, 모든 것에서 잘 손질된 나무 특유의 광택이 감돌았다. 즉, 그곳은 실내였다.

리체가 들은 낯선 목소리의 주인공은 조금 떨어진 곳에 놓인 낡은 안락의자에 파묻혀 미심쩍은 눈빛으로 일행을 쏘아보고 있었다. 까닭은 금방 알았다. 한참을 두리번거려봐도 어딘지 모를 이곳에 도착한 것은 세 사람뿐, 다시 말해 소개를 맡아야 할 세자르가 없었다.

셋은 서로 마주보고 상대의 표정에 만족하여, 즉 자기만 얼빠진 표정을 지은 게 아님을 알았기에 다소 평화를 되찾았다. 이제 누구든 설명을 해야 했는데 하필이면 가장 예의에 민감한 나머지 무슨 말이든 건네야 된다는 생각에 사로잡힌 조슈아가 계산 없이 입을 열게 되었다.

"누구세요······가 아니라, 저, 그러니까 뭐라고 불러······성함이 어떻게······ 다시 말해서 누구시죠?"

옆에서 리체가 조그맣게 이죽거렸다.

"데모닉도 때론 멍한 소릴 하네."

옆에서 막시민이 똑같이 이죽댔다.

"데모닉이 뭔지나 알고 하는 소리냐?"

"미치광이 후보인 대천재."

"그래, 핵심을 찔렀다."

그때 안락의자에 앉은 사람이 상체를 일으켰다.

신경질적으로 얇은 입술과 해쓱한 뺨을 가진, 열다섯 살 즈음에는 예쁘다는 소리를 들었을 법한 마흔 줄의 남자였다. 즉, 소년 시절의 미모가 나이에 어울리게 변해주지 않아서 젊은이를 중년으로 분장시킨 것처럼 어색해 보이는 얼굴이었다. 몸에 걸친 흰색 로브는 심각할 정도로 헐렁했지만 어쨌든 마법사처럼 보였으므로 그들이 찾던 사람이 맞는 것 같았다. 하지만 조슈아의 질문을 들은 직후 미간을 심각하게 찡그리

314

데모닉 2

며 눈을 부릅떴기에 세 명의 방문자는 긴장했다. 리체는 입속으로 "쓸모없는 몽플레이네……"라고 중얼거렸다.

"내가 누구냐고?"

말투만으로는 그리 까다로울 것 같지 않았지만…….

"난 집주인이다! 그 이상의 설명이 필요하냐? 너희도 집에서 쉬고 있는데 누군지 모를 놈들이 쳐들어와서 '누구시죠?' 하고 묻는다고 생각해봐라! 나야말로 그러는 너희가 누군지 궁금해죽겠다! 날 이렇게 궁금하게 만들어놓고 '안녕히 계세요' 하고 나갈 생각은 아니겠지? 그럴 생각이라 해도, 아니, 그럴 생각이면 애당초 왜 들어와? 하지만 이미 늦었어. 난 너희를 본 순간 이미 계획을 세웠어. 거기 너!"

지적을 당한 리체는 어쩔 줄 몰라 하며 대답했다.

"네?"

"네 뒤에 있는 물받이 홈통에서 대걸레를 꺼내 와라! 저쪽에 검은 대리석 바닥이 보이지? 자, 반짝반짝하게 닦는 거야!"

리체는 당황해서 어설프게 항변했다.

"제, 제가 왜 그런 일을 해야 하는데요!"

"그럼 공짜로 보내줄 줄 알았냐?"

"도대체 무슨 소리예요!"

그러나 마법사는 벌써 눈을 돌려 조슈아와 막시민을 번갈아 쏘아보고 있었다.

"남자애들은…… 자, 저쪽에 부엌이 보이지? 가면 나무통에 감자가 잔뜩 들어 있을 거다. 숟가락은 찬장에 있고, 옆면이 닳은 숟가락이 작업에 익숙한 놈들이다."

막시민이 눈썹을 괴상하게 찡그리며 입을 열었다.

"작업이라니……."

"당연히 감자 껍질을 깎는 거지!"

막시민도 항변했다.

"이봐요! 비록 우리가 예고 없이 나타나긴 했지만 사정 설명도 들어보지 않고 자기 멋대로 옳다구나 하고 가사노동력으로 부려먹는 경우가 어딨습니까!"

마법사는 '정말로 그런 것도 몰라?' 하는 것처럼 눈동자를 굴렸다.

"넌 마법사의 집에 허락 없이 쳐들어온 녀석들에게 무슨 일이 벌어지는지 들어보지도 못했냐?"

"못 들어봤습니다! 그리고 우린 쳐들어온 게 아니라……."

마법사는 막시민의 말을 끝까지 듣지 않았다.

"감자 껍질을 깎게 된다! 이제 알았냐?"

"그런 터무니없는……."

그 와중에 납득하기라도 한 건지 조슈아가 엉뚱한 점을 지적했다.

"그런데 왜 칼이 아니고 숟가락으로 깎죠?"

"감자가 인류와 함께하기 시작한 이래 감자 껍질 깎기의 묘미는 길이 잘 든 숟가락에 있다는 것도 모르냐? 정말이지 아는 게 없군. 물에 푹 담갔다가 숟가락을 바투 쥐고 북북 긁어서 깎는 거다. 감자 씨눈은 숟가락 끄트머리로 파내고, 다 깐 감자는 찬물에 담가놔라. 그래야 볶을 때 녹말 때문에 타지 않고…… 물론 건질 때는 소쿠리에 담아 물기를 싹 빼서…… 그러므로 감자는 지상 최고의 음식이야. 알았어?"

열렬히 떠들던 마법사는 귀찮아졌는지 급전직하로 설명을 끝내고는 의자 뒤에서 기다란 빗자루를 꺼내 들었다.

"자, 내 대신 감시할 빗자루다."

그 말은 농담이 아니었다. 그가 빗자루를 놓자 살아 있는 것처럼 발딱 일어나 섰던 것이다. 가사노동에 동원된 세 소년 소녀들의 눈이 튀어나올 것처럼 동그래졌다.

"그럼 얼른 가!"

빗자루가 맹렬히 쫓아왔으므로 그들은 불안한 나머지 일단 쫓겨갈 수밖에 없었다. 조금 후, 주방 쪽에서 비명이 들려왔다.

"이, 이건 사람이 깎을 수 있는 양이 아니잖아!"

마법사는 흡족한 듯 팔짱을 끼며 다시 자리에 앉았다.

"이날 이때를 위해 바닥도 닦지 않고 감자도 열심히 모아두었지."

그러나 빗자루의 압력에도 불구하고 도로 쫓아온 막시민이 손가락을 세워 들이대며 외쳤다.

"당신이 마법사라면 감자 껍질 정도는 마법으로 벗기면 될 것 아닌가요? 도대체 마법사의 집에 무단 침입하면 반드시 감자 껍질을 벗기게 된다는 황당한 논리는 어디서 나오는 겁니까?"

마법사는 불쾌한 눈으로 막시민을 노려봤다.

"저런, 책도 안 읽는 놈 같으니. 얌전히 가서 감자 껍질을 벗기면 그다음에 너희의 요구에 대해 생각해보겠다."

"저 감자를 다 깎으려면 십 년 갖고도 모자라고, 우리는 당신이 만들어놓은 결계석을 타고 들어왔을 뿐으로……."

"결계석? 그건 또 뭐야? 하여간 내가 알 바 아니고 너희가 여기 들어온 이상 이제 내 허락 없이는 나가지 못하게 됐다는 거나 알아둬. 믿어지지 않으면 나가는 문을 찾아보든가."

그 말을 들으며 막시민은 상황을 보는 시각을 바꿨다. 나가지 못한다는 건, 누가 들어오지도 못한다는 뜻이겠지? 그렇다면…… 피난처를 찾으러 온 마당에 이보다 이상적일 수는 없겠는데?

어쨌든 막시민은 자기 눈으로 봐야 곧이듣는 성격이었으므로 마법사의 자랑스러운 눈빛을 등뒤로 느끼며—이 말은 마법사가 자포자기한 포로의 얼굴을 즐기기 위해 막시민의 뒤를 쫓아왔다는 의미다―집안 곳곳을 돌아다녀보았다. 첫 번째 문은 창고, 두 번째 문은 침실, 세 번째 문은 손님방, 네 번째 문은 2층으로 이어지는 계단. 정말로 나가는 현관은 없었다. 그렇다면 창밖은?

침실에 하나 있는 창문을 열고 내다본 막시민은 더욱 놀랐다. 이 집이 결계로 둘러싸여 보이지 않았다 해도, 그의 상식으로 내다본 풍경은 적어도 그들이 있던 들판이어야 했다. 그런데 바깥 풍경은 깎아지른 협곡이 아닌가? 더구나 계절은 늦가을이었다. 뒤죽박죽이 따로 없었다.

"……."

막시민은 자발적으로 부엌 쪽으로 방향을 틀었다. 그리고 이 마법사가 통칭 '샐러리맨'보다 더 위험한 자인지 조심스럽게 가늠해보기 시작했다. 돌아가보니 감자를 담은 통 앞에 앉아 있던 조슈아는 껍질 안 벗긴 감자를 하나 꺼내 들고 신기한 듯 들여다보고 있었다.

"흙이 붙은 감자는 처음 봐."

"……그럼 땅에서 껍질을 벗긴 삶은 감자가 나는 줄 알았냐?"

그다지 좋은 냄새를 풍기지 않는 대걸레 자루를 들여다보고 있던 리체는 한숨을 쉬며 중얼거렸다.

"저 아저씨, 보기엔 냉철할 것 같았는데 정말 외모만 갖고 판단할 게 아니네."

막시민은 그나마 감자 깎는 요령을 어느 정도 알고 있어서 숟가락 쥐는 법부터 조슈아에게 가르쳤다. 그런데 처음엔 옆에서 물이나 튀기며 방해만 되던 조슈아가 세 개쯤 깎더니 놀랍게도 막시민이 깎는 속도를 앞지르기 시작했다.

어이가 없어진 막시민이 인상을 썼다.

"젠장, 감자 껍질 벗기는 데도 데모닉이 필요한 세상이냐."

"이거 생각보다 재밌는데?"

옆에서 조슈아가 맹렬한 속도로 감자를 깎고 있으니 막시민은 경쟁심은커녕 최소한의 노동 의욕도 달아나서 깎아놓은 감자의 숫자나 되풀이해서 세기 시작했다. 마법사는 감자를 깎으라고 했지, 직경 네 뼘짜리 통 세 개에 가득 담긴 감자를 깡그리 깎으란 말은 안 했으니까.

문득 한 가지를 생각해낸 막시민이 말했다.

"저 사람, 자기가 만든 결계석에 대해 잊어버린 것 아냐?"

"그런 게 가능한 거야?"

"글쎄, 저 사람에겐 뭐든 가능할 것처럼 보이는데."

"그나저나 세자르 아저씨는 어떻게 된 걸까."

"분명 이럴 줄 알고 튄 거야."

리체는 처음엔 걸레를 대충 빨았지만 몇 번 닦다가 스스로 성에 차지 않아 본격적으로 청소 작업에 돌입했다. 닦고 보니 먼지가 쌓여 있던 검은 대리석 바닥은 놀랄 만큼 반짝반짝하고 예뻐서 저도 모르게 의욕에 불타게 되었던 것이다. 그녀는 조금 후 마법사에게 가서 앞치마와 머릿수건을 달라고 했고, 다음엔 먼지떨이를, 그다음엔 손걸레를 내놓으라고 반쯤 윽박지르고는 뒤를 쫓아다니는 빗자루를 보더니 숫제 잔소리를 퍼부었다.

"빗자루도 필요한데 이런 장난감이나 만들고 있을 거예요! 빨리 멀쩡한 빗자루로 되돌려놔요!"

막시민은 조슈아에게 자신의 주방 경력을 한참 동안 떠들며 감자 깎기의 난이도는 무척 시시하다는 논지로 일장 연설을 했다. 막시민의 주장에 따르면 가장 짜증나는 재료는 양파로서, 그의 눈은 유난히 양파 성분에 약해서 반으로 쪼개기만 해도 눈물이 줄줄 흐른다는 것이다. 무척 실감나고 무시무시한 경험담에 감화된 조슈아가 고개를 끄덕거렸다.

"양파가 아닌 게 다행이네."

"양파였으면 주방 엎었다."

세자르는 들판 가운데 놓인 낡아빠진 비석 위에 엉덩이를 깔고 앉아 있었다. 하품을 하고, 주위를 두리번거리고, 고개를 갸웃거렸다. 걱정하는 기색은 아니었고, 다만 계산과 다른 점이 있는 모양이었다.

"슬슬 데리러 올 때가 됐는데. 이 양반한테 새로운 취미가
생겼나."

인형사

바닷속에는 거대한 왕의 조상$影像$들이 누워 있었다.

자맥질에 능한 아이들이 다투어 그것을 보러 갔다. 돌아오면 아직도 그대로 있노라고 말하곤 했다. 아이들이 자라 아이를 낳자 그들도 똑같이 그것을 보러 갔다. 왕의 눈동자엔 이끼가 끼어 있었다.

위대했던 시절에는 잊힌 것이란 없었다. 왕들은 금띠를 두르고 숭배받았다. 이제 바닷가 마을로 변한 왕도$王都$는 마술에 걸린 듯 고적할 뿐이다.

바닷속에 남은 왕의 조상은 슬픈 얼굴을 하고 있다. 왜?

그들이 항구에 우뚝 서서 바다를 바라보던 때 융성했던 왕도가 발을 떼어 걸어나오고서 쇠하였음을 알기에. 그들의 발은 이미 부서진 바위로 변하였기에 영원히 물으로 돌아갈 수 없음을 알기에.

～

애니스탄은 사람들에게 인기가 좋았다. 그가 책을 껴안고 걷고 있으면 인사 소리가 곳곳에서 들려왔다.

"애니 왔구나? 요즘 연구한다는 것은 잘되어가? 밤늦도록 불이 켜져 있던데."

"애니, 이렇게 좋은 날씨에 방에만 틀어박혀 있는 거야? 야외에 나가서 약초 채집이라도 하라고."

"이번 쉬는 날에 장에 나올 테야? 예쁜 아가씨를 소개시켜 주려고 하는데. 애니도 분명히 마음에 들어할걸."

"애니, 이 땅콩 한줌 가져가요. 요즘도 밤샘하는 모양이던 데 입이라도 심심하지 않아야지."

애니스탄은 사람들에게 일일이 웃으며 답을 했다. 질문하는 것이 있으면 겸손하게 가르쳐주고, 돌아올 땐 땅콩처럼 가벼운 것부터 그의 재주로는 활용할 방법이 없는 순무 한 단이나 말린 생선, 달걀 꾸러미 같은 것을 두 팔 가득 얻어 성문을 통과했다. 경비병들도 웃으며 말을 걸었다.

"또 잔뜩 얻었군그래. 젊은 마법사님, 이거 너무 인기가 좋은 것 아니야?"

"아, 콕스 씨. 이 순무, 부인께 갖다드리세요. 지난번의 수프는 정말 맛있었다고요."

"어이, 또 떠맡기는 거야? 린다는 좋아하겠지만 포메리 아주머니가 알면 심술을 내실걸. 잘 알잖아? 그 아주머니, 애니의 팬인 거."

애니스탄은 웃었다. 사람들에게 인기가 있는 것은 계산 없이 평화로운 웃음의 덕도 컸다.

"포메리 아주머니도 순무가 맛있는 수프가 되길 바라실 겁니다. 제 손에서야 썩은 순무가 될 뿐인걸요. 그럼 순무 수프, 기대하겠다고 린다 씨에게 전해주세요."

"하하하, 이건 그럼 선불이로군? 좋았어, 받지. 고마워."

성문을 통과해서 드문드문 박힌 포석을 따라 걷다 보면 성 한쪽 귀퉁이에 솟은 좁다란 탑이 나타났다. 애니스탄은 탑의 3층을 연구실, 4층은 숙소로 사용하고 있었다. 이곳은 전통적으로 영주의 마법사가 기거해온 장소였고, 애니스탄 또한 마그란 영주 토펠림 경에게 열흘에 한 번 찾아가 성에 보관된 재료의 사용 문제나 연구의 진척 상황 같은 것을 보고할 의무가 있었다.

착실한 성격인 애니스탄은 이 의무를 어기는 일이 없었지만 영주는 큰 관심도 없었고, 보고하는 동안 끄덕끄덕 졸곤 했다.

어차피 토펠림 경은 거동이 불편할 정도로 늙었고 성을 물려받을 자식도 없어 경이 사망하는 즉시 이 성은 왕가로 귀속될 예정이었다. 이런 곳에서 새로운 마법 연구가 의미 있을 리 없었다. 애니스탄 역시 그 사실을 모르지 않았다. 애니스탄이 현재 하고 있는 연구도 토펠림 경을 위한 것은 아니었다.

두 층을 쓰고 있어도 애니스탄이 주로 사용하는 곳은 3층이었다. 그곳에도 간이침대가 마련되어 있었다. 4층은 손님이나 찾아오면 응접실로 쓸까, 그러지 않으면 며칠에 한 번도 들어갈 일이 없었다. 하인이 청소해도 되는 곳도 4층에 국한되어 있었다.

막 현관에 들어섰을 때 하인이 내려오면서 말했다.

"아, 오셨군요. 손님이 오셔서 4층으로 안내해드렸습니다."

애니스탄은 순간 멈칫하다가 물었다.

"손님이라고요?"

"친구분이라고 하시던데요."

친구라는 단어를 듣는 순간 애니스탄의 표정이 싹 변했다. 하인은 조금 당황했지만 애니스탄이 더 말하지 않자 질책을 피할 겸 얼른 밖으로 나가버렸다.

친구. 그 단어를 애니스탄만큼 겁내는 사람도 세상에 없을 것이다. 느리게, 계단을 올라가 4층 문을 밀자 창을 등지고 앉은 사람이 가볍게 손을 들어 보였다. 문을 닫고 방문객 앞으로 가기까지, 애니스탄은 성까지 걸어오는 동안 사람들에게 편안하게 웃던 사람과 전혀 다른 사람으로 변했다. 이윽고 얼굴을 마주보았을 때는 이미 평생토록 미소 따위는 보기 힘들 듯한 사람이 되어 있었다.

"왜 왔어. 돌아가."

"이러기야? 가장 친한 친구한테?"

"말했지. 다신 널 보지 않겠다고."

테오가 놀란 듯 눈썹을 올려 보이더니 웃었다.

"왜 이래. 너무 심각하게 말하니까 진심처럼 들리네. 우리가 그런 식으로 헤어질 사이야? 이모님이 돌아가신 충격 때문에 그때 너 제정신 아니었잖아. 그래서 네가 퍼붓는 막말도 내가 다 참았고. 얼굴 보니까 이젠 좀 괜찮아진 것 같네?"

애니스탄의 입가에 힘이 들어갔다. 다시는 떠올리기 싫은, 영원히 묻어두려 한 기억이 도리 없이 되살아나며 입술이 떨렸다. 아니, 실은 수백 번이나 꿈속에서, 대낮의 햇빛 속에서도 보았다. 고요한 바닷가에서 아무 소리도 없이 벌어진 일. 소리가 없어서였을까? 이곳에 온 후로 애니스탄은 몇 번이나 그게 자신의 상상이 만들어낸 사건은 아닐까 생각했다. 그러길 바랐다. 그렇다고 믿고 싶었다.

하지만 아니었다. 눈앞에 테오가 와 있으니까. 저렇게 웃고 있으니까.

"애니, 그러지 말고 그만 앉아."

테오가 웃음기를 걷고 애니스탄을 쏘아보았다. 애니스탄의 눈가에 더 짙은 그늘이 내렸다. 테오를 피한다고 없었던 일로 돌리지는 못한다. 결국 애니스탄이 맞은편에 앉자 테오가 말을 이었다.

"난 그냥 잘 지내나 궁금해서 온 거야. 넌 이런 데가 좋다고 했지만 직접 와보니 정말 답답할 정도로 벽촌이네. 진짜 이런 시골에서 지내도 괜찮아?"

창문이 작아 어둑한 방이었다. 밖에는 햇빛이 찬란했지만 안에 들어오는 것은 조금뿐이었다. 정화의 햇빛…… 한 사람을 용서하기엔 너무 적은 양일지도 모른다. 그러나 그걸 원해 이곳까지 왔다.

"더 좋을 수 없을 정도지."

내용과는 달리 가시 돋친 어조였다.

"하긴, 넌 나와 다르니까. 난 시골 취미가 없잖아."

시골에서 지내는 친구에게 인사차 들른 듯 안부를 묻고 있지만 애니스탄은 테오가 왜 왔는지 짐작하고 있었다. 언젠가는 오리라는 것도, 영영 피하지는 못하리라는 것도, 자신의 짧은 행복은 결국 산산조각나리라는 것도 알고 있었다.

테오의 옆에는 커다란 가방이 놓여 있었다. 열린 가방 머리에 둥글납작한 통이 들어 있었다. 테오는 통을 집어 들더니 사탕 하나를 꺼내 입에 넣었다. 넣자마자 그는 오만상을 찌푸렸다. 그러나 곧 얼굴을 풀고 천천히 빨며 다시 입을 열었다.

"이 사탕은 쓴맛이 나거든. 처음엔 이런 걸 왜 먹나 했는데 생각보다 중독성이 있더란 말이야."

사탕 통은 어쩐지 눈에 익었다. 이윽고 알아차린 애니스탄의 표정이 자제력을 잃었다.

"네…… 처남의 것이군."

"아, 그렇지."

'처남'이라는 말을 하면서 저도 모르게 다물린 이에 힘이 들어갔다. 꽉 물렸다가, 파열음을 내며 비틀어졌다.

"내가 갖고 싶다니까 선물로 주더라고. 날 무척 좋아하잖아."

뻔뻔스러울 정도로 동요 없는 말간 얼굴이었다. 애니스탄의 뺨에 경련이 일었다.

"그런 얘기는 듣기 싫다."

테오는 일말의 조롱이 섞인 미소를 지어 보였다.

"왜 그래? 넌 너의 피조물을 사랑하지 않아? 난 자식처럼 여길 줄 알았는데."

"자식이라고? 어떻게 그런 식으로 말하지?"

"글쎄. 내 것이 아니니 난 모르지. 네가 불쾌하게 느꼈다면 사과할게."

테오는 진지한 얼굴로 사과한다, 정말 미안하다는 것처럼.

미안할지도 모른다. 사과는 진심일지도 모른다. 그러나 그는 이해하지 못한다. 절대 모른다.

"그건 처음부터 태어나서는 안 될 괴물이었어. 다시는 그 얘기를 듣고 싶지 않다."

벨베데르에서 금지된 유물을 꺼내 온 뒤로, 아넬리와 애니스탄은 몇 번이나 실험을 했지만 예상과 달리 마력 증폭만으로는 문제가 해결되지 않았다. 최대 서른 배에 달하는 마력을 쏟아부어도 마찬가지였다. 스스로 만들어낸 주문식이었건만 애니스탄은 이 마법의 난이도를 완전히 잘못 예측하고 있었다. 이건 그들이 생각한 것보다 훨씬 고차원적인 마법이었다. 뒤늦은 생각이지만 그걸 알았을 때 그만두었어야 했다. 그들의 수준으로 제어 가능한 마법이 아님을 알고 포기했어야 했다.

그러나 아넬리는 고집을 부렸다. 거의 다 되었다고, 조금만 더 강한 마력을 쏟아부으면 될 거라고, 그러면서 그게 가능한 곳이 있다고 했다. 옛이야기로만 들어오던 그곳에 따라갔던 건, 어쩌면 반쯤은 호기심이었다. 정말로 대단한 일이 벌어질지도 몰라. 고대 마법의 전성기에나 가능했다던 찬란한 뭔가를 보게 될지도 몰라.

그리고 그곳에서는 진짜로 상상도 못 했던 일이 벌어졌다. 주문을 시전하기도 전에 '그것'은 완성되어버렸다. 단지 도착하는 것만으로. 그리고 금지된 물건을 갖고 있던 아넬리는 사라졌다. 흔적 하나 없이, 말 그대로 사라져버렸다.

아마도 죽음일 것이다. 그러나 애니스탄은 아직도 믿기가 힘들었다. 어떻게 그런 일이? 대체 그곳에 무엇이 있기에? 하지만 그 당시에는 왜인지 알아볼 여유가 없었다. 두려움과 충격으로 빨리 도망치고 싶은 마음밖에 없었다. 한시라도 더 머물다가는 자신도 아넬리가 그랬듯 연기처럼 지워져버릴 것 같았다.

간신히 도망쳐 나왔을 때, 그보다 끔찍한 일은 없을 줄 알았다. 그러나 아니었다. 결과가 기다리고 있었다. 그가 마침내 만든, 이 세상 어떤 마법사도 성공시킨 적이 없는 굉장하고 끔찍한 피조물이 눈을 뜨고 그를 올려다보고 있었다. 막 태어난 밤하늘 같은 눈동자에 의문의 빛이 떠오르던 순간을 그는 죽을 때까지 잊지 못할 것이다. 두려워서, 아무것도 몰라서. 고대의 마법사들이여, 그대들의 불꽃을 훔쳐 무한히 뛰어난 존재를 만든 저는 백지장처럼 어리석어 이 아이에게 줄 어떤 대답도 갖지 못했나이다.

애니스탄이 맥없이 고개를 젓자 테오가 탄력 있는 목소리로 반박해왔다.

"너무 심한 말을 하네. 네가 돌봐주지 않으면 누가 그 녀석을 아껴주겠어? 우린 말야, 우릴 만들어놓고 숨어버린 신을 원망한단 말이야. 그러니 그는 자신을 창조하고 시골로 도망쳐버린 창조주를 원망하지 않을까? 네 태도는 어린애를 수도원 문 앞에 버리고 도망가는 부모처럼 무책임한 것 같은데."

그 별것 아닌 말에 모욕당한 것처럼 애니스탄의 얼굴이 붉어졌다. 테오는 대답하지 않고 친구의 반응을 기다리고 있었다.

"난…… 네가 요청했다고 해서 네게 다 책임지라고 할 마음은 없어. 네가 뭐라 했든, 이모님이 뭐라 하셨든, 결국 나도 동의했지. 내 끄덕임, 내 동의의 말, 내 손으로 한 일, 그 무게를 부인하진 못해. 네 말대로 난 도망쳤어. 가슴을 짓누르는 무게를 견디지 못해서. 하지만 무게의 존재도 느끼지 못하는 넌…… 그럴듯한 말로 문제를 감추려 할 뿐이야. 내게 책임을 지라고 말하지만 넌 애당초 책임엔 관심도 없어. '그'를 책임이 필요한 존재로 느낄 줄도 몰라."

테오는 고개를 끄덕였다.

"네 말이 맞아. 내게 그건 그냥 인형에 불과해. 그 녀석의 얼굴을 견디지 못하고 달아나는 네가 이해가 안 가. 뭐가 그렇게 두려워? 너 자신을 복제한 것도 아니잖아? 더구나 넌 조슈아를 잘 알지도 못하니까 더더욱 신경쓰일 것도 없잖아?"

"도플갱어……"

목에서 쥐어짜내는 듯한 목소리가 그 단어를 말했다.

"사람이…… 마주치면 죽게 된다는 존재야. 한 사람을 영혼부터 죽이는 가장 확실한 방법이고. 나 아닌 자가 나와 같다는 것은 생존의 바탕을 위협하는 문제니까. 이제 네 처남은 도플갱어에게 자리를 빼앗겨 방랑하는 신세가 됐지. 아직은 그를 아는 사람들이 있지만 머지않아 대체되겠지. 모든 자리를 뺏기고, 그러면 남은 자는 뭐지? 찌꺼기인가? 잉여물인가?"

"이봐, 넌 날 그렇게 이해 못 해?"

이번에 테오는 화가 난 어조였다. 애니스탄은 테오가 어떤 기분으로 그 말을 했는지 알고 있었다. 애니스탄은 테오를 안 후 평생토록 테오의 편이었다. 그러나 지금은 이렇게 말할 수밖에 없었다. 어쩔 수 없는 본성의 문제였다.

"내가 창조한 건 도플갱어였던 거야. 난…… 몰랐어. 그렇게 똑같을 줄은 몰랐어. 쌍둥이의 외모가 닮았다 해서 같은 사람이 아니듯이, 난 단지 엇비슷한 것으로 속이자는 계획에 동의했던 거야. 그런데 내가 만든 건 뭐였지? 조슈아 폰 아르님은 데모닉이었어. 세상에서 다시 찾기 힘들 정도로 특별한 존재였지. 그런데 '그'는 뭐지? 어떻게…… 얼굴만이 아니고…… 데모닉의 능력까지 같을 수 있느냐 말이야……. 이모님은 정말로 이렇게 될 줄 아셨을까?"

애니스탄은 다시 고개를 내저었다. 이번에는 세차게.

"난 이제 확신할 수가 없어. 그들 둘은 영혼까지 같은 건 아닐지…… 모르겠단 말이야. 만일 같다면 난…… 세상에서 가장 끔찍한 일을 저지른 거지. 누군가를 칼로 찔러 죽이는 것과도 비교가 안 돼. 나라면 그런 존재를 보고 견뎌낼까? 도플갱어가 나타나면 한 사람은 근본부터 부정당하는 거야. 처음부터 태어난 적도 없는 사람이 되는 거야. 부모도, 친구도, 그를 기억 못 해. 이미 도플갱어를 자식으로, 친구로 받아들였으니까."

테오는 하얗게 질린 친구의 얼굴을 들여다봤다. 처음엔 무표정했고, 서서히 미소로 변했다. 따뜻한, 그래서 더 가식적인 미소로 친구를 보면서 말했다.

"왜 그렇게 화를 내? 누군가가 봤다면 그랬을 거야. 아, 테오 자식이 도대체 어떻게 했기에 애니 같은 친구가 저 정도로 화를 낼까. 테오 자식, 형편없는 일을 저지른 게 틀림없구나, 라고 말이야."

애니스탄은 대꾸 없이 떨리는 제 뺨을 두 손으로 감쌌다. 테오가 말을 이었다.

"네가 도플갱어를 창조했으면 어떻다는 거야? 그냥 인형인지 괴물인지 모를 걸 딱 하나 만들었을 뿐이잖아. 앞으로 다신 안 할 거잖아? 결정적인 부분은 이미 끝났단 말이야. 그래, 이러면 되겠다. 넌 네가 계획했던 대로 쌍둥이를 하나 만든 거야. 그런데 우연히 그 녀석은 너를 좋아해서 네 말을 잘 따르고, 그래서 네 친구인 내 계획에도 매우 협조적이야. 결과는, 모두 행복해진다는 거야. 이 상황의 본질은 그것뿐이야."

애니스탄은 대답 없이 노려보고 있다가 한마디 내뱉었다.

"여긴 무엇하러 왔지?"

"널 데려가려고."

애니스탄은 대번에 몸을 일으키려다가 참으며 말했다.

"난 분명히 이 일에서 손을 떼겠다고 말했어. 너도 묵인했고. 난 여기에 와서 그날의 일은 다 잊고 평화롭게 지내고 있었어."

그러자 테오가 놀랐다는 듯 눈썹을 올렸다.

"설마, 네가 잊을 수 있었어? 그냥 해본 말이겠지. 사실은 항상 생각하고 있었을 텐데."

"……."

애니스탄이 대답하지 못하는 사이, 테오는 가방 속에 다시 손을 넣더니 사탕을 꺼내 먹었다. 애니스탄은 입술을 떨었다. 그리고 자신이 벗어날 수 있을까 생각했다. 유감이지만 그러지 못할 것 같았다……

"아넬리 이모님이 그렇게 되신 건 슬픈 일이었지만, 너도 알다시피 그건 사고였어. 우리 중 누구도 그렇게 될 줄 몰랐어. 그 사고 이야길 들었을 때, 난 네가 살아남은 걸로 내 행운은 다 썼다고 생각했어."

애니스탄이 고개를 저었다.

"네냐플에서 내 주문이 의도보다 강한 결과를 내곤 할 때, 교수님들은 칭찬하기보다 걱정스러워하곤 했지. 그땐 그게 부당해 보였어. 날 질투하시는 게 아닌가 생각하기까지 했지. 하지만 이젠 알아. 다 이유가 있었어. 제 주문을 제어 못 하는 마법사는 위험천만한 쓰레기일 뿐이지……. 넌 약속한 대로 한적하고 아무 일도 일어나지 않는 시골 영지의 고문 마법사 자리를 줬어. 내겐 여기가 이야기가 끝나는 곳이야. 난 그날 벌어진 일도, 인형도, 다시는 생각하고 싶지 않아. 너한테 더 이상 받고 싶은 것도, 줄 것도 없어. 왜 왔니. 난 이제야 간신히……."

테오가 말을 자르며 들어왔다.

"난 한 가지는 말할 수 있어."

무신경한 듯, 그러나 유연한 눈빛이 애니스탄을 보고 있었다.

"지금 네가 겁내는 건 모두 존재하지 않는 것들뿐이야. 넌 유령을 겁내고 있는 거라고. 도플갱어? 그게 뭐지? 아이들 머리맡에서 읽어주는 책에서나 나오지 않나? 그 '인형'이 데모닉 조슈아와 정말로 같을까? 그건 아무도 모르는 문제야. 너조차도. 그가 복제된 순간으로부터 스스로 발전할 수 있는 존재인지는 아무도 모른다고. 심지어 발육이나 노화가 가능한지도 아직 불분명하잖아?"

"난…… 관심 없어."

"넌 관심이 있어. 입으로는 거절하고 있지만, 실은 네가 만든 그 굉장한 피조물이 앞으로 어떻게 될지 궁금해죽을 지경일 거야. 난 네가 어쩔 줄 몰라 하며 두려워하는 것의 실체가 양심일 거라고는 생각 안 해. 상상력을 발휘해서 곧 재앙이 다가올 거라고 믿고 덜덜 떨면 그게 재미있을까? 네가 심약하든 아니든 넌 어쩔 수 없는 마법사야. 마법사들은 알고 싶은 걸 못 참지. 실험의 결과를 안 본다는 건 있을 수 없는 일 아니야? 본래 어느 정도 미쳐 있는 족속이니까."

애니스탄의 눈에 다시 분노가 서렸다.

"멋대로 말하지 마. 그래, 난 한시도 '그'에 대해 잊어본 일이 없어. 잊을 수가 없지. 매일 밤 꿈에 나타나니까. 진짜 조슈아도 마찬가지야. 아무것도 모르는 내가 그 애를 지웠어. 세상에 없어도 되는, 새것으로 대체된 존재로 만들어버렸어. 이건 궁금한 실험 결과 따위가 아니야. 할 수만 있다면 모든 것을 되돌리고 싶을 정도니까."

테오는 못 당하겠다는 듯 고개를 절레절레 저었다.

"애니, 이것 하나만은 말하자. 조슈아의 문제 말인데, 네가 처음부터 그 애를 어떻게 할 생각이 없었다고 한다면 거짓말 아니야? 이브가 죽고 나서 나한테 한 약속 생각 안 나?"

이브노아의 이름을 말하는 순간 테오의 목소리가 갑자기 사나워졌다. 기묘한 비웃음을 머금은 입술이 빠르게 말을 뱉

어냈다.

"그래, 그래. 만일 네가 네 의도대로 외모만 비슷한 뭔가를 만들었다고 치자. 그다음은? 그 '인형'이 내가 시키는 대로 움직여주는 동안 진짜 조슈아는 어떻게 됐을까? 인형이 불완전하니까 언젠가 돌아와 자기 자리를 자연스럽게 되찾았을까? 아하, 그전에 가짜 따위를 만든 두 악당도 해치워야 되겠군? 이것 봐, 애니스탄. 잘 보라고, 이게 동화의 뒷이야기야?"

테오의 눈이 점점 더 반들거렸다.

"넌 내가 실패해야만 이뤄지는 꿈을 말하고 있는 거야. 하지만 실패할 작정으로 계획을 세우는 사람이 세상에 있을까? 지금 어설픈 말을 늘어놓는 너 역시 마찬가지야. 네가 본의 아니게 도플갱어인지 뭔지를 만들고, 그걸로 누군가의 존재가 위협당하고 어쩌고 하는 게 무슨 소용이지? 그래봤자 어차피……."

애니스탄은 그 말을 막고 싶은데도 어쩔 도리가 없다는 것처럼 멍하니 앉아 있었다. 테오가 말을 맺었다.

"내가 그 녀석을 죽일 텐데."

"……."

마주보고 앉아 있었지만 두 사람 사이엔 두꺼운 장막이 쳐진 듯했다. 애니스탄은 자기 앞에 가로놓인 어둠을 보고 있었다. 테오는 자기가 원하는 것 외엔 모두 무無로 보았다.

"네 손을 더럽힐까 봐 걱정하는 모양이지? 그런 걱정은 마. 조슈아 폰 아르님이 도플갱어와 마주치는 일은 결코 없을 테니까. 그들은 살아생전 만나지 못할 거야. 너도 알잖아? 내가 어떤 자를 보냈는지."

애니스탄이 불쑥 말했다.

"테오, 넌 두렵지 않니?"

"뭐가?"

"용서받지…… 못할 것이."

조금 후 테오는 쿡쿡대며 웃음을 터뜨렸다.

"너, 누군가한테 용서를 받고 싶은가 보구나. 내가 해줄까? 하지만 너한텐 의미 없겠지? 그러니까 진실을 말해줄게. 백 보 양보해서 네가 한 일의 결과를 네가 짐작하지 못했다고 치자. 그게 무슨 의미가 있을까? 막말로 그 소릴 듣고 누구인들 용서해줄까? 조슈아를 불러서 물어볼까? 네가 용서되느냐고? 용서될 때까지 치라고 해볼까? 그렇게 용서받을 수 있을 것 같아? 헛소리!"

그러나 애니스탄은 여전히 진지했다.

"용서는…… 자신이 하는 거야. 너도 너 자신에게 용서받을 수 있을지 생각해봐."

"애니스탄, 넌 너무 감상적이야. 가나폴리의 마법사들은 네가 한 것과 같은 일을 간식 먹듯 해치웠을 거라고 생각하지 않아? 그들이 인형 하나 만들어내고서 지금의 너처럼 떨었을까? 네가 그들처럼 위대해지지 못하는 게 이런 점 때문은 아닐까? 하지만 말이야, 한 가지만은 확실해."

테오는 웃음을 걷고 진지한 목소리가 되었다.

"가나폴리가 사라진 지금, 너는 현존하는 최고의 인형사라는 것."

시골 의사 노톤은 자길 의사라고 불렀지만 주변 사람들은 모두 마법사라고 여겼다. 다만 노톤 앞에서는 그렇게 부르지 않았다. 노톤이 이 마을에서 의사 노릇을 하기 시작한 지 십여 년이 흘렀으니 모두들 그쯤은 알고 있었다.

노톤은 마법사들이 흔히 짓는 탑도 없이, 야트막한 단층집에 여러 개의 방을 마련해놓고 혼자 살았다. 그리고 아픈 사람이 찾아오면 자기집에 입원하라고 권유하는 것으로 약간의 악명을 얻었다. 그 두 가지를 제외하면 말거리 될 일도 그리 없는 평범한 사내였다. 환자가 적어 벌이가 시원찮을 땐 그도 마법사들이 하는 일을 했다. 그러나 어디까지나 그는 자기 마법을 의술에 사용하길 원했다.

환자가 드문 날 찾아온 남자는 노톤의 수선스러운 환영을 받았다. 아픈 사람들은 조용한 분위기를 좋아하기 마련이지만, 남자는 불만스러운 기색 없이 노톤에게 한쪽 손을 내보였다. 그리고 사흘 동안 입원하라는 권유를 받았다.

"사양하겠어. 심심할 것 같으니 말이야. 대신 사흘 동안 매일 찾아오기로 하지."

남자는 기대 이상의 말상대였다. 사흘째, 남자의 부러진 손목에 건 재생 마법이 완성될 무렵이 되자 약간 아쉬워질 정도였다. 마지막날 아침 일찍 찾아온 남자는 노톤에게 손목을 맡겨놓은 채 지난 이틀처럼 시시한 화제에 일일이 대꾸해주었다.

"비록 마법을 사용하긴 해도 전 엄연한 의사라고 생각하고 있거든요. 정확히 말하면 한결 나은 의사 아닙니까? 열흘씩, 또는 한 달씩 걸릴 상처를 며칠 만에 치료하니까요."

"모든 상처를 그렇게 치료할 수 있다면 대단한 일인데 어째서 이런 시골에 머무르는지 모르겠군. 더 좋은 자리가 얼마든지 있을 텐데."

"아, 있었지요. 하지만 제가 그런 자리를 일부러 차버렸……을 것 같습니까? 그럴 리가 없죠. 사실 어떻게 된 사정인가 하면……."

노톤은 수년 전에 부유한 영주의 주치의가 될 뻔했지만, 경쟁자가 있어 시험을 치르게 됐고, 그날 아침 심각한 감기에 걸려 시험을 망쳤고, 그 감기는 전날 경쟁자가 자기를 밀어내기 위해 유치한 마술을 건 것이 틀림없고, 그래서 그자는 지금 켈티카에서 인기 있는 의원을 열었고 자기는 여기 남아 있는데, 그 덕택에 이것저것 연구할 시간이 많이 생겼고, 특히 뼈를 치료하는 데 특별한 기술을 갖게 됐고, 그러다 보니 당신처럼 멀리서도 손님이 찾아와서 괜찮다는 말을 아주 길게 늘어놓았다. 말을 끝내니 이미 붕대를 다 풀어놓은 상태였다. 노톤은 팔을 걷어붙이고 미끈미끈한 약을 바른 다음 가벼운 마사지를 했다.

남자가 싱긋 웃었다.

"하긴 나도 작년에 들은 소문 때문에 굳이 찾아온 셈이니까. 벌이는 괜찮나?"

"두어 명 먹여 살릴 정도는 되는데 가족이 없다 보니 남아돕니다. 어디 마땅히 쓸데가 없나 궁리중이죠. 뭐 좋은 생각 없습니까?"

"그거야 당연히 가족을 만들면 되지. 결혼을 하고, 어린애를 낳으라고. 그게 제일 좋은 방법 아닌가."

"좋은 말씀이십니다만 이 나이에 장가가는 것도 쉬운 일은 아니랍니다. 게다가 얼굴은 또 좀 잘났어야 말이죠, 하하하. 어쨌든 말씀은 깊이 새겨듣죠."

노톤은 추남이라 할 정도는 아니었지만 오밀조밀한 생김새에 몸집도 작아서 매력적이라고 하긴 어려운 외모였다. 남자는 고개를 흔들었다.

"당신 같은 사람을 좋아하는 아가씨도 있을 거야."

"말씀만이라도 고맙군요. 그런 아가씨 보시면 소개 좀 해
주시는 것도 잊지 마시고요."

"중매 사례금을 두둑이 내야 할걸."

"여부가 있겠습니까? 남아도는 돈, 그런 데나 써야지요."

노톤은 사람 좋은 웃음을 지었다. 치료가 끝나자 그는 책상
에 붙은 서랍을 뒤지더니 종이에 빼곡히 써놓은 것을 가지고
왔다.

"여기 회복에 좋은 음식들을 적어놨습니다. 그동안 제 수
다 듣느라 힘드셨을 것 같아서 뭐 해드릴 게 없나 궁리하다
가……. 아참, 그리고 보름 정도는 무거운 걸 들거나 무리하
게 움직이는 걸 삼가십쇼. 그래야 뼈가 깨끗이 붙습니다."

"잘 알았네. 새겨듣지."

남자는 자리에서 일어났다. 노톤도 따라 일어나며 빙그레
웃었다.

"이제 안 오실 테니 아쉽긴 한데, 그렇다고 또 오실 일이
생기길 기대할 수도 없고, 이거 난감한뎁쇼?"

"또 올 일이 생길 수도 있겠지. 그럼, 좋은 아가씨가 나타
날 때까지 돈 많이 벌어두라고."

"아참, 그러고 보니 여쭤보려던 게 있었는데……."

노톤은 갑자기 뭔가를 생각해 낸 듯 머리를 긁적였다.

"나리 손목이 그거, 어디 부딪히거나 넘어져서 부러질 모양은 아니던데 말입니다. 꼭 그렇단 건 아니지만 어째…… 누가 일부러 부러뜨린 것 같더란 말이죠. 그렇다면 역시 싸움이겠지요? 나리는 기사님이신가요?"

"아닌데."

남자가 불쾌해하는 기색이 아니었기에 노톤은 다시 웃으며 말을 이었다.

"그리고 나리 오른손이 굉장히 크잖습니까? 실례일지 모르지만 좀 신기하기도 해서요. 사실은 말이죠, 제가 젊었을 적에 주먹질도 못하는 주제에 친구들한테 휘둘려서 시장판 싸움질 건수마다 끼어들곤 했는데, 그즈음 왈패 놈들한테 나리 얘기를 들어본 것 같은 생각이 들더란 말입니다."

"들어봤다고?"

남자는 무심하게 대꾸했지만 평이한 어조 속에 일말의 흥미가 내비쳤다. 노톤도 그걸 눈치챈 것인지 한층 열성적으로 말했다.

"네! 사흘 내내 궁리해서 드디어 기억이 났지요. 거 어디냐, 레코르다블에 유명한 용병 대장, 두르가나라고 있잖습니까? 그 두르가나를 부하들이 보는 앞에서 꺾었다고 하는 소문 말인데 그것이 나리 맞습니까?"

그때 남자는 품안에서 치료비로 치를 은화 꾸러미를 꺼내고 있었다. 그의 손이 일순 멈추었다.

"아이고, 이거 제가 괜한 소릴 여쭸나 봅니다."

말은 그렇게 했지만 대답을 듣게 되리라 기대한 듯 노톤은 여전히 남자의 얼굴을 바라봤다. 남자가 온화하게 물었다.

"그런 얘기를 다른 사람한테도 했나?"

"얘길 하다뇨? 아직 확실하지도 않은 것을 누구한테 말했겠습니까? 그런데 역시 나리가 맞으시군요? 이름이 생각날 듯 말 듯한데…… 무슨 꽃 이름 비슷하지 않았던가……. 참, 그나저나 용병이시라고 들은 기억이 납니다요. 요번에 이쪽엔 무슨 볼일로 오셨습니까?"

그게 노톤의 마지막 말이 되었다.

남자는 은화 주머니를 도로 넣고는 아무렇지도 않게 오른손을 뻗어 노톤의 목을 쥐었다. 노톤이 놀라 눈을 크게 뜨는 것과 동시에, 비틀었다. 우둑, 뼈가 꺾이는 소리가 울렸다.

손을 놓자 노톤의 몸이 바닥으로 무너졌다. 테이블 다리와 부딪히는 바람에 놓여 있던 약병이 흔들려 넘어졌다. 쏟아진 물약이 바닥으로 줄줄 떨어지는 동안 남자는 방금 사용한 오른손을 한차례 움직여보고는 빙그레 웃으며 말했다.

"역시 좋은데. 전혀 무리가 없어. 시골 의사치곤 정말 훌륭하군."

그리고 주머니에서 은화가 든 묵직한 꾸러미를 꺼내 테이블 위에 놓았다.

"사례로 좀더 넣었어."

남자가 나가고 문이 닫히자 고요해진 진료실에선 물약 흐르는 소리만이 들렸다. 이윽고 물방울 소리를 몇 번 내며 멈췄다.

(3권에 계속)

룬의 아이들 – 데모닉 2

1판 1쇄 2020년 6월 12일
1판 3쇄 2022년 6월 1일

지은이 전민희

책임편집 임지호 ┃ **편집** 지혜림 이송 ┃ **일러스트** UK Nakagawa
표지디자인 이혜경디자인 ┃ **본문디자인** 이원경 ┃ **저작권** 박지영 이영은 김하림
마케팅 정민호 이숙재 박치우 한민아 김혜연 이가을 박지영 안남영 김수현 정경주
브랜딩 함유지 함근아 김희숙 정승민
제작 강신은 김동욱 임현식 ┃ **제작처** 상지사

펴낸곳 (주)문학동네 ┃ **펴낸이** 김소영
출판등록 1993년 10월 22일 제2003-000045호
브랜드 엘릭시르

주소 10881 경기도 파주시 회동길 210
문의 031-955-8892(편집) 031-955-3578(마케팅) 031-955-8855(팩스)
전자우편 editor@elmys.co.kr ┃ **홈페이지** www.elmys.co.kr

ISBN 978-89-546-7189-7 04810
       978-89-546-7187-3 (세트)

이 도서의 국립중앙도서관 출판예정도서목록(CIP)은
서지정보유통지원시스템 홈페이지(http://seoji.nl.go.kr)와
국가자료종합목록 구축시스템(http://kolis-net.nl.go.kr)에서 이용하실 수 있습니다.
(CIP제어번호: CIP2020018729)